KB044024

그럼, 안녕히……
야마자키 도미에였습니다.

야마자키 도미에 지음
박현석 옮김

玄 人

그럼, 안녕히……
야마자키 도미에였습니다.

야마자키 도미에

야마자키 도미에(山崎富栄)

목   차

1. 옮긴이의 말

2. 야마자키 도미에 일기 __ 9

3. 유서 __ 231

4. 다자이 오사무와의 하루(도요시마 요시오) __ 239

5. 이부세 마스지는 악인이라는 설(사토 하루오) __ 246

6. 다자이의 죽음(사카구치 안고) __ 250

7. 다자이 오사무 정사고(사카구치 안고) __ 253

8. 불량소년과 그리스도(사카구치 안고) __ 264

9. 생명의 과실(다나카 히데미쓰) __ 291

10. 야마자키 도미에 연보 － 320

옮긴이의 말

다자이 오사무의 대표작이라 할 수 있는 「사양」과 「인간실격」의 탄생에는 두 여성(오타 시즈코, 야마자키 도미에)의 결정적인 도움이 있었다. 그러나 다자이 오사무의 두 작품이 많은 사람들에게 널리 알려진 것에 비해서, 두 여성의 이름은 거의 알려져 있지 않다. 물론 한 작가의 작품, 특히 소설을 이야기함에 있어서 탄생 배경, 그와 관련된 인물·일화 등은 부수적인 것에 지나지 않을지도 모르겠으나 그 작품과 관련된 일들을 알면 작품에 대한 이해도가 더욱 높아지는 것 또한 사실이다.

「사양」은 오타 시즈코의 일기에서 소재를 취해 집필한 작품으로 알려져 있는데 다자이 사후 오타 시즈코의 일기가 「사양」과 너무나도 비슷했기에 날조설까지 나돌았을 정도였다. 그러나 다자이와 시즈코와의 관계를 안다면 날조설은 터무니없는 것이라는 사실을 알 수 있다. 다자이는 원래 쓰가루에 있는 자신의 본가를 모델로 몰락해 가는 귀족의 모습을 그려 「사양」을 집필할 예정이었으나 시즈코의 일기를 얻음으로 해서 방향이 크게 바뀌었고, 그렇게 해서 지금 우리가 알고 있는 걸작 「사양」이 탄생하게 된 것이다. 또한 시즈코는 다자이 오사무의 딸(오타 하루코, 작가)을 낳은 것으로도 유명하다.

또 다른 대표작 「인간실격」의 탄생 이면에는 야마자키 도미에라는 여성이 있었다. 「인간실격」을 집필할 무렵 다자이 오사무는 건강이 매우 좋지 않아 자주 몸져눕곤 했는데 그런 말년의 다자이를 집필에만 전념할 수 있도록 곁에서 헌신적으로 극진하게 보살핀 것이 도미에였다. 도미에는 「인간실격」의 집필을 위해 출판사에서 아타미와 오미야에 마련해준 작업실까지 다자이를 따라가 물심양면으로 그를 보살펴주었다. 또한 도미에는 5번의 자살시도 끝에 이승에서의 삶을 마감한 다자이와 함께 저승으로의 여행을 떠나 끝까지 다자이 곁에 남은 다자이의 마지막 여인으로도 유명하다.

이 책은 「인간실격」의 탄생에 지대한 공헌을 한 야마자키 도미에의 일기를 중심으로 다자이 사후 여러 문인들에 의해서 발표된 글들을 한 권으로 모아 다자이의 인간적인 모습을 더욱 잘 알 수 있게 해보자는 의도에서 기획되었다. 사실 다자이의 죽음에는 여러 가지 의문이 제기되었는데 이 책을 통해서 어떤 의문이 제기되었고, 그 진상은 무엇인지 어느 정도 짐작해볼 수 있으리라 여겨진다. 그리고 시즈코와 다자이 사이에 있던 일들도 요약해서 삽입했기에 「사양」의 탄생 배경도 알 수 있다. 단, 시즈코와의 일은 여러 자료를 종합해서 정리한 것을 도미에의 일기 사이사이에 삽입했기에 조금은 산만한 느낌을 줄 수도 있다. 그 점, 독자들의 양해를 바라며 도미에의 일기와 시즈코와의 일에 관한 부분을 따로 읽는 것도 이 책을 즐기는 한 가지 방법이 되지 않을까 싶다.

야마자키 도미에는 일본 최초의 미용학교인 도쿄 부인미발미용학교(통칭 오차노미즈 미용학교)의 설립자인 아버지와 어머니 사이에서 태어났다. 아버지는 그녀를 자신의 후계자로 키우기 위해 '미를 추구하는 미용사는 이 세상의 아름다운 모든 것을 배워야한다.'는 신념하에 어렸을 때부터 도미에에게 다도, 꽃꽂이 등을 배우게 했으며 일반교양의 중요성을 인식해서 오페라, 가부키, 전람회 등에 데리고 다니기도 했다. 또한 앞으로의 미용계에 외국어는 필수라고 생각했기에 일본대학 부속 제일외국어학원과 YWCA에 보내 러시아어, 영어, 성경 등을 공부하게 했다.

이 책의 중심이라 할 수 있는 도미에의 일기는 원고지에 쓰여 있었기에 다자이의 말에 따라서 쓴 것이라는 설도 있으나 정확한 사실은 알 수 없다. 어쨌든 훗날 발표나 다른 사람에게 읽힐 것을 의식해서 쓴 글이 아닌 것만은 분명하다. 그렇기에 일기 곳곳에 쓴 사람이 아니면 알 수 없는 말들이 흩어져 있다. 물론 앞뒤의 문장이나 당시의 상황들과 대조해 그 의미를 짐작해볼 수 있는 부분도 있기는 하나 그래도 여전히 알 수 없는 부분이 있다. 또한 형식도 매우 분방해서 서로간의 대화를 순서대로 기록하지 않고 한 사람의 대화만 기록한 부분도 있으며, 높임말의 쓰임이 일반적인 경우와 다른 부분도 많다. 도미에의 마음에 떠오르는 내용을 특별한 여과 없이 써내려 갔기 때문이리라. 그렇기에 다자이의 말년과 당시 그와 함께 생활했던 도미에의 죽음도 두려워하지 않은 한 남자를 향한 크고 간절한 사랑을 있는 그대로 살펴볼 수 있는 소중한 자료이기도 하다. 이러한 점들을 고려해서 읽어주시기 바란다.

다자이 오사무는 인생의 어느 시점에서 자신의 과거를 돌아보는 작품을 종종 쓰곤 했는데 그런 작품들을 모아 『그럼, 이만…… 다자이 오사무였습니다.』라는 제목으로 이 책과 동시에 출간했다. 하나의 쌍을 이루는 책이니 2권을 동시에 읽으면 다자이 오사무와 「인간실격」을 더욱 깊이 이해하는 데 커다란 도움이 되리라 여겨진다.

마지막으로 이 책을 묶는 데 있어서 나가시노 고이치로 씨와 아라이 다이키 씨의 연구가 커다란 도움이 되었음을 밝혀두겠다.

사랑해버리고 말았습니다.

선생님을 사랑해버리고 말았습니다.

1947년 5월 19일

* 사양(斜陽)과 오타 시즈코

　다자이 오사무의 대표작 중 하나인「사양」은 오타 시즈코(太田静子, 1913~ 1982)의 일기를 바탕으로 쓴 것이라 알려져 있는데, 다자이가「사양」을 집필한 것(1947년 2월 말~6월 말)이, 야마자키 도미에가 이 일기를 쓴 시기와 겹치니 일기와 함께 오타 시즈코와 다자이 오사무와의 관계에 대해서도 살펴보기로 하겠다.

　오타 시즈코의 생애 가운데「사양」의 주인공인 가즈코와 겹치는 부분을 살펴보면, 시즈코는 결혼 전 자신보다 6세 연상에 처자가 있는 화가에게 연심을 품은 적이 있었다. 그리고 1939년에 다른 남자와 결혼하나 남편에게는 애정을 품지 못했으며 이듬해에 태어난 딸이 생후 1개월도 되지 못해서 사망했는데 이를 남편을 사랑하지 못한 자신 때문이라 생각하게 된다. 결국 시즈코는 협의이혼, 이후 어머니와 함께 생활하게 된다. 남편을 사랑하지 못해 딸이 죽은 것이라는 죄의식을 가지고 있던 시즈코는 그에 대한 고백을 작품으로 쓰고 싶다고 생각하던 중 다자이의 단편「광대의 꽃」의 서두인 '나는 이 손으로, 소노를 물에 잠기게 했다.'를 읽고 전율을 느껴, 자신의 죄의식에 대한 고백을 일기풍으로 노트에 적은 것과 이를 '소설로 쓰고 싶으니 지도를 부탁한다.'는 내용의 편지를 다자이에게 보냈다. 이에 다자이는 '놀러 오라.'는 답장을 보냈고, 시즈코는 친구 2명과 함께 다자이를 방문했다('41.9). 이때 다자이는 "당신은 몸이 약한 듯하니 소설은 그만두고 이런 일기풍의 글을 계속해서 써보십시오. 마음이 내킬 때면 가끔 놀러 오십시오."라고 말했다고 한다. 같은 해 12월에 다자이는 전보로 시즈코를 불러 신주쿠에서 처음으로 밀회를 즐겼다. 이후 주위사람들의 눈을 피해가며 편지를 주고받았으며 몇 번인가 은밀하게 만났다. 이 무렵에는 오히려 다자이 쪽이 적극적이어서 이별을 말한 시즈코에게 '언제나 당신을 생각하고 있습니다. 한번 만나서 천천히 이야기를 듣겠습니다.'라거나, '나는 너를 놓치지 않을 거야. 나는 결혼할 때 한 서약을 힘껏 지켜왔다. 하지만 이제는 어떻게 해야 좋을지 모르겠다.'는 내용의 말을 했다.

　시즈코는 '43년 11월에 외삼촌의 도움으로 어머니와 시모소가무라의 대웅산장이라는 곳으로 피난했는데 어머니는 이사 직후부터 몸이 좋지 않았으며 '45년 12월에 세상을 떠났다. 한편 '44년 1월에 다자이는 대웅산장을 방문한 적이 있는데(시즈코의 어머니는 입원 중), 이때는 가운데 병풍을 놓고 따로 잤다고 한다.

　패전 후 어머니가 돌아가시자 시즈코는 자신의 심경과 처지를 다자이가 알아주기를 바랐는데 이에 다자이는 자신의 단행본, 그리고 '그립다'는 내용이 적힌 편지 등을 써서 보냈다. '46년 가을, 시즈코는 자신의 앞길에 대한 다자이의 의견을 구했으나 다자이는 후에 산장을 방문할 테니 천천히 계획을 세워보자고 답해 시즈코를 실망시킨다. 이때 시즈코는 외삼촌이 가져온 혼담에 대한 답도 해야 하고 생활도 궁핍해져 얼른 결정을 내려야 했으나 다자이의 답은 '언제나 당신을 생각하고 있다. 나는 당신에게 달려 있다. 생활에 대해서는 걱정할 필요 없다. 곧 귀경(이때는 다자이도 가나기의 생가에서 피난생활을 하고 있었다.)할 테니 만나고 싶다.'는 내용이었다. 이때의 편지 왕래는 다자이의 '11월 중순에 귀경할 예정으로 그때는 소식을 전할 테니 가나기에는 편지를 보내지 말라.'는 내용의 편지로 일단락 지어졌다.

1947년 3월 27일[1]

이마노[2] 씨의 소개로 뵈었다. 장소는 놀랍게도 길거리 포장마차 우동집. 특수한, 그러니까, 우리가 보기에는 역시 특수한 계급에 있는 사람인—작가라는. 떠도는 소문에 의하면 애브노멀[3]한 작가라고 들었는데, '모르는 것을 모른다고 말하라.'라는 태도로 함께 음식을 먹었다. '귀족이다.'라고 스스로 말씀하시는 것 같은 품위 있는 풍채.

처음에는 술에 취하신 듯한 선생님의 말씀을 웃으며 들었지만, 거듭해서 말씀을 듣는 동안 표정, 동작 속에서 진리의 목소리, 외침 같은 것을 느낄 수 있게 되었다. 우리는 아직 어린애라고, 진심으로 생각한다.

선생님은 현재의 도덕타파를 위한 사석[4]이 될 각오라고 말씀하셨다. 또 그리스도라고도 말씀하셨다. —'고뇌'에서 몇 년이나 멀어져 있었던 걸까. 그때부터 계속해서 공부하고 노력했다면 선생님의 말

---

1) 이날의 일기는 약 1개월 동안의 일들을 회상하며 쓴 것이라 여겨진다.
2) 이마노 사다코(今野貞子). 당시 미타카 미용원(ミタカ美容院)에 수습으로 있던 미용사. 1947년 3월 중순에 미타카(三鷹) 역 앞에 있는 노점에서 다자이 오사무와 알게 되었다. 당시 32세. 미타카 미용원은 야마자키 도미에의 아버지가 일본 최초로 설립한 오차노미즈(お茶の水) 미용학교의 졸업생인 쓰카모토 사키(塚本サキ)가 경영하던 미용원. 이 무렵 야마자키 도미에는 미타카 미용원에서 근무하는 한편, 밤에는 주둔군 전용 카바레 안의 미용실에서 근무했다.
3) abnormal. 비정상적인, 이상한, 변태적인.
4) 捨石. 바둑에서 버릴 셈치고 작전상 놓는 돌. 토목공사에서 기초를 만들거나 물의 흐름을 약하게 하기 위해 물 속에 던져 넣는 돌.

씀에서도 얼마나 소중한 것들을 배울 수 있었을까 하는 생각에, 슬프다. 이렇게 말씀을 듣고 있어도 막연하게밖에 이해하지 못한다는 것은, 한심하다.

지구사[5])에서 들은 말씀에 눈물을 흘린 밤부터 선생님의 사상과 함께라면, 그때 그 말씀은 아니지만─ '죽은들 어떠하리.'라는 마음이다.

성경 가운데에서는 어떤 말을 기억하고 계십니까, 라는 질문에 답해서 나는 이렇게 말했다. '경우에 합당한 말은 아로새긴 은 쟁반에 금 사과니라[6]).', '자녀들아 우리가 말로만 사랑하지 말고 행위와 진실로 하자[7]).' 신문사[8])의 청년과 이마노 씨와 나와 이야기를 나누었을 때 정열적으로 말씀하시는 선생님과, 청년의 진지한 모습과, 사상의 확고함. 그리고 도리적인 것. 인간이라면 마땅히 그래야 할 여러 가지 도(道). 뭔가 나의 가장 나약한 부분, 풀솜으로 가만히 감싸두었던 것을 예리한 나이프로 갈라 연 듯한 기분이 들어 눈물을 글썽이고 말았다.

전투, 개시![9]) 각오하지 않으면 안 된다. 나는 선생님을 경애한다.

---

5) 千草. 야마자키 도미에가 하숙하고 있던 노가와 아야노(野川アヤノ)의 집과 비스듬히 마주보고 있던 일품요리점. 다자이 오사무는 1947년 7월부터 '지구사'의 2층에 있던 6첩 방을 작업실로 사용했다.
6) 잠언 25장 11절.
7) 요한1서 3장 18절.
8) 가호쿠(河北) 신보의 청년이라는 설이 있다.
9) 다자이 오사무의 대표작 가운데 하나인 「사양」에 같은 구절이 있다. (『사양』(에오스) 참조)

4월 30일

아직, 요 얼마 전에 처음 뵌 것 같은데 벌써 1개월이나 지났다니. 처음 무렵에는 자리에 함께 앉아 있어도 뭘 어떻게 해야 좋을지 몰라 선생님의 담배만 피워댄 탓인지 많은 숫자를 피우게 되어버렸다. 손가락 끝이 노랗게 변하는 것이 마음에 걸리지만, 거듭해서 피워서는 당해낼 재간이 없다.

선생님의 성격 가운데서 가장 강하게 느껴지는 것은 다정함과 쓸쓸함이다. 이유는 모르겠다.

"너 단식을 할 때에 머리에 기름을 바르고 얼굴을 씻으라. 괴로움은 누구에게나 있는 법이다. 아아, 단식은 미소와 함께 행하라. 하다 못해 앞으로 10년 더 노력을 한 뒤, 그때는 진심으로 분노하라. 나는 아직 하나의 창조조차 못 하지 않았는가."

시즈코와의 이야기를 조금 더 이어가자면, 시즈코는 결국 외삼촌의 혼담을 거절하고 다자이의 연락을 기다리기로 했으나 연락이 오지 않자 '46년 12월에 다자이에게 편지를 보냈다. 이에 다자이는 1월 6일에 미타카의 작업실로 오라는 답과 함께 작업실의 약도를 보냈다. 그렇게 해서 1월 6일 아침, 시즈코는 다자이의 작업실로 찾아갔다. 다자이는 시즈코를 요리점으로 데려가 3년 만에 만났으면서 당시 한 말은 "시즈코의 일기가 필요하다."는 것뿐이었다. 이때 다자이는 자신의 본가를 소재로 「사양」의 집필을 계획하고 있었는데 "이번 소설에 일기가 필요하다. 소설이 완성되면 1만 엔을 주겠다."고 말했다. 시즈코는 다자이가 시모소가로 오면 보여주겠다고 대답했다. 요리점에서 나와 다마가와 상수 부근에서 다자이는 망토 안에 시즈코를 안고 격렬한 키스를 했다고 한다.

다자이는 사양 집필을 위해 2월 21일에 이즈로 떠났는데 이때 시즈코를 찾아가 일기를 받고 25일까지 산장에서 시즈코와 함께 시간을 보냈다. 시즈코는 이때 다자이의 아이를 갖게 되었다.

5월 1일

'단순한 친구로서 이성과 노는 일조차 현대의 젊은이는 할 줄 모른다. 행복을 얻는 법을 모른다.' —이것은 2주일쯤 전이었을까? 쓰가루[10]의 고향에서 상경하신 친척 청년 두 사람과 함께 만났을 때 하신 말씀이다. 그때는 마침 dependents house[11]에서 집으로 돌아가던 길이었는데 쌀쌀한 밤이었던 것으로 기억한다. 의외로 은은한 맛이 있는 넥타이(감색 바탕에 주사위 같은 느낌이 드는 무늬가 있는)의 취향에 잠깐 얼굴을 다시 본 뒤, 여러 가지로 상상의 나래를 펼쳐보곤 했었다.

애정이라는 건 싫어하지 않는 사람[12] 이외에는 거듭 만나는 동안 자연스럽게 몸에 스며들어버리는 것일까? 파격적(나쁜 의미가 아니라)인 선생님의 성격에 이끌려버리고 만 것일까? 시건방진 듯하지만, 선생님은 좋은 것을 많이 가지고 계신다.

좋아해!

가메이[13] 선생님을 뱀장어 집에서 뵀다. 하야카와(早川) 씨와 함께. 한 번, 쇼센[14] 안에서 밤늦게 뵌 적이 있었고, 가메이 선생님께서 쓰신 시마자키 도손[15]의 사진으로 알아볼 수 있었다. 평론가와

---

10) 津軽. 일본 혼슈의 북쪽 끝자락에 위치한 도시로 다자이 오사무의 고향이다.
11) 일본에 주둔하던 미군의 가족들을 위해서 지은 집.
12) 문법적으로 오류가 있는 듯하지만, 원서 그대로이다.
13) 가메이 가쓰이치로(亀井勝一郎, 1907~1966). 문예평론가, 일본예술원 회원. (『그럼, 이만…… 다자이 오사무였습니다.』(현인) 참조)
14) 省線. 민영화 이전에 공공기관에서 관리하던 철도선.

작가의 원고 1장 가격이 어떻다는 둥……이라니. 하긴, 먹지 않으면 살아갈 수 없는 게 인간이니까요. 사르트르16)라는 작가의 이름을 알고 있다. 오카모토 가노코의 생생유전17)에 관한 이야기들과, 괜찮은 사람이죠, 라며 소개를 해주신 나. 커다란 글라스에 담긴 맥주. 위스키에 넣은 탄산.

"술을 마시다 여기서 더 마시면 길바닥에서 잠들어버릴 것 같은 정점에 다다르면 이 사람은 언제나 재채기를 합니다. 감기가 아닙니다. 당신, 잘 기억해두세요18)."

따뜻한 분위기. 배웅을 했다.

다자이는 3월 6일까지 「사양」 1, 2를 쓰고 7일에 작업실로 사용하던 이즈의 여관에서 나왔는데 귀경 도중에 시즈코를 찾아갔으나, 시즈코 역시 다자이가 그리워 이즈의 여관으로 다자이를 찾아갔기에 서로의 길이 엇갈리고 말았다. 이후 다자이로부터 '다시 천천히 만나고 싶다.'는 편지를 받아 다자이와 만날 날을 기다렸는데 편지 이후 며칠 뒤 다자이가 혼자 시즈코를 찾아왔다. 그날 밤(3월 16일로 추측) 시즈코는 '임신' 사실을 다자이에게 알렸다. 이에 다자이는 잠시 사이를 두었다가 "걱정하지 않아도 된다. 시즈코는 좋은 일을 했다."며 기뻐하는 모습을 보였다고 한다. 그러나 이후부터 시즈코를 대하는 다자이의 모습에는 변화가 보인다.

---

15) 島崎藤村(1872~1943). 시인, 소설가. 일본의 대표적인 자연주의 작가로 「파계」, 「봄」, 「동트기 전」 등의 작품이 있다.
16) 장 폴 사르트르(Jean Paul Sartre, 1905~1980). 프랑스의 소설가, 철학자. 무신론적 실존주의를 제창했다. 작품으로는 「구토」, 「자유에의 길」 등이 있다.
17) 岡本かの子(1889~1939). 소설가, 가인, 불교 연구가. 탐미 · 요염한 작풍을 특징으로 한다. 소설가로서의 실질적인 데뷔가 늦었기에 사후 수많은 유작이 발표되었다. 생생유전(生々流転)은 오카모토 가노코의 장편소설.
18) 「사양」의 등장인물인 소설가 우에하라 지로(上原二郎)도 같은 버릇을 가지고 있다. (『사양』(에오스) 참조)

5월 3일

"이즈(伊豆)의 지평선은 딱 내 젖가슴 끝에 닿을 정도의 높이로 보인다19)."

제일 처음 만났을 때에도 들었던 이 말. 그리고 그 후에도 몇 번이고 들었던 말. 가노코의 '무력한 여자 몸의 부끄러움, 슬픔 아는 젖가슴 안으면.'이 떠오른다.

선생님은 시인이라고 생각한다. 선생님의 작품에서 나는 시가 느껴져 참을 수가 없다. 당사자인 선생님은 만나보면 십자가를 짊어지고 있는 사람처럼 보이는데. 인생의 피에로. 가장 어려운 역할이다.

말은 표현할 수 없는 진실한 것, 진실한 괴로움을 온몸으로 부딪치고 계신 것 같아서, 만약 내가 선생님이 품고 있는 괴로움 가운데 하나라도 이해하고 이야기할 수 있다면, 이라고 생각하지 않을 수 없다.

선생님은, 음흉해

입맞춤은 강한 꽃의 향기처럼

입술은 입술을 원하고

호흡은 호흡을 빨아들인다

벌은 꿀을 찾아 구하기 위해 꽃을 찌른다

---

19) 「사양」에 '(이즈의) 바다는, 이렇게 방에 앉아 있으면, 딱 내 젖가슴 끝에 수평선이 닿을 듯한 높이로 보였다.'라는 구절이 있다. (『사양』(에오스) 참조)

힘찬 포옹 뒤에 남는, 눈물

여자밖에, 모른다

놀라움과, 환희와

사랑스러움과, 부끄러움

선생님은 음흉해

선생님은 음흉해

        잊을 수 없는 5월 3일.

*

"죽을 각오로! 죽을 각오로 연애해보지 않을래?"

"죽을 각오로, 연애? 사실은 이렇게 있는 것도 안 될 일이에요
……."

"있는 거지? 남편[20], 헤어져버려, 너는 나를 좋아하고 있어."

"네, 좋아해요. 하지만 제가 선생님의 부인 입장이라고 생각하면,
괴로워요. 그래도 만약 연애를 하게 된다면, 죽을 각오로 하고 싶어
요……."

"그렇지!"

---

20) 오쿠나 슈이치(奧名修一). 미쓰이 물산의 사원으로 1944년 12월 9일
에 야마자키 도미에와 결혼한 뒤 같은 달 21일(결혼 12일째)에 마닐라
지점으로 전근하게 되어 단신 부임했다. 마닐라 도착 이후 미군의 상륙
때문에 이듬해 1월에 현지소집되었다가 그대로 행방불명. 패전 후인
1945년 12월에 생환한 슈이치의 전우에게서 '슈이치는 1월 17일에 루
손 섬에서 전사했다.'는 말을 들었다. 공식적으로는 1947년 7월의 전사
공보(戰死公報)까지 확정되지 않았다.

"사모님과 아이들에 대해서 책임감을 갖지 않으면 안 돼요."

"그야 가지고 있지, 괜찮아. 우리 집사람은 아주 야무지니까."

"선생님, 안, 속, 아, 요……."

I love you with all in my heart but I can't do it.

어디에도 맥주가 없었기에 내 캔맥주를 바구니에 넣어 사상범의 독방으로 태연스럽게 올라가서 함께 마셨다.

5월 3일, 신헌법 발포의 날, 희미한 달과 같은 감각이었다. 그리고 선생님의 등은 언제나처럼 둥글다. 비 그친 뒤의 길은 발을 빨아들여 놓지 않는다. 낮게 외치고 싶은 것을 참고 제방을 꺾어졌다.

쇠사슬과 같은 마음 외에, 아무것도 없는 지금의 나.

"난처하게 됐어."

"눈물은 나지 않지만 울었어."

"죽지 않을래?"

"평생 이렇게 있자."

"난처하게 됐어."

선생님의 팔에 안겨서, 마음이여, 선생님의 가슴을 꿰뚫어라, 라며 쏘았다. —덧없는 줄 알면서. 언제까지고 행복하기를, 언제까지고 행복하기를 하고.

잊을 수 없다. —뒤돌아서 다시 한 번 뛰어들어 와주신 마음. 마음……, 아아, 아이들의 아버지이신 사람인데, 누군가의 아내인 사람인데— "네가 좋아!" 선생님, 죄송합니다.

5월 4일

선생님의 마음 따위 모르겠어.

어떻게 알겠어!

바보. 어떻게 알겠어!

머리가 혼돈스러워져서 헛바퀴 돌고 있다.

여자. 단지 그것일 뿐. 포화상태[21]인 나.

어떻게 해야 좋을지, 닦아내고 싶은 기분도 들고, 스르르 들어가 버리고 싶은 마음도 들고.

이봐, 거기! 도와줘. 취하지 않게 된 건 너 때문이야. 역겨워서 견딜 수가 없어! 우후후, 바보바보, 꺼져, 꺼져버려. 에라, 도미에, 일어나, 길가의 꽃 같은 거 꺾어주지 마. 싫어, 이젠 싫어[22].

사양과 시즈코에 대한 이야기로 잠시 복잡해졌으나 지면 관계도 있으니 독자들의 양해를 바란다. 지금부터는 야마자키 도미에와의 일과 함께 기술해나가기로 하겠다.

이즈에서 돌아온 다자이는 시즈코에게 편지를 보냈는데 그 내용은 <어제는 고마웠습니다. 어제 집에 왔더니 미치—다자이의 부인—가 이상한 감으로 전부 알고 있어서(편지에 관해서도, 본명도 가명도) 울며 다그쳤기에 곤란했었습니다. 어젯밤에는 잠을 자지 못했는지 오늘 아침을 먹고 나서 방구석에 다시 누워 있습니다. 출산 직전이기도 하고, 화가 난 것이겠지요. 한동안 이대로 조용히 지냅시다. 편지나 전보도, 한동안 보내지 않는 것이 좋을 듯합니다. 이렇게 소란을 피우다니, 전혀 뜻밖이었습니다. 그럼 그쪽도 건강히.>라는 것이었다. 뜻밖에도 돌변한 다자이의 모습이다. 이 편지는 대략 3월 20일 전후로 보낸 것이라 여겨진다.

---

21) 「사양」에도 이와 비슷한 표현이 등장한다. (『사양』(에오스) 참조)

22) 남편이 있는 몸으로 유부남인 다자이를 사랑하게 된 마음의 갈등을 표현한 문장인 듯하다.

5월 5일

다자이 오사무, 누군가의 남편. 내가 그린 그림 중에 닮은 곳은 코뿐.

연애. 안경다리가 부서져버렸다.

선명한 달밤.

다자이가 시즈코에게서 임신 소식을 들은 직후, 이 일기에서 알 수 있듯 3월 27일에 야마자키 도미에를 만났고, 3월 30일에는 아내인 미치코(주54 참조)가 차녀 사토코(里子, 작가 쓰시마 유코)를 출산했다.

다자이를 만나기 전, 도미에는 1946년 11월 14일에 가마쿠라에서 미타카로 왔는데 그날은 마침 다자이가 가나기에서 미타카로 돌아온 날이었다. 12월에 미타카 미용원의 주인인 쓰카모토가 주둔군 전용 카바레 '뉴캐슬'에 도미에를 주임으로 하는 지점을 냈다. 도미에는 뛰어난 미용기술에 영어도 할 줄 알았기에 여기서도 평이 좋았다. 그녀의 수입은 급증했으나 도미에는 자신의 가게를 내고 미용학교를 재건하겠다는 일념하에 열심히 일하며 검소한 생활을 했다.

그리고 이듬해인 1947년 3월에 다자이를 예전부터 알고 있던 쓰루마키 부부(주182 참조)가, 도미에가 하숙하고 있던 집과 비스듬히 마주본 곳에 일품요리점 '지구사'를 개업했다. 이렇게 해서 다자이와 도미에의 만남을 위한 준비가 마무리 지어진 듯한 느낌이 든다.

시즈코는 4월부터 입덧이 심해져 5월에 의사의 진찰을 받았는데 이때 임신 4개월이라는 사실을 확실히 알게 되었다.

다자이는 5월 초부터 도미에와 깊은 관계를 맺게 되었다. 시즈코는 미타카에서의 일은 꿈에도 생각지 못한 채 홀로 불안한 나날을 보내고 있었다.

5월 6일

오쿠나[23] 씨, 선생님의 목소리에는 특징이 있어. 지구사에는 다른 사람 둘이 더 있었다. 노하라[24] 씨하고 도이시[25] 씨. 이 분은 전에도 만난 적이 있었기에 인사도 친근했다. No,4인 여자라는 의미일지 모르겠지만, 열심히 여자의 심리분석을 시작. 나도 벗어날 길이 없을 정도. 섣부른 말은 쓸 수 없고, 꽤나 괴로웠다. 하지만 기분 좋은 사람. 선생님은 짐짓 점잖은 척, 몰락한 화족[26]이라고 말씀하셨지만.

일본주, 맥주를 짬뽕으로 부어 마시라고 해서 억지로 마셨다. 너무나도 괴롭히기에 마지막에 소금물과 일본주를 섞은 것을 마시게 해서, 드디어 복수에 성공했다.

---

23) 야마자키 도미에 자신을 말한다. 1944년 12월 9일에 결혼한 도미에는 1945년 1월 21일에 혼인신고를 했다. 앞서도 이야기한 것처럼 남편은 1945년 1월 17일에 전사.

24) 노하라 가즈오(野原一夫, 1922~1999). 출판사의 편집부원(이 당시는 신초샤). 작가이기도 했다.

25) 도이시 다이이치(戸石泰一, 1919~1978). 야쿠모(八雲) 서점의 사원. 야쿠모 서점에서 나온 『다자이 오사무 전집』의 편집을 담당했다.

26) 메이지 헌법에서 정한 신분제도상의 명칭 가운데 하나. 처음에는 에도 시대의 조정에서 정삼품 · 종삼품 이상의 벼슬을 한 자와 제후를 여기에 포함시켰으나, 1884년의 화족령으로 공 · 후 · 백 · 자 · 남의 작위를 받은 자 가운데 국가에 훈공이 있는 정치가, 군인, 관리, 실업가 등도 포함하게 되었다. 황족의 아래, 사족(士族)의 위에 위치했으며 각종 특권을 누렸다. 1947년에 폐지되었다.

5월 10일

사람은 연애를 하기 위해서 살아 있다.

후루타[27] 선생님. 도시코(とし子) 씨. 선생님. 나 이렇게 넷이서 혼숙. 후루타 선생님, 팔꿈치로 내 옆구리를 눌렀다. 나, 그대로 쿨쿨 쿨.

1시쯤 잠들어서 3시쯤 깼다. 남의 집에서는 그렇게 쉽게 잠을 잘 수 없는 법이다. 마치 산장에 있는 것 같은 가벼운 기분이었는데, 라고 말은 하지만, 사실은 갑갑한 일. 신뢰하고 있기에 상관은 없지만ㅡ.

천하의 다자이 씨도 온화하게 코를 골았다. 급박할 때의 헐떡거림과 종이 한 장 차이인, 웃고 싶은 기분. 왠지 마음 설렘을 느끼는 저녁이었다.

ㅡ아무런 일도 없이, 그저, 아무런 일도 일어나지 않은 채, 아침을 맞았다.

지구사에서의 연장으로 사쿠라이[28] 씨 저택으로 옮겨갔다.

서른네다섯 살의 여자 화가. 살풍경하고 데카당스[29]. 하는 얘기가

---

27) 후루타 아키라(古田晁, 1906~1973). 출판인. 지쿠마(筑摩) 서방(書房)의 창업자. 말년의 다자이와는 출판사의 사장과 작가 이상의 관계를 맺은 친구였다. 「인간실격」 등의 집필에 여러 가지로 도움을 주었으며, 다자이가 자살하기 직전에는 그의 건강을 걱정하여 다자이의 요양을 계획하기도 했다.

28) 사쿠라이 하마에(桜井浜江, 1908~2007). 서양화가. 독립미술협회 회원. 다자이 오사무의 소설 「향응부인(饗応夫人)」의 모델로 알려져 있다.

29) décadence(프). 퇴폐주의.

22

얼이 빠져 있어서 약간 피곤해지는 사람이다. 다자이 선생님이 함께였기에 여자는 굉장히 좋은 기분.

아틀리에에서 3홉 정도의 청주를 또 노하라 씨 때문에 마시게 되어 완전히 그로기. 하지만 정신만은 말짱.

선생님께서 주무시는 척을 시작.

"여자 피에로는 귀여워. 안고 자보고 싶어."

"마담 퀴리에게 연인이 있었대."

시라기쿠(白菊)에 온화하고 선량해 보이는 아가씨가 한 명 있다. 화장이 두껍기는 하지만.

"뱀 같이 지혜롭고 비둘기 같이 순결하라[30]."

---

30) 마태복음 10장 16절. 「사양」 제4장과 제6장에도 인용되었다. (『사양』 (에오스) 참조)

5월 14일

사랑을 하는 여자의 귀란—

지구사에 있는 사람!

잠을 잘 수가 없다

마음이 가라앉지 않는다

목소리가 들려온다

노래가 들려온다

　　　　　　　—애달픈 날—

I love you for sentimental reason.

I hope you to believe me

I give you my heart.

I think of you every morning

Dream of you every night

Dearest I'm never lonely.

For never your inside.

I love you for sentimental reason.

I hope you to believe me.

I give you my heart.

5월 17일

　선생님의 괴로움을 조금도 덜어드릴 수 없다는 것은, 참으로 눈물이 나는 심정. 그리고 선생님 곁에서 돌봐드릴 수 없다는 사실도, 그저 눈물. 믿음으로 기다리고 있는 것도, 괴로운 눈물.

　병 같은 건 마음에 두지 말고 살아가주세요. 저도 올해나 내년 정도까지밖에 살 수 없는 목숨이라고 점괘에 나왔을 때부터 오늘까지 마음에 두어왔습니다만, 그래도 아직 건강하게 살아 있는 걸요. 저의 매일매일, 그건 온전히 죽음과의 싸움이었습니다. 하지만 이제는 언제 죽어도 행복하다고 믿고 있습니다. 왜냐고요— 다자이 씨를 사랑할 수 있게 되었으니까요. 저는 지금 여자로서 행복합니다.

5월 19일

사랑해버리고 말았습니다. 선생님을 사랑해버리고 말았습니다.

어쩌면 좋을까요. 뵙지 못하는 날은 불행합니다. 병에 걸리셨는데도 아무것도 할 수 없는 저는 슬픕니다. 선생님을 뵙고 싶은 마음에 거리를 돌아다니다, 가게를 들여다보고 왔습니다. 여자라는 몸이 슬픕니다.

6월에 선생님께서 돌아가실 것이라는 사실에 목을 건 여자가 있다던데. 선생님이 저보다 먼저 돌아가실 것이라는 사실 따위, 믿고 싶지도 않습니다. 아니요, 그런 말도 안 되는 소리를 어떻게 믿을 수 있을까요.

병마와 싸우시며, 사모님의 간호를 받으시며, 당신은 문득 저를 떠올리시는 적이 있으신가요? 오늘로 벌써 이틀이나 되었습니다. 내일은 뵐 수 있을까요?

다자이의 몸이 좋지 않아 며칠 집에 누워 있었던 모양이다.

26

5월 21일

작별을 할 때에는, 한 번은 드릴 각오를 하고 있었습니다. 성적인 문제는 조신함이 필요하고, 사회생활 전면과 얽혀 있기 때문에 신중하게 다루어 나가는 것이 중요하다는 사실은 알고 있지만.

지고하기 비할 데 없는 사람으로부터, 여자로서 최고의 기쁨을 받은 저는 행복합니다.

Going my way 가자, 우리들의 길, 인생, 일의 흐름에 몸을 맡깁시다. 자연에 맡깁시다. 이제 나는 언제 헤어져도 후회 없다. 하지만 할 수만 있다면 평생, 함께 살아가고 싶다고 바라지 않을 수 없다.

이날 처음으로 다자이와 도미에의 육체적 관계가 있었던 듯하다.

5월 24일

"선생님께서 당신 댁에 위스키가 있을 거라고 하시는데요ㅡ."

"어머, 그래요? 고마워요."

6월의 생신[31]을 축하하기 위해서 남겨둔 것이었지만 저녁식사를 가지고 선생님을 보살펴드리러 갔다. 7명의 손님과 나. 노하라 씨 옆에서 마셨다. 위스키의 달콤한 감촉. 모두가 기뻐해서, 오늘 밤 나의 마음도 취했다. 방송극단의 사람들. 쓰나[32] 씨와 가토[33] 씨의 이야기ㅡ 반가웠다.

'스미레'에서 2차. 노하라 씨의 즐거운 베레모에서 이야기꽃이 피어……, 사람들에게 기쁨을 줄 줄 아는 사람은 좋겠구나, 그리고 사람에게 슬픔을 줄 줄 아는 사람도 좋다. 그리고 이 둘 가운데 어느 한쪽에만 세상을 살아갈 강인함이 있는 거겠지요, 라며 노하라 씨와 악수. 그런 분과 함께가 아니라면 이런 술자리 같은 데서 저는 시중들지 않아요. 오늘 밤은 내 얼굴도 빨갛다. 진실한 얘기를 잠깐 해버렸다.

'사양'의 부인[34]도 자리를 같이 했었는데…….

선생님, 그녀, 노하라 씨, 사쿠라이 저택으로 가셨다.

「비용의 아내(ヴィヨンの妻)」ㅡ 그 부인은 행복하다고 생각해요,

---

31) 다자이 오사무는 6월 19일생.

32) 쓰나시마 하쓰코(綱島初子). YWCA에 통학하던 시절 야마자키 도미에의 친구. 여배우.

33) 가토 하루코(加藤治子, 1922~2015). YWCA 시절의 친구. 여배우.

34) 오타 시즈코.

노하라 씨.

정말 그렇게 생각하세요?

정말이에요!

정말일까? 못 믿겠는데요.

어머, 정말 그렇게 생각해요. 그런 부인이라면, 오타니[35]는 행복해요. 뭐라고 해야 할지, 보호받고 있다고 해야 할지…….

맞아요. 기쁘네요. 행복한 거군요.

당신, 대단해요.

대단하지 않아요. 당연한 일인 걸요. 노스탤지어가 있다고 해야 할지.

그걸 아는 사람은 없어요.

어머, 어딘가에는 분명히 있을 거예요. 그렇게 믿고 살아가지 않으면 너무나도 쓸쓸하잖아요. 안 그런가요?

자자, 마십시다.

―삿짱[36], 크게 취하다.

임신 사실을 분명하게 안 시즈코는 다자이에게 상의하고 싶다고 연락하고 이날 동생 도오루(通)와 함께 미타카로 다자이를 찾아갔다. 그러나 시즈코는 다자이와 아무런 상의도 하지 못한 채 이튿날 산장으로 돌아갔다.
이날은 마침 노하라도 같이 있어서 당시의 모습을 상세히 알 수 있는데 시즈코와 도오루는 오후 4시 무렵 다자이가 지정한 포장마차로 들어가 다자이를 기다렸다. 이후 다자이가 웃으며 들어왔으나 시즈코는 다자이의 눈에서 전에 없는 차가움을 느꼈다고 한다. 포장마차에서 나와 일품요리점 '스미레'로 갔는데 다자이는 도오루하고만 이야기할 뿐 시즈코는 피하는 듯한 인상이었다고 한다.

35) 大谷. 「비용의 아내」에 등장하는 주인공.
36) サッちゃん. 다자이 오사무가 붙여준 도미에의 별명. 「비용의 아내」의
    '쓰바키야의 삿짱'에서 따왔다.

5월 30일

오카모토 요시코(岡本佳子) 씨, 오빠의 결혼식 때문에 몸단장을 하러 왔다. 아름다운 기모노를 벗기고 내 양복으로 갈아입히고, 풍로의 불을 피워주었다.

아침을 같이 먹으며 이야기했다. 역시 고민을 품고 있으면 자신도 모르게 서로 이야기를 나누고 싶어지는 것이리라. 요시코 씨 울어주었다. —슬픈 사람들.

병에 걸려 죽고 싶어요. 당신은 그런 생각하는 적 없나요?

살아 있다는 게 이젠 피곤해졌어요. 선생님과 떨어져 살고 싶지 않아 애를 쓰고 있어서. 하룻밤의 꿈같은 행복일까요.

24일의 일을 이어서 이야기하자면, '스미레'에 세 사람이 있을 때 노하라가 들어왔는데 「사양」 등의 이야기를 나누는 동안 시즈코와 도오루가 다자이의 동행이라는 사실을 몰랐으며 자리에서 일어날 때 다자이가 그들에게 말을 걸었기에 그제야 다자이의 동행이라는 사실을 알았다고 한다.

'스미레'에서 나와 '지구사'로. 이때 뜻하지 않게 도미에가 와서 시즈코와 대면하게 된다. (이때는 노하라도 다자이와 시즈코의 깊은 관계는 알지 못했다고 한다.) '지구사'에서 9시 무렵에 나와 도오루는 귀가하고 다시 '스미레'로 갔다가 다자이, 시즈코, 노하라는 사쿠라이 하마에의 집으로 갔다. 이때 도미에는 시즈코가 다자이의 아이를 임신한 사실을 모른 채 그녀를 친절하게 대했다. 다자이가 의식적으로 시즈코를 피했기에 그녀가 가엾어서 그녀를 위해 음식을 시켜주는 등 마음을 쓴 것이다. '스미레'에서 사쿠라이 씨의 집으로 가는 동안 다자이는 시즈코에게 한마디도 하지 않았다고 한다.

이튿날은 비가 내려 사쿠라이의 집에서 시간을 보내다 다자이는 시즈코를 모델로 유화를 그렸고 사쿠라이가 액자에 넣어 시즈코에게 건네주었다. 다자이와 노하라가 시즈코를 미타카 역까지 배웅했는데 시즈코는 뒤돌아보지 않고 역의 계단을 올라갔다.

이날 이후 다자이와 시즈코는 다시 만나지 못했다.

6월 3일

일본소설[37])의 사람들과 2층의 내 방에서 이야기를 나누셨다. 여전히 모르겠다. 제스처의 교묘함. 일을 마치고 돌아와보니 방은 아직 따뜻하게 식지 않았다. 지구사에 저녁을 가져다달라고 해서 노하라 씨와 마셨다.

아아, 이게 그대로 우리들의 자연스러운 생활 그 자체였다면 좋겠다고 생각하며, 얼굴을 들여다보았다.

8시쯤 가노(加納) 씨가 오셨다. 방이 하나밖에 없기에 함께 이야기를 나누었다. 도중에 돌아가신 선생님 들의 짓궂은 형용사. 형편없는 사람이다. 느끼지 못하는 가노 씨를 배웅하고 지구사로 달려갔다.

"사랑하고 있기 때문이야."

그리고 사랑의 교환. 마지막으로 탁 등을 크게 두드리셨다.

빗속을 따라갔다. 지구사로 돌아왔다. 혼숙.

"무슨 일이든 얘기해. 내게 무슨 일이든 얘기해."

"의지해도 되나요?"

"응, 의지해."

"오늘밤은 밝네요, 평소에는 등불 켜지 않더니……."

아아, 행복이여, 영원히 계속되기를. 달아나지 마…….

---

37) 日本小説. 1947년에 대지서방(大地書房)에서 창간한 월간 문예잡지.

6월 10일

고생을 하고 있습니다.

미타카에서는 태어나서 처음으로 맛보는 고생이었습니다. 그 괴로운 쓰카모토 씨의 분위기. 저로서는 잘한다고 말할 수 없습니다. 잘도 일하고 있다고 놀라지 말아주세요. 생각하면 눈물이 납니다. 그래서 가능한 한 생각하지 않으려 하고 있습니다. 미타카에서 떨어져 살고 싶지 않아서 여러 가지 것들을 버렸습니다[38].

생활의 방침도 바뀌기 시작해서, 아아, 이제는 살아 있는 것이 괴롭습니다. 애인을 두고 있으면서 남편의 생사를 걱정하고, 제삼자로부터 들볶이고, 그래도 말없이 살아가고 있습니다. 제가 죽으면 쓰카모토 씨에게는 한마디의 인사도 필요 없습니다. 해야 할 도리도 충분히 다했고, 교양 없는 주인 밑에서 일하는 사람은, 아아, 얼마나 가엾은지.

당신을 몰랐다면 벌써 오래 전에 미타카를 떠났을 텐데. 당신을 모른다는 괴로움을 맛보며…….

시즈코는 이날 처음으로 태동을 느꼈다고 한다. 미타카 역에서 헤어진 후 다자이는 시즈코에게 아무런 연락도 하지 않았으며 「사양」이 완성된 후에도 그녀의 일기는 돌려주지 않았다. 산장으로 돌아온 시즈코는 산장에서 아이를 낳기로 하고 다자이가 오기를 기다렸으나 다자이는 오지 않았고 출산 준비와 생활에 불안을 느껴 외삼촌에게 편지를 보냈으나 외삼촌이 제의한 혼담을 거절하고 다자이의 아이를 가졌기에 외삼촌은 당연히 도움을 주지 않았다. 이후 다나카 히데미쓰(주118 참조)가 둘 사이에 개입하여 시즈코를 위해 여러 가지로 힘썼으나 끝내 다자이로부터의 연락은 없었다.

38) 도미에 주위 사람들이 다자이와의 관계를 눈치 채고 그에 대한 말을 한 것이 아닐까 여겨진다.

6월 17일

1시간 반이나 기다렸다는 말씀을 즐겁게 들으며 자리에 앉았는데,

"헤어지자—."

라고 말씀하셨다.

"왜죠? 제게 뭔가 마음에 들지 않는 점이 있으신가요?"

"아니, 그런 게 아니야. 너희 어머님[39]을 봤어. 노인네들은 목깃에 하얀 천을 달고 있잖아, 보고 말았어. 내게 어머니[40]가 안 계시기 때문인지는 모르겠지만, 어머니에게서 빼앗는 거잖아, 너를. 가엾으셔.", "노인네들은 결국 물질적으로 풍부하기만 하면 되는 거예요. 제가 노후를 돌봐드리기를 바라고 계시는 거겠죠."

"나도 같이 돌봐드릴게. 미안해, 앞으로는 너를 놓지 않겠어. 알겠지?"

다정하신 말씀. 이 정도의 말씀을 해주시는 분이, 또 있을까!

---

39) 야마자키 노부코(山崎信子, 오차노미즈 미용학교 부교장, 간사). 1945년의 도쿄 대공습 때 학교가 폭격당해 이때는 시가(滋賀) 현으로 피난해 있었다.

40) 쓰시마 다네(津島たね). 다자이 오사무의 생모. 다자이 오사무의 다정함은 어머니 다네의 성격을 물려받은 것이라 여겨지고 있다. 1942년 사망.

6월 23일

문득 떠올려보고는 처음부터 몇 번이고 읽어보고, 또 다시 읽어본
다[41].

그리운 마음이 들어 견딜 수 없는 사람. 슈지[42] 씨. 고통스럽고
괴로워서 더는 숨도 쉴 수 없을 것 같은 때가 몇 번이고 있습니다.
육체가 일치했기 때문이라는, 그런 게 아니에요. 당신이 가지고 있는
고상함, 깊은 자애심 같은, 그런 것 때문만도 아니에요. 그것이 아주
당연한 일인 듯한, 어쩐지 이렇게, 태어날 때부터 둘은 결정되어 있었
던 것 같은, 애인이자 오빠인. 뭔가 가족과도 같은 농밀한 것이 몸에
느껴져 견딜 수가 없어요.

앞으로는 절대로 헤어지겠다는 말씀 따위 하지 마세요. 한순간이
라도 별리를 생각하면 눈물이 솟아오르니까요.

---

41) 도미에 자신의 일기를 말하는 것일까?
42) 쓰시마 슈지(津島修治). 다자이 오사무의 본명.

6월 24일

쓰요시(剛) 짱[43]이 실연해서 취했기에 좋은 사람이니 친구로 받아주자고ー. 어렸을 때의 일이 떠오른다. 복대를 떨어뜨려서 몸의 물결이 ××[44]. 기쁨과, 슬픔과……

"사랑해ー.", "이젠 가봐."

"저도 여자의 냄새가 나지 않지만, 슈지 씨도 남자의 냄새가 나지 않네요."

"앞으로 2, 3년. 같이 죽자."

"부탁해요.", "조금 더 힘을 내."

"마음에 들었어.", "마음에 들었네요."

---

43) ちゃん. 이름이나 별명 아래에 붙여 친근감을 나타내는 말.
44) 원서에는 '導る.'라고 되어 있는데, 의미를 알 수 없는 말이다.

6월 27일

다자이 씨와 여행을 했다.

9시 30분 약속. 기묘하게도 밖으로 나갔는데 딱 마주쳤다. 당신이 너무나도 사랑스러워서 어제 아침부터 저는 M. 검은 스커트에 하얀 블라우스를 입고 출발도 상쾌하게 도쿄(東京)로. 차 안에서 가노 씨를 만났다. 다자이 씨의 얼굴이 순간 빨갛게 물들었다. 마루 빌딩45) 안에 있는 찻집에서 세 사람이 담화. 역 앞에서 헤어짐. 교바시(京橋)에서 콘테46) 씨를 만나고 1시 반쯤에 집으로 돌아왔다.

머리를 묶고 있자니 다자이 씨도 돌아오셔서, 지구사로 갔다.

고개를 살짝 숙인 얼굴. 멍하니 있는 것 같은 때의 아름다운 옆얼굴. 좋아해!

포리곤 사(社)47)에서 보낸 '선물이 있어.'라며 주셨다. 기쁜 하루.

*

배복(拜復), 날이 갈수록 따스함이 더해져 기분 좋은 계절이 되었습니다.

---

45) 1923년에 도쿄 역 앞에 세워진 마루노우치 빌딩. 지하 1층, 지상 9층. 2002년, 그 자리에 새로운 빌딩이 세워졌다.
46) 야마자키 도미에의 친구의 애칭.
47) 포리곤(ポリゴン) 서방(書房)을 말한다. 포리곤 서방에서는 1947년 6월에 다자이 오사무의 작품집 『고려장(姥捨)』이 출간되었다.

일전에 부모님으로부터 두터운 정을 여러 가지로 베풀어주셨다는 말씀을 듣고 정말 기쁘게 생각했기에, 실례인 줄 알면서도 글로 감사의 말씀 올립니다.

얼마 전에 아버지의 편지로 언니께서 이번에 아타미(熱海)에서 개업하시게 되었다는 사실을 알고 매우 분주하시리라 생각하고 있었습니다. 이삼일 전에 반가운 편지를 받았는데, 오래도록 연락드리지 못한 점 사과드리며 동시에 답장이 늦어진 점에 대해서도 용서해주시기 바랍니다.

아버지께도 말씀을 들으셨으리라 생각하는데, 저는 지금 주둔군 관계의 일과 따로 맡고 있는 비서 업무가 있어서, 정말 죄송한 말씀이지만 도와드릴 수가 없습니다.

하다못해 작년쯤이었다면 예전에 부모님께 베풀어주신 은혜에 보답하기 위해서라도 기꺼이 도움을 드렸을 테지만, 기껏 베풀어주신 친절을 헛되이 하는 듯하여 마음 괴로우나 모쪼록 관용을 베풀어주시기 바랍니다. 부디 언짢게는 생각지 말아주시기 바랍니다. 그러나 그 이외의 일로 도움드릴 것이 있다면 언제든 말씀해주시기 바랍니다. 우선은 답장을 겸해 사과의 말씀 올립니다.

이만 실례하겠습니다.48)

---

48) 아마미야 소베에(雨宮惣兵衛) 씨의 장녀에게 보낸 편지의 초고.

7월 7일

6월 24일이 너무 기뻤기에 결국 우산을 잃어버리고 말았다.

그로부터 몇 번이나 술을 마시며 아침을 맞이해도, 조금도 분위기가 무르익지 않는 두 사람. 이건 대체 무엇일까.

그렇게도 울었던 밤이 있었는데, 요즘의 다망한 일 때문일까?

이마노 씨와 상경. 죽을 것이라고 생각하면 너무 많은 사람들에게 피해를 주지 않는 편이 좋으리라는 기분이 들어 발걸음이 무겁다.

가토[49] 씨와 궁성의 초원에 누워 이야기를 나누었다. 지친 삶, 그녀는 내게 재혼하지 않으면 안 된다고. 세상에 한 번도 결혼한 적 없으면서ㅡ.

오늘은 월요일이고 지난주에도 집을 비웠을 때 오셨었기에 어쩌면 와 계실지도 모른다는 생각을 하며 차에서 내리려는 순간 '도미에 씨'라고 누군가 불러 뒤돌아보았다. '이이다 여사[50]'와 사원 분이 오셨다. 공보[51]가 왔기에 지금부터 찾아가려던 참이었다는 것.

"메밀국수 드시지 않으실래요? 맛있고, 무엇보다 요즘 같은 때 흔치 않잖아요."라며 강가의 가게로 갔다. 무료한 말씀. 이분도 재혼하지 않으면 안 된다고 말한다.

"오늘은 얌전하네, 삿짱, 술 마실까?"

---

49) 가토 이쿠코(加藤郁子). 미쓰이 물산 사원.
50) 이이다 후미(飯田富美). 미쓰이 물산 사원. 야마자키 도미에의 다도 및 꽃꽂이의 스승이자 오쿠나 슈이치와의 만남을 주선한 인물.
51) 남편 오쿠나 슈이치의 전사를 알리는 공보. 도미에는 이날부터 공식적으로 유부녀에서 미망인이 되었다.

7월 9일

슬픈 사람 둘, 지구사에서 묵다.

"다자이 씨는 나 때문에 죽는 게 아니라는 거, 알고 있어요."

"너 때문에 살아 있는 거야. 정말이야."

"제가 괴로워요."

"내가 괴로워. 말하면 네가 울 거 같아서 말은 하고 있지 않지만 내 재능을 이어줄 사람이 없다는 것은 슬픈 일이야."

"안타까워, 다자이 씨를 죽게 하는 건 아까운 일이에요."

"삿짱은 여자 다자이야, 그래서 좋아하는 거야."

꽤나 많은 나의 닉네임.

여자 다자이, 쓰바키야의 삿짱, 스타코라 삿짱, 두더지, 동광52).

도미에가 공식적으로 미망인이 되었다는 사실을 의식해서일까 다자이는 7월부터 '지구사'의 2층으로 작업실을 옮겼으며, 니시야마(西山)라는 사람의 집에 방을 하나 더 빌려 7월부터 8월까지 작업실로 사용했다. 이곳은 도미에가 알고 지내던 사람의 집으로 아주 친하게 지내던 두어 명의 편집자만이 알고 있던 작업실이었다. 작업실이라기보다는 도미에와의 밀회 장소였다고 하는 편이 옳을지도 모르겠다.

이날 두 사람의 대화로 보아 자살에 대한 이야기가 있었던 듯하다.

---

52) 東光. 읽는 법이 분명하지 않아 한자를 우리 식으로 읽어 옮겼다.

7월 10일

"다자이 씨 이외에 내가 죽는 진짜 의미를 아는 사람은 없어요."

"사랑하고 있다는 증거야."

라며 꼬집었다.

"사랑이란 아픈 거군요."

라며 웃었다. 나는 가장 행복한 사람. 살아 있기를 잘했다고 생각한다.

7월에 피난을 가 있던 이부세 마스지(주89 참조)가 도쿄로 돌아왔기에 미치코와의 결혼에 앞서 서약서를 써 이부세에게 제출했던 다자이는 도미에와의 관계, 시즈코와의 관계 때문에 부담감을 느꼈을지도 모른다. 그 서약서의 내용은 다음과 같다.

<이부세 마스지 님, 일가 분들에게.
이번에 이시하라 씨와 약혼하기에 앞서 글을 한 통 올립니다. 저는 자신을 가정적인 남자라 생각하고 있습니다. 좋은 의미에서든, 나쁜 의미에서든 저는 방랑을 견딜 수 없습니다. 자랑을 하고 있는 것이 아닙니다. 단지 저의 어리석고 교제에 서툰 성격이 숙명으로 그것을 결정지은 듯 여겨집니다. 오야마 하쓰요(小山初代, 「도쿄 팔경」에 자세한 이야기가 적혀 있다. (『그럼, 이만…… 다자이 오사무였습니다.』(현인) 수록)와의 파혼은 저로서도 아무렇지도 않게 행한 것이 아닙니다. 저는 당시의 괴로움 이후 다소나마 인생이라는 것을 알게 되었습니다. 결혼이라는 것의 본의를 알게 되었습니다. 결혼은, 가정은, 노력이라고 생각합니다. 엄숙한 노력이라고 믿습니다. 들뜬 마음은, 없습니다. 가난해도 평생 소중하게 여기도록 노력하겠습니다. 다시 제가 파혼을 거듭한다면 저를 완전히 광인으로 여기고 버려주십시오. 이상은 평범한 말입니다만, 제가 이후 어떤 사람 앞에서도 분명하게 할 수 있는 말이며, 또 신 앞에서도 조금의 부끄러움도 없이 서언(誓言)할 수 있습니다. 모쪼록 신뢰해주시기 바랍니다. 1938년 10월 24일 쓰시마 슈지(인)>

7월 14일

"아들이 병 때문에 가여워서 견딜 수 없을 때가 있어[53]. 그럴 때면 아아, 차라리 아이와 함께 죽을까도 싶어. 누구도 그런 나의 괴로움을 알지 못해."

"다자이 씨 같은 분이, 그런 집에서 살며 이런 모습으로 계시는 걸까 생각하면 — 괴로워하시는 것이라 여겨져요."

"이런 말 누구에게도 한 적 없었어. 너와 나는 왠지 가족 같다는 느낌이 들어."

"네, 저도 가끔 오빠 같다는 생각이 들 때가 있어요."

"너를 죽지 않게 하기 위해서 죽으려 할 때 밀가루라도 먹일까 생각하곤 했었는데. 네가 먼저 죽겠다고 말했었지? 남겨진 내 모습을 생각하면, 끔찍해. 끔찍해. 먼저 죽어버리면 시체를 발로 차줄 거야, 나는. —그러니 같이 죽자. 이렇게도 믿고 있으니."

*

부모님보다 먼저 죽는 것이 불효라는 사실은 알고 있습니다. 하지만 남자 가운데 이 이상의 사람은 다시없을 것이라 여겨지는 사람을 만나버리고 말았습니다. 아버지는 이해 못하실지도 모르겠습니다만.

---

53) 다자이 오사무의 장남 마사키(正樹). 다운증이었다. 15세에 폐렴으로 사망. 다자이는 몸이 불편한 장남을 '불합격자'라고 부르며 각별히 아꼈다.

다자이 씨가 살아 있는 동안에는 저도 살아 있겠습니다. 하지만 그 사람은 죽을 거예요. 그 사람은 일본을 사랑하기 때문에, 사람을 사랑하기 때문에, 예술을 사랑하기 때문에, 아이의 아버지이지만 아이를 남겨두고, 그것도 자살하려 하는 슬픔을 헤아려주시기 바랍니다. 저도 부모님의 노후를 생각하면 가슴이 미어집니다.

하지만 자식도 언젠가는 부모님 곁을 떠나지 않으면 안 되는 걸요. 사람은 언젠가는 죽지 않을 수 없잖아요.

오랜 세월 정말, 정말 심려만 끼쳐드렸습니다. 자식복이 없는 부모님이 안쓰러워서 견딜 수가 없습니다.

아버지 용서해주세요. 도미에가 살아갈 길은 이것밖에 없었던 것입니다. 아버지도 다자이 씨가 아들이었다면, 사랑스럽고 사랑스러워서 견딜 수 없으실 그런 분입니다.

음지에서나마 노후를 지켜볼 수 있게 해주십시오.

제가 사랑하는 것은 인간 쓰시마 슈지입니다.

부모님 앞으로 쓴 야마자키 도미에의 첫 번째 유서. 이 유서는 발송되지 않았다. 사랑과 효, 애인과 부모님 사이에서 갈등하는 도미에의 심경이 잘 드러나 있다.

7월 23일

"그래서 화가 나신 거죠?"

하우스에서 M이 되어 귀찮고 지쳤기에 잠을 자다 저녁에 돌아왔다. 3시 무렵, 다자이 씨가 오셨었다고. 저녁, 애가 타게 기다렸지만 오시지 않으셨다. 8시까지 기다리다 산책을 나갔다.

길모퉁이에 사람이 서 있기에 하나 뒤의 골목으로 들어섰더니 정원 앞으로 나와버렸다. 사모님[54]이 검은색 서양식 옷을 입고 일을. 소노코[55] 짱이 새하얀 팬티 한 장 입은 모습으로 복숭아를. 귀여웠다. 니시야마 씨 집에서 돌아오는 길에 다시 한 번 들러보았더니, 역시 길모퉁이에 사람. 슬립 차림의 사모님이 아이들을 재우고 뒷정리에 분주하신 듯한 모습. 손님이 계신 건가?

사모님이 건강해 보이는 모습으로…… "화나셨죠?"라고 말씀하시는 목소리가 들리더니, 뭐라고 중얼중얼 두 마디 정도, 어두운 옆방에서 들려왔다. 아아, 벌써 잠자리에 드셨구나, 하고 마음이 놓였다.

처음에는 소노코 짱 덕분에 마음이 밝아졌었지만, 두 번째에는 다자이 씨가 왠지 가엾다는 생각이 들어서 가슴이 먹먹했다.

미안하지만 나도 사모님이 무섭다. 첫날 밤― "무서워, 난 무서워.

---

54) 쓰시마 미치코(津島美知子, 1912~1997). 다자이 오사무의 아내. 결혼 전의 성은 이시하라(石原). 도쿄 여자 고등사범학교 졸업. 야마나시 현립의 고등여학교에 재직(지리와 역사를 가르쳤으며 기숙사의 사감을 겸임)하던 중 다자이 오사무와 혼약, 1939년 1월 8일에 이부세의 집에서 이부세 마스지 부부의 주선으로 결혼식을 올렸다.

55) 園子. 다자이 오사무의 장녀.

구해줘."라고 하신 말씀이 떠오른다. 불행한 가정. 사모님은 여학교의 선생님 같은 느낌이 드는 분이라고 생각했다.

　죄송해요. 사모님. 이런 비열한 짓을 해서, 저는······.

시즈코는 산장에서 『신조』 7월호에 실린 「사양」 제1회를 보고 자신의 일기가 도움이 되었음을 알았기에 용기를 내서 다자이에게 편지를 보내 1만 엔을 부탁했다고 한다. 바로 전보가 왔는데 내용은 <이번 달 안에 1만 보내겠음 안심할 것>이었다고 한다. 다자이는 1만 엔을 보내기는 했으나 이후 시즈코를 찾아가지도 편지를 보내지도 않았다.

8월 22일

미야자키(宮崎) 씨, 기타야마(北山) 씨, 벳쇼(別所) 씨가 오셨다. 20일 낮. 이시이[56] 씨를 안내해서 함께 니시야마 씨 댁에 갔다가 묵고, 21일에도 "자고 가자.", "네, 자고 가요."라며 계속 머물렀는데, 저녁에 노하라 씨가 오셨다. 그 전에 "노하라가 지금 여기에 와도 나는 놀라지 않을 거야."라고 막 얘기를 한 참이었는데. 셋이서 묵었다.

"삿짱이라고 부르지 않았지, 노하라는."

"묵는다면 술을 마시겠다고 말했지, 그 녀석."

—몸의 상태가 그다지 좋지는 않으시지만, 저로서는 어찌할 수도 없는 걸요.

"네 잘못이야. 네가 없었잖아. 절망스러웠어. 기치조지(吉祥寺)에서 위스키를 1병 마셔버려서."

그래서 제가 없으면 걱정이에요. 그때는 어쩔 수 없었던 걸요. 그리고 날짜를 결정해서 분명히 말씀드렸었는데, 안 그래도 건강하지 못한 몸인데 너무해요. 미야자키 씨는 전에도 한 번 뵌 적이 있었고, 또 그때는 다자이 씨와 함께라는 사실을 매우 기뻐하는 것처럼 보였기에 주무실 거라면, 하고 잠깐 방으로 들였다. 지구사에서 맥주와 소주를 지참했다. 실례의 말을 한다고 느낀 부분도 있었지만, 그냥 넘어가기로.

---

56) 이시이 다쓰(石井立). 지쿠마 서방의 편집자. 다자이 오사무가 가장 신뢰하던 편집자 가운데 한 명.

"선생님은 요즘 너무 많이 쓰고 계세요. 자살하는 게 아닐까 생각돼요."

라고 기타야마 씨. 가슴이 뜨끔했다. 매일이 죽음과의 투쟁. 한 글자, 한 구절이 죽음과의 투쟁. 다자이 씨를 한 면씩 알아가는 것은 슬픈 일이지만, 가까이 다가가고 있다는 기쁨도 있다.

"당신 요즘 안색이 좋지 않아요."라고 노하라 씨.

좋지 않고말고요. 죽을 때까지 그 누구도, 그 무엇도 알지 못하게 하고 싶다. 그리고 또 그 누구도 그 무엇도 알지 못하는 깊은 이유를. 죽고 나면 누구도 알지 못하는 일들뿐. 둘만으로 충분하다.

8월 24일

정오쯤 되어 콘테와 돌아왔다. 아침, 다자이 씨가 오셨었다고. 장바구니를 들고 오셨다, 며 평소에는 보이지 않던 아줌마의 표정. 역시 오셨었구나 하며 묵고 온 일을 안타깝게 생각했다. 출장에서 돌아오니 콘테 씨가 지구사에 와 계신다고 했다.

기모노 차림의 남편을 다시 2층으로 안내했다. 셋이서 마셨다. 미야자키, 기타야마, 벳쇼 씨들과의 일을 이야기했다가 야단을 맞았다.

"네 마음을 모르는 건 아니야, 그래도 거절을 해. 무엇보다 실례잖아. 어쨌든 내 아내잖아. 나는 불쾌해."

죄송, 죄송, 죄송합니다. 콘테 씨도 다자이 씨와 하나가 되어 "너, 못쓰겠구나."라고 말하기에 쓴웃음을 지었다.

"이 사람하고 같이 좀 놀아주세요. 이 사람의 좋은 점은 남의 흉을 보지 않는다는 거예요. 저는 꽤 흉을 보지만. 이 사람이 흉보는 건 아직 한 번도 들어본 적이 없어요. 당신은 좋은 친구를 뒀어요. 행복한 사람이에요. 제게는 없어요."

아이고, 아이고. 슬픈 말씀뿐. 집으로 돌아가는 콘테 씨를 배웅하기 위해서 함께 기치조지까지 갔다가 니시야마에서 묵었다.

조금 전에는 이 사람하고 같이 좀 놀아주세요, 라고 평소답지 않게 거듭 말씀하시던 것이 마음에 약간 걸렸었는데, 그 의미를 깨달았다. 혼자서 죽겠다는 말씀이신가요.

"안 돼, 삿짱. 10월까지 못 버틸 거야. 초췌해져버렸어. 잠을 자지 않으면 안 돼."

"누군가 좋은 사람을 찾아서 행복해지도록 해."

"좋은 사람은, 결혼할 상대는, 당신밖에 없는 걸요."

울고, 울고, 또 울어버렸다.

"미안해. 나는 괴로워. 헤어져 있는 동안이ㅡ. 어째서 너와 함께 있으면 마음이 놓이는 걸까. 이상해.", "……."

"저기, 남녀관계를 말하는 게 아니라, 뭔가 똑같은 것으로 이어져 있는 부분이 있어. 내 내장의 일부분 같다는 생각이 들어. 그래서 언제나 곁에 있어주지 않으면 괴로운 거야."

"응, 같은 피가 흐르고 있는 것 같다는 기분이 들어요. 여동생이어도 상관없으니 쓰시마 가에서 태어났으면 좋았을걸."

"너의 그 응, 이라고 하는 거 아주 좋아. 곰보도 보조개로 보일 정도야."

"샷짱에게 반해버렸어.", "어머어머, 또 시작이네……."

다자이 씨를 기다리기 위해 시집도 가지 않고 있다는 여자 분의 이야기도 재차 들었다. 여자 분이 가여워서 눈물이 났다. 둘이서 꽤나 울어버렸다. 우리 두 사람 모두 지금까지 남들 앞에서는 우는 얼굴을 보인 적이 없었는데. 그리고 우리들의 괴로움도.

어째서 우리는 이렇게 슬픈 걸까. 울었다. 울었다.

"저, 특별히 아무런 말도 하지 않고, 먼저 갈게요."

"안 돼, 안 돼, 그건."

꼭 끌어안고 당신이 죽으면 저도 죽겠어요, 당신 없는 세상에 무슨 낙이 있겠어요.

"함께 데려가주세요."

"미안해, 삿짱을 감사히 받겠어."

"응, 감사히 받다니요. 부탁이에요. 모시고 갈 수 있게 해주세요."

일기 속의 '시집도 가지 않고 있다는 여자 분'은 시즈코를 말하는 것일까, 아니면 또 다른 여자를 말하는 것일까. 이 무렵 다자이는 시즈코에게 1만 엔을 보냈을 것이라 여겨지며, 시즈코는 다자이가 이즈에서 「사양」 1, 2를 탈고하고 도쿄로 돌아오는 길에 시즈코를 찾아갔으나 길이 엇갈렸을 때 다나카 히데미쓰와 통화를 한 인연이 있었기에 다나카와 편지를 주고받으며 여러 가지 일들을 상의했다.

8월 28일

오늘로 벌써 3일째. 26일 낮, 니시야마 씨 집에서 나선 순간 길에서 다자이 씨 토했다. 술을 섞어서 마셨기 때문일까? 몸이 정말로 약해지셨구나, 하고 책임도 있는 나의 몸. 안쓰럽다는 생각이 들어서, 죄송합니다, 하고 마음속으로 사죄했다.

"조금은 일을 미루세요. 양생을 하세요."

"고마워."라며 9월 12일까지의 이별.

병에 걸리면 용서하지 않겠어, 라고 말씀하셨으면서 당신이 먼저 쓰러지시다니, 들여다볼 수도 없잖아요. 저 언제라도 함께 따라갈게요.

어젯밤 9시 반쯤 집 뒤쪽으로 돌아가 보았더니 벌써 덧문이 내려져 있고 모두 주무시는 듯.

'제발 저를 생각해주세요. 와주세요. 가끔 거기로 와주세요.' 라고. 울타리 가까이까지 가보았더니 마치 신파극의 세트 같은 느낌이 드는 집. 정원이 아름답게 쓸려 있어서 상쾌한 느낌. 안녕히 주무세요, 다자이 씨. 코피 같은 것 흘리지 마시고요. 오늘 2시쯤, 근처까지 갔었다. 하나 앞에 있는 길로 들어서 밭 앞쪽에서 바라보았다. 정원에 나와 계시기라도 하면 틀림없이 알 수 있을 텐데, 어째서 시간과 장소를 약속해두지 않았는지 후회가 됐다.

어제도 생각이 나서 눈물이 흘렀고, 책을 펼치면 애처롭게 여겨진다.

헤어지고 난 뒤 갑자기 등이 무지근해진 느낌. 피를 토하고 싶다.

생각해주고 있나요? 생각해주시고 있는 건가요? 몸은 괜찮나요? 몸
조리 잘하세요.

*

"노하라하고 노히라[57]는 귀여워요. 그렇죠?"

"하지만 그런 잡지사의 공기는 사람에게 좋지 않아."

"두 사람 모두 그만두고 싶다고 했어요."

"그게 좋을 거야."

노하라 씨 들은 다자이 씨의 말씀을 대체 어떤 마음으로 듣고
있는 걸까? 진지하게, 고분고분 듣고 있는 걸까, 곧 세상을 떠나버릴
사람인데. 그리고 이 세상에서 가장 좋은 분이신데. 안 돼, 정신 차려.
비천한 사람이 되지는 말아주세요.

한밤중에 눈을 떴더니 당신이 꿈을 꾸며 웃고 있는 얼굴이 떠올랐
습니다.

26일에 자살계획을 세웠던 것일까? 자살까지는 아니라 할지라도 '9월 12
일까지의 이별'이라는 말로 보아 무엇인가 계획을 세웠던 듯하다. 이날의
일기만으로는 자살계획이라 단정 지을 수 없지만 이후의 일기들을 보면 역
시 자살계획이 있었던 것이 아닐까 싶다.

도미에는 이튿날인 29일, 부모님에게 남기는 유서를 작성했다.

---

57) 노히라 겐이치(野平健一). 신초샤의 편집부원. 다자이 오사무의 신뢰
를 얻어 『사양』의 편집, 「여시아문(如是我聞)」의 구술필기를 담당했다.

8월 29일

정확히 정오 무렵, 가까이까지 가보았습니다. 오늘은 사모님께 들켜도 상관없다며 한번 용기를 내서 정원이 보이는 그 골목으로 들어서서 멈춰 서 보았습니다만, 쥐 죽은 듯 고요할 뿐이었습니다. 점심을 먹을 때이니 말씀을 하시는 목소리 한번쯤은 들을 수 있지 않을까 생각했습니다만, 너무나도 안타까운 마음에 앞문으로도 들어가 보았습니다. 몸이 조금 떨려왔습니다. 창문도 현관문도 닫혀 있었습니다. 혹시 악화되기라도 하셔서 입원해버린 것 아닐까 싶었으나, 그렇다면 그때는 누군가를 통해서 소식 정도는 주셨을 것이라 생각을 고쳐먹고 가게로 갔습니다.

오손 선생 언행록58)을 다시 한 번 읽고 있습니다. 4월에 다자이 씨의 책을 처음 샀을 무렵에는 맞은편에 계시다는 사실 등이 머릿속에 들어 있어서, 지금 다시 읽어보니 꽤나 많은 부분은 놓치며 읽었다는 생각이 들었습니다.

12일까지의 오랜 시간 동안, 한 권씩 깊이 읽어보겠습니다. 12일에는 정말 와주시는 거겠지요? 몸이 악화되신다 할지라도 준비해놓고 기다리겠습니다.

시계조59)가 가게를 열었습니다. 요즘에는 누구를 만나기도 싫고, 아니, 당신 탓입니다. 뵐 수가 없잖아요.

---

58) 黃村先生言行錄. 다자이 오사무의 단편소설「오손 선생」시리즈의 첫 번째 작품.
59) シゲ女. 누구인지 명확하지 않다. 야마자키 도미에와 친분이 있던 사람일까? 읽는 법도 분명하지는 않다.

〈안 그래도 뺨이 홀쭉했는데 한층 더 홀쭉해져서 광대뼈만 튀어나왔고, 옴폭 파인 눈 안쪽에 기력도 힘도 없이 충혈된 눈동자가 흐릿하고 희미한 빛을 머금은 채 어딘가 쓸쓸해 보이는 미소를 띄우며…….〉

8시 무렵, 노하라 씨가 왔다.

"누구도 2층에 들이지 마."

"네, 안 계실 때에는 누구도 들이지 않을게요."

그렇게 말씀하셨지만 틀림없이 다자이 씨를 만나고 돌아오는 길이리라 생각했기에 2층에 들였다. 시메이[60]의 발췌를 별 생각 없이 써보았었는데, 그대로의 모습이신 듯. 눈물이 날 것 같아 난처했다. 누워만 계신 듯하다고, 식사도 제대로 못하고 계신 듯하다고,

"앞으로 열흘 정도만 지나면 일어날 수 있을 거야."라고 말씀하셨다고. 12일을 말씀하시는 거죠? 죄송합니다. 짐도 대부분 정리했습니다. 노하라 씨가, "선생님께서 죽겠다고 말씀하신 적 있으신가요?"라고 넌지시.

여러 가지로 교제를 청했던 분들께 커다란 신세를 지고 폐를 끼치기만 했는데, 저 혼자서만 행복을 빼앗아 가버리는 듯해서, 죄송합니다.

처음에는 다자이 씨도 저도, 죽겠다는 각자의 결심이 일치했을 뿐이었으나, 요즘에는 다자이 씨가 말씀하신 것처럼 서로가 서로의

---

60) 후타바테이 시메이(二葉亭四迷, 1864~1909). 소설가, 번역가. 대표작인 사실주의 소설 「뜬구름(浮雲)」은 언문일치로 집필, 일본 근대소설의 개조가 되었다.

내장 가운데 일부분인 것 같다는 일치감입니다. 은근슬쩍 노하라 씨에게 제 마지막을 장식해줄지도 모를 제 사진을 보여드렸습니다. 사모님께서 용서해주시기만 한다면 사진만이라도 함께 넣어주었으면 좋겠습니다.

제가 언젠가 "친구에게 뼈의 일부분이라도 좋으니 함께 묻어줬으면 좋겠어, 라고 말했더니, 걱정하지 마, 내가 곁에 묻어주겠다고 약속할게, 라고 말해줬어요."하고 말씀드렸더니, "걱정할 거 없어. 모두가 그렇게 해줄 거야. 무덤[61]을 만들어줄지도 몰라."라고 말씀하셨습니다. 저세상에서의 꿈을 기꺼이 여기며 가겠습니다. 다자이 씨와 함께라면 어디를 가든 조금도 두렵지 않습니다.

맞아요, 언젠가 함께 잠자리에 들었을 때 저세상에 대해서 이야기를 하다,

"돌아가신 오빠들[62]이 기뻐하시겠지요, 제가 가면. 그리고 다자이 씨의 부모님께 인사를 드릴 때에는 우선 커다란 도미를 요리해서 모두에게 인사드리겠어요."

"그래그래, 그러면 말이지 할머니께서 아니다, 내가 요리하마, 라

---

61) 비익총(比翼塚)을 말한다. 비익총은 사랑을 이루지 못해 동반자살한 남녀를 함께 묻은 무덤. 실제로 다자이 오사무의 장례위원장이었던 도 요시마 요시오가 두 사람의 비익총을 만들어주자고 제안했으나 실현되지는 않았다.

62) 둘째 오빠와 셋째 오빠를 말한다. 특히 둘째 오빠인 도시카즈(年一)는 야마자키 도미에가 형제 가운데서 가장 친밀함을 느끼던 사이였는데 다자이 오사무가 그 오빠와 같은 고등학교(히로사키)를 나왔고, 또 나이도 비슷했기에 혹시 오빠의 학창시절을 알고 있지 않을까, 혹시 알고 있다면 이야기를 들어보고 싶다고 생각해서 처음 다자이 오사무를 소개받은 것이라고 한다.

고 말씀하실 거야. 할머니는 그런 분이시거든."

"깜짝 놀라시겠지요?"

"어라, 사람이 바뀌었네, 라고 말씀하실 거야."

"삿짱, 미안해. 너를 얻어야겠어."

지금 들고 있는 장바구니, 기치조지에 함께 갔을 때 다자이 씨가 사주신 것. 매일 함께 있었을 때의 추억이 끊이질 않는다.

"10년 전[63]에 만났으면 좋았을 텐데. 선배는 어째서 너를 소개시켜주지 않았던 걸까? 같은 혼고(本鄕)에 살고 있었으면서."

"하지만 그건 다자이 씨 잘못이에요. 자동차 같은 걸 타고 학교에 다니셨잖아요. 만약 걸어서 다니셨다면 틀림없이 옥상[64]에서 모자 위로 침이 떨어졌을 텐데—."

물산의 가토 이쿠코 씨에게는 커다란, 커다란 신세를 졌습니다. 실례의 말씀입니다만 유품을 뭔가 기념으로 드리고 싶습니다.

미야자키 하루코 씨에게도 이번만은 폐를 끼쳤습니다. 감사의 마음으로 기념품을 드리기 바랍니다.

정리해야 할 물건은 거의 정리를 했고 세탁도 했습니다만, 지저분한 물건이 남아 있다면 모쪼록 용서해주시기 바랍니다.

다자이 씨는 제게 과분한 남편. 그리고 제게 없어서는 안 될 남편이었습니다.

"내 아내잖아."라고 말씀해주셨던 마음, 잊지 않겠습니다.

---

63) 다자이 오사무가 결혼하기 전을 말한다.
64) 오차노미즈 미용학교의 옥상. 오차노미즈 미용학교는 오차노미즈 역에서 도쿄 대학으로 가는 통학로에 위치해 있었다.

"너와 하나가 되고 싶었어. 너를 맞아들인 사람은 행복할 거야."

저도 10년 전에 만나고 싶었습니다.

9월 4일쯤 찾아뵙겠다는 약속을 노하라 씨와 했다.

8월 30일

"제가 선생님의 여동생으로라도 태어났다면."

"가끔 오빠 같다는 생각이 들어요."

"그리고 애인이잖아요."

8월 31일

하야카와 씨의 말씀과 노하라 씨의 말씀에 일희일비하고 있었는데, 오늘 아침 8시 반 무렵 "오쿠나 씨."라는 목소리에 벌떡 일어났다. 다자이 씨였다. 창백한 얼굴에 지친 모습으로, 사모님께서 집을 비우셨기에, 그만둘까도 싶었으나 역시 부르러 왔어, 라고 말씀하셨다.

"자, 얼른."하고 허둥지둥 돌아가셨다. 얼른 준비를 해서 찾아갔다. 처음으로 보는 집 안. 서로 조금도 슬픈 듯한 얼굴은 하지 않고, 평소와 다름 없는 삿짱과 다자이 씨. 마사키 군이 아장아장 장난감을 들고 들어왔다. 비용의 아내 속에 있는 작가의 괴로움을 떠오르게 하는 듯한 모습. 실례가 될까 싶었으나 다자이 씨의 아이를 안아보고 싶다는 마음이 솟아서 "안아봐도 될까요."라고 말씀드렸더니 "아니, 얘는 고독을 즐기는 아이야."라는 대답. 부모의 마음에 얼마나 슬픈 일일까 생각하자 눈물이 쏟아져버리고 말았다.

9시 무렵부터 2시까지 이야기를 나누었다. 오전 10시와 오후 1시에는 서로의 마음이 일치한 듯한 마음이 들어 서로가 서로를 생각하고 있는 것 이상으로 사랑하기로 합시다, 라고 약속했다. 주먹밥을 만들어주시기도 하고, 과일을 내주시기도 하고, 책을 받기도 하고, 사진을 보기도 하고. 오늘은 마치 꿈을 꾸는 듯한 하루였다.

"마음 굳게 먹지 않으면 안 돼요. 마음 굳게 먹으세요.", "마음 굳게 먹을게.", "어서 가." ─아아, 우리끼리만 통하는 말. 12일을 즐거운 마음으로 기다리며 환자 같은 모습은 전부 사라지고 없기를, 10월에는 함께 여행을 해요. 정말로─.

9월 1일

쓰요시 짱을 만났다. 오늘 아침 다자이 씨의 집에 갔다가 지금 돌아오는 길이라고. 혈색도 아주 좋으시고 건강하십니다. 이제 일주일쯤만 지나면 오시지 않을까요, 라는 대답. 아주 기뻤다. 나는 틀림없이 가슴 언저리가 조금 나빠져 있다. 결행할 때까지는 건강하게 살고 싶다.

'사에라(さえら)', '단보(ダンボウ)'에 들름.

"오쿠나 씨의 남편, 돌아가셨다면서요?"

다자이 씨가 말씀하셨다고. 쓴웃음을 지었다. 죽고 싶다고 말씀하셨어요, 라고도. 청산가리[65]는 3분 정도 만에 죽어버리는 듯하다.

---

[65] 전쟁말기, 미군의 일본 상륙에 대비해서 자결용으로 배포한 것. 이 당시 개인이 청산가리를 소유하고 있는 것은 보기 드문 일이 아니었다.

9월 2일

약속한 시간이 얼마 남지 않았다는 것은 정말 즐거운 일이에요.
뵐 수 있을 것 같다는 기분이 들어서. 아래층의 시계가 10시를 쳤다.
다자이 씨, 안녕히 주무세요. 사이를 두고 옆집 시계가 10시를 쳤다.

다자이 씨, 안녕히 주무세요. 몇 번이고 10시가 오다니, 기쁜 일이
야.

9월 3일

아침에 자다가 그대로 기쁨을 맞이했다.

일기에는 없지만 이후 9월 24일은 도미에의 생일이었는데 오노 히데카즈 (小野英一)의 초대로 다자이, 이마 하루베(주70 참조), 도미에는 아타미로 1박 여행을 떠났다.

10월 17일

월 초에 그리스도(다자이 씨)의 부활이 있었기에ㅡ.

슈 짱66)은 벌써 오랜 시간, 푹 주무시고 계신다. 왠지 기쁘다. 편집자나 방문자 등으로부터 해방되어, 지친 몸을 조금이라도 오래 쉬게 해드리고 싶어. 주무세요, 푹 주무시고, 좋은 작품을 써주세요.

---

66) 다자이 오사무를 말함.

10월 30일

「빛(光)」의 원고를 들고 오셨다.

나도 바뀌지 않으면 안 된다.

침묵의 시간의 의미는

하나의 책임

혼자 있을 때도 자신을 드러내도록

뭔가 생각하신 모양

마음이 가라앉지 않아서 밖에 나가보았다. 같은 발자취를 밟는 듯한 마음으로 댁 가까이까지 갔다.

쓸쓸한 마음. 향연의 흔적이 남아 있는 벚나무를 찾아내 꺾었다. 슬픈 일입니다.

올 여름을 마지막으로 이제 두 번 다시는 쓸 일이 없으리라 생각하며 산 꽈리 모양의 사발이 아직도. 그리고 집 근처에서 이렇게 비참한 모습을 한 나팔꽃을 꺾게 하다니.

신이시여, 하지만 대화 가운데서 느끼지 못할 불안은 아니었습니다. 그러나, 하지만 평범한 사람의 상상 같은 건 맞지 않는 것일 테니, 그렇지 않고는 살아갈 수 없는 걸요. 믿어도 괜찮을 것 같아. 것 같아? 안 될지도 모른다고 말씀하시는 건가요?

설령 혼자서 아름다운 여행을 떠난다 할지라도 역시 믿고 떠나겠습니다. 괴롭고 슬픈 가운데서 간신히 찾아낸 분이시니. 혼돈스러운 세상 속에서 살아왔는걸요. 하다못해 저의 아름다운 자부심만은 꿈에서라도 좋으니 가져갈 수 있게 해주세요.

행복을 빌겠습니다. 행복하시길—

행복을 비는 아름다운 사람

슈지 씨

제가 이 정도의 것밖에 가지고 있지 않았던 것이 틀렸던 겁니다.

제가 틀렸던 겁니다.

"좋은 사람은 존귀하다."

좋은 사람이 됩시다. 노력합시다. 힘을 다하다 쓰러지면, 천명입니다.

*

식[67])을 치를 때

추억으로 장식해주세요, 이 사진 가운데서.

다자이 씨의 사진을 한 장 같이 넣어주세요.

매장을 하든, 화장을 하든.

*

쓰요시 짱에게 보내는 엽서

배복, 편지 읽었습니다.

---

67) 야마자키 도미에 자신의 장례식을 말하는 듯.

좋은 일을 했다고 생각합니다.

좋은 인간이란, 학문이 있는 인간보다도, 또 재능이 있는 인간보다도 존귀한 법입니다. 자신을 사랑하시기 바랍니다.

저는 당신을, 제 일의 완성을 위해서라도 의지하고 있는 부분이 있습니다.

다자이 오사무

11월 13일

아오야나기 미즈호[68] 씨가 오셨다.

이시이 씨도 동석.

하루 전인 11월 12일에 시즈코가 딸(오타 하루코)을 출산했다.

68) 青柳瑞穂(1899~1971). 프랑스어학자, 시인, 미술평론가. 수필로도 유명하다.

11월 14일

아침, 후루타 씨가 오셨다. 젊은 여자와 함께. 시계조도 어울려 저녁식사. 사소한 트러블이 있어서······.

11월 15일

사양의 오빠69)가 왔다.

나가이(永井) 씨의 편지에 의한 것.

어떻게 된 일인지 경위를 모르는 채로 온 듯.

다자이 씨. 직접 만나서 오히려 다행이야, 라며 안심하신 듯.

증(證)

오타 하루코(太田治子)

이 아이는 나의 사랑스러운 딸로

아버지를 언제까지고 자랑스럽게 여기며

자라기 바랍니다.

1947년 11월 12일
다자이 오사무

시즈코의 동생 도오루가 야마자키 도미에의 방으로 다자이를 찾아갔다. 도오루가 온 직후 우연히 노하라도 그 방으로 찾아왔는데 다자이는 위 증서를 써주고 도오루에게 '돈 때문에 어려운 일이 있으면 언제라도 말하라.'는 말을 누나(시즈코)에게 전해달라고 부탁했다고 한다.

한편, 증서의 원문에는 '……자랑스럽게 여기며 건강하게 자라기……'라고 되어 있다.

69) 여기에는 오빠라고 되어 있으나 실제로는 남동생 도오루였다.

11월 16일

이마70) 씨, 노하라 씨가 오셨다.

여러 가지 일이 있었습니다.

울었습니다. 얼굴이 부을 정도로

울었습니다. 너무 외로웠습니다.

"삿짱, 괴로웠어?"

아니요, 그런 말로 표현할 수 있는 게 아니었어요. 그만 죽어버릴까 생각했어요.

괴로워서, 슬퍼서, 오체(五體) 하나하나가 어딘가 먼 곳으로 뽑혀가버리는 듯했습니다. 사실은, 사실은 울지 않으려고, 울지 않으려고 애를 썼습니다. 눈물을 흘리지 않으려고 책상 위를 닦아보기도 하고, 서보기도 하고, 바느질감을 펼쳐보기도 하고, 사실은 가만히 내버려둔 채 말하지 않기를 바라고 있었습니다.

(이하 4행 말소)

게다가 "몸을 중히 여기기를.", "무슨 일이든 상의하겠네."라고 말씀하셨는데.

"슈지의 지(治), 이건 '하루'라고도 읽지요? 하루코(治子), 이

---

70) 이마 하루베(伊馬春部, 1908~1984). 극작가. 1934년에 『파란 꽃(青い花)』의 동인으로 다자이 오사무와 알게 되었다. 다자이는 1939에 자신의 단편 「축견담(畜犬談)」을 이마 하루베에게 바쳤다. 패전 전후에 유머소설, 라디오 드라마 등의 분야에서 활약했다. (『그럼, 이만…… 다자이 오사무였습니다.』(현인) 참조)

이름은 어떻습니까?"

"삿짱, 어때?"

사양의 오빠를 앞에 두고 "싫어요."라고 말할 수도 없고, 이때만은 정말 말로 표현할 수 없을 만큼 괴로웠습니다. 당신의 자녀들에게조차 이름 가운데 한 글자를 따서 주시지 않았으면서.

사양의 아이이기는 하지만 쓰시마 슈지의 아이는 아니에요. 사랑이 없는 사람의 아이라고 말씀하셨잖아요. 여자아이라서 다행이라고 생각했습니다. 남자아이라면 마사키 짱이 가여울 것이라는 생각에 걱정을 하고 있었습니다.

(이하 3행 말소)

"그런 건 형식일 뿐이잖아. 네게는 아직 슈(修)라는 글자가 남아 있잖아. 울지 마. 나는 슈지 씨가 아니라, 슈짱이잖아. 울지 마."

"싫어요, 싫어요, 이름도 싫어요. 머리카락 한 오라기조차 싫어요. 제가 목숨을 걸고 소중히 여겨온 보물이었는데."

"하지만 난 기뻐, 그렇게 생각해줬다는 사실이. 미안해, 그건 실수였어. 사양의 아이이니 요코(陽子)라고 해도 됐을 텐데. 너무 늦어, 너는. 요전에도 너를 만나기만 했었더라면 이즈에는 가지 않아도 됐을 거야. 그랬다면 나도 괴로워하지 않아도 됐을 거야. 하루만 더 빨랐더라면 좋았을 텐데─."

"자, 그만 울음을 그쳐. 내가 10배나 더 괴로워지잖아. 응, 사랑을 해줄 테니. 그 대신 더, 더 많이 사랑을 해줄 테니, 미안해."

제가 울면 당신도 반드시 울 것이라는 사실은 알고 있었습니다. 하지만 울지 않겠다, 그런 사실을 알고 있기는 하지만, 여자 마음속의 무엇인가 또 다른 여자의 마음이 눈물을 솟아오르게 하는 것입니다.

울어서 죄송합니다.

"우리 두 사람은 좋은 연인이 되기로 하자. 죽을 때는 함께, 야. 데려갈게."

"네가 내 아이를 낳아주었으면 좋겠어ㅡ."

"슈지 씨, 우리는 죽을 거죠?" (이하 2행 말소)

"아이를 낳고 싶어요."

"역시, 저는 패배."

(패배라는 말 쓰고 싶지 않았지만 슈지 씨, 당신이 쓰게 한 거예요. 죽고 싶을 만큼 분해서 눈물이 가득합니다. 하지만 당신을 위해서, 그리고 함께ㅡ.)

구원해주세요. 가르쳐주세요.

주여, 당신 뜻이라면 저를 깨끗하게 해주시기 바랍니다. 나의 뜻이다, 깨끗해져라.

ㅡ사양의 여자 분에게 한마디,

'당신의 서간집은 훌륭했습니다.'

시즈코의 출산이 도미에에게 얼마나 커다란 충격이었는지를 잘 알 수 있다. 또 다자이가 그런 도미에를 어떤 말로 달랬는지도 잘 알 수 있다. 시즈코의 동생을 오빠로 알고 있는 것도 그 충격 때문이었을까?

11월 17일

오타 다케시71) 씨가 오셨다.

(다자이의 수필 「작은 뜻」의 신문 스크랩과 도미에의 스냅사진이 붙어
있다. 사진의 배경 멀리에 다자이 오사무의 모습을 떠오르게 하는 복장의
사내가 서 있고, '다자이 씨도 이런 차림을 하시는 경우가 있다. 어머, 혹시
이건……' 이라고 덧붙여져 있다.)

〈천국은 좋은 씨를 제 밭에 뿌린 사람과 같으니. 사람들이 잘 때에
그 원수가 와서 곡식 가운데 가라지를 덧뿌리고 갔더니 싹이 나고
결실할 때에 가라지도 보이거늘 집 주인의 종들이 와서 말하되 '주여
밭에 좋은 씨를 뿌리지 아니하였나이까, 그런데 가라지가 어디서
생겼나이까.' 주인이 이르되 '원수가 이렇게 하였구나.' 종들이 말하
되 '그러면 우리가 가서 이것을 뽑기를 원하시나이까.' 주인이 이르
되 '가만 두라. 가라지를 뽑다가 곡식까지 뽑을까 염려하노라. 둘
다 추수 때까지 함께 자라게 두라. 추수 때에 내가 추수꾼들에게
말하기를 가라지는 먼저 거두어 불사르게 단으로 묶고 곡식은 모아
내 곳간에 넣으라 하리라.〉 —마태복음 24장 30절72)

"—여자는 그 후, 어떻게 됐지?"

---

71) 太田武. 오타 시즈코의 남동생.
72) 성경의 이 구절은 마태복음 13장 24절~30절의 말이다.

72

"―여자는 그 제국호텔에서의 다음날 죽었습니다73)."

일기에도 있는 것처럼 이날 오타 시즈코의 큰동생인 오타 다케시가 다자이 오사무를 찾아왔다. 다케시는 '하루코의 양육비로 오타 쪽에서 요구가 있을 경우에는 청구한 금액을 반드시 보내줄 것'을 약속하게 했다고 한다. 이는 시즈코가 요구한 것인지 다케시가 독단적으로 요구한 것인지, 그 부분은 분명하지 않다.

---

73) 1930년 11월 28일 밤, 가마쿠라의 바다에서 긴자(銀座) 바의 여자(다나베 시메코)와 자살한 일을 말한다. 이때 여자만 죽고 다자이는 살아남았다. (『그럼, 이만…… 다자이 오사무였습니다.』(현인) 참조)

11월 17일

제가 아주 사랑하는,

나약하고, 다정하고, 외로운 신.

세상에 있는 생명을 제게 가르쳐준 것은, 당신입니다.

이번에도 제게 가르쳐주시기 바랍니다.

당신처럼 이름이 알려지지 않아도 좋습니다.

당신의 마음과 같이 아름다운 무엇인가를, 당신 모습의 그림자에
남겨둘 수만 있다면…….

11월 18일

낮.

"ㅡ삿짱, '레베카[74]'는 괴롭겠지요?"

"삿짱, 그 아이가 다자이 씨의 아이예요!"

"ㅡ아니요, 그 아이는 사양의 아이예요."

"저는 사모님과 마찬가지로 당신이 사양의 사람과 만나는 건 싫어요. 만약 만나면 저, 죽겠어요."

"만나지 않을게. 약속하지, 손가락을 걸게

평생, 만나지 않을 거야."

18일 밤.

슈지 씨에게 쓴 글을 보여드렸다.

이길 거야, 우리는 이길 거야, 라고 말씀해주셨다.

"사랑의 문제야, 요만큼도(라며 새끼손가락 끝을 내보이시고) 애정은 없어."

여러 관계자들의 저서에 의하면 도미에는 언제나 청산가리를 가지고 있으면서 다자이에게 '이상한 짓을 하면 청산가리를 먹겠다.'고 말했다고 한다. 다자이는 그것을 매우 두려워했다고 한다.

---

74) Rebecca. 영국의 여성 작가 다핀느 뒤모리에의 장편소설(1938). 후에 히치콕 감독이 같은 제목으로 영화화했다(1940).

11월 20일

아버지[75], 어머니, 건강하게 지내고 계신지요. 이제는 병도 좋아지셨으리라 생각하고 편지 올립니다.

따뜻할 때 한 번 오우미[76]에 가봐야겠다고 생각했으면서도 일상에 쫓겨 오래 연락드리지 못했습니다. 오쿠나 집안에 두었던 호적도 원래대로 되돌리려[77] 지금은 수속을 밟고 있습니다. 초본이 함께 올라 있지 않았기에 늦어진 것입니다. 옛일이 되었습니다만, 12월 9일에 식을 치르고[78] 21일까지의 오쿠나 도미에 씨[79]. 그로부터 오늘까지 4년 동안 혼고에서의 이재(罹災)[80] − 시골로 갔다가[81] − 가마쿠라[82] − 미타카마치[83] −로 저도 꽤나 곳곳을 돌아다녔습니

---

75) 야마자키 하루히로(山崎晴弘). 오차노미즈 미용학교 교장. 미용학교가 폭격을 당해 시가 현 요카이치초에서 피난생활을 하던 중 1946년에 공직에서 추방당했다.

76) 近江. 당시 부모님이 계시던 시가 현 요카이치초를 말한다.

77) 오쿠나 슈이치의 전사공보가 있었기에, 남편의 매형인 쓰치야 유키오(土家由岐雄, 아동문학 작가) 부부의 호의로 다시 야마자키 가로 복적(復籍)하게 되었다.

78) 1944년 12월 9일에 구단(九段) 군인회관에서 결혼식을 올리고 오차노미즈 미용학교의 방 하나에 신혼살림을 차렸다.

79) 남편 오쿠나 슈이치가 마닐라로 떠난 1944년 12월 21일을 말하는 듯하다.

80) 1945년 3월 10일의 도쿄 대공습. 소실된 가옥 23만여 호, 사상자 12만 명, 이재민 100만여 명.

81) 시가 현 요카이치초로 피난.

82) 1946년 봄부터 가마쿠라에 마 소아르 미용원을 개점, 새언니인 야마자키 쓰타, 이케가미 시즈코(池上静子)와 공동으로 경영했다.

83) 1946년 11월, 가마쿠라에서 미타카 미용원으로 옮기면서 미타카마치 시모렌자쿠(下連雀) 212 노가와 씨 댁에서 하숙하게 되었다.

다. 그래도 오쿠나 집안, 야마자키 집안에는 커다란 폐도 끼치지 않고 그럭저럭 살아왔습니다.

장례식[84]도 전부 끝났고, 방에 차분하게 앉아 옛일을 되돌아보니 감회가 새롭습니다.

얼마 전에 다케다 씨, 이이다[85] 씨가 함께 찾아오셨었습니다. 저의 재혼(특별히 구체적인 내용은 없었지만)을 걱정하는 말씀을 해주셨습니다. 그에 관해서는 저도 조만간에 찾아가서 오늘 이 편지에 적을 저의 결심을 말씀드릴 생각으로 있기에, 그 전에 아버지, 어머니께 상의―라기보다는 저의 부탁을 부디 받아들여주셨으면 해서 편지를 올립니다.

조금 길어질 테지만 모쪼록 끝까지 헤아려 읽어주시기 바랍니다.

성인이 된 딸의 진지한 청을 들어주셨으면 합니다. 냉정하게 써서, 이해해주시기를 바라겠습니다.

그렇습니다, 아버지께서 상경하셨을 때는 언제나 웃으며 말씀드렸었지요. 사귀고 있는 선생님에 대해서. 저, 그분을 경애하고 있습니

---

84) 1947년 9월 20일, 우쓰노미야(宇都宮)에서 행해진 오쿠나 슈이치의 납골식. 그날은 마침 태풍이 거세게 불어 열차가 곳곳에서 멈추었기에 남편의 매형인 쓰치야 유키오 부부도 참석을 포기했을 정도였으나 도미에는 도쿄를 출발, 구마가야(熊谷)를 거쳐 도치기(栃木)로 돌아가 오야마(小山)로 내려간 다음 우쓰노미야로 들어가는 매우 먼 길을 돌아 장례식에 참석했다. 쓰치야 씨는 '나도 아내(오쿠나 슈이치의 누나)도, 도미에 씨의 그 한결같은 애정과 노력에 감격해서 감사의 눈물을 흘렸다. 그러나 도미에 씨의 호적을 오쿠나 가에 그대로 두는 것은 가엾다는 생각이 들었기에 우리는 도미에 씨와 함께 상의하여 도미에 씨의 호적을 원래대로 되돌리기로 했다.'고 말했다. (『빗속의 다마가와 정사』(1977) 각주 재인용)
85) 이이다 후미 여사.

다.

커다란 고생을 하며 살아오신 분이기에 타인의 고통과 슬픔, 그리고 기쁨 등에도 깊은 자애심을 품고 계셔서 주위의 모든 분들도 경애하고 있습니다.

종종 놀러 오곤 하셨지만 이야기의 끝이 여자가 되어버리는 것과 같은 말씀은 한 번도 하신 적이 없고, 저도 평소와 다름없는 장난꾸러기 딸 그대로의 모습으로 교제를 하고 있었습니다.

담백한 교제로 어떤 집안 출신인지도, 어떤 가정을 가진 분이신지도 몰랐었습니다. 또 알려고도 하지 않았습니다.

친구 분과 이야기를 나누는 여러 가지 말씀을 곁에서 듣고 있는 동안, 세상에 이렇게 아름다운 마음을 가진 분이 계셨다는 사실이 기뻐서, 하나가 될 수 없는 분이라도 상관없다, 하다못해 이렇게 가끔 부르시면 곁에 앉아서 사랑을 받을 수만 있다면 하고 저는 생각하게 되었습니다. 그렇게 지내면서도 제 일을 쉰 적은 없으며, 선생님도 당신의 일을 사랑하고 계시기 때문에 언제나 일을 전부 마치신 다음에 문학에 관한 것이나 사상에 관한 것, 때로는 정치에 관한 비평을 들으러 오시는 친구들과 함께, 저와도 놀아주셨습니다.

저의 빈약한 지식을 메우기 위해서라도 불러주시는 것을 기쁘게 생각하고 있었습니다. 선생님의 성함은 쓰시마 슈지라고 하며, 펜네임을 다자이 오사무라고 합니다.

쓰시마 선생님의 아버님은 타계하셨지만 성함을 쓰시마 겐에몬(源右衛門)이라고 하시며, 귀족원의원을 지내셨습니다. 형님은 현재 아오모리(青森) 현 지사로 계십니다.

쓰시마 선생님은 히로사키(弘前) 고등학교를 거쳐 도쿄 대 불문과를 마치셨는데, 세상을 떠난 도시 짱86)과 동년배이신 분입니다.

언젠가 병원에서 기 짱87)이,

"나도 입원생활을 하고 있어서 네 곁에 있어줄 수 없으니 힘든 일이 있으면 얘기를 하러 와."라고 말해준 적이 있었는데, 지금 새삼스럽게 그 일이 떠오릅니다.

기 짱이 있었다면 아버지께 드리는 청도 분명히 원만하게 진행해주지 않았을까, 그런 생각이 들기도 합니다. 왜냐하면 아버지도, 어머니도 기 짱을 아주 좋아하셨으니까요. 게다가 기 짱은 저를 매우 아껴주었으며, 제게 있어서 기 짱은 부모님처럼 여겨질 때도 있었고, 또 언니처럼 정겹게 여겨지기도 해서 따르고 있었으니까요.

아버지, 도미에는 어째서 기 짱의 일을 써서 이야기의 본질을 피하고 있는 걸까요? 아버지, 어머니의 노여움이 두려워서일까요? 아닙니다, 그저 한마디 '죄송합니다.'라고 말씀드리고 싶었던 것입니다. 그리고 저의 청을 있는 그대로 써서 저희 마음속에 숨겨져 있는 보석을 이해해주시기 바랐던 것입니다.

제발 저에게서 이 보석을 빼앗으려 하지 말아주시기 바랍니다. 쓰시마 선생님은 명석한 두뇌와 풍성한 인격으로 일본의 작가들 중에서도 최고의 지위를 유지하고 계시며 문단을 리드하고 계시는 훌륭한 분으로, 성격 가운데서는 쓸쓸함과 다정한 인상이 제게 강하게

---

86) 둘째오빠인 야마자키 도시카즈. 아오모리 현 히로사키 고등학교 3학년 재학 중에 사망.
87) 셋째오빠인 기자오. 1942년 4월 10일에 전쟁에서 얻은 병으로 사망했다. (육군 상사)

느껴집니다만, 친구의 말을 빌리자면,

'매우 귀족적이고 명랑하고 천재적인 분.' 입니다.

쓰시마 선생님은 저와 10살이나 차이가 나시지만, 어딘가 깊은 혈연관계가 느껴져서, 아버지와 어머니께서 걱정하시는 것과 같은 그런 분이 아닙니다.

저도 새해가 밝으면 서른 살이 되고, 재해를 입어 여기저기서 세상의 수고로움도 맛보았기에 이제는 한 사람의 여자로서의 눈과 성인으로서의 생활도 가지고 있다고 생각합니다만, 그런 것들을 통해서 교제를 하고 있는 것이라 여겨집니다.

저는 여사라 불리는 분처럼 세상에 이름이 알려지지 않아도 좋습니다.

예술의 생명을 제게 가르쳐주신 분에게 사랑을 받으며, 그분이 가지고 있는 아름다운 것과 같은 무엇인가를 남기고 죽고 싶습니다.

아버지도 현재의 타산을 버리고 생각해주신다면, 틀림없이 저처럼 여겨주시지 않을까요?

일시적인 관계에서 일어나는 방탕한 생활―과 같은 관계로는 떨어지지 않을 것입니다.

저희는 언제부터인지도 모르게 왠지 이렇게 되는 것이 자연스럽게 주어진 숙명인 듯 서로를 사랑하게 되었습니다.

쓰시마 선생님께서는 저를 믿어주셔서 작품 이외의 중요한 일까지도 말씀해주시고, 여러 가지로 상의도 해주십니다.

서로를 믿는다는 것은 존귀한 일 가운데 하나 아닐까요?

저희는 서로의 가정에 상처를 주지 않도록 책임감 있는 태도로 생활할 것을 늘 마음에 두고 있습니다.

저희가 이렇게 된 것은 쓰시마 선생님이 나쁜 남자이기 때문도, 또 제가 나쁜 여자가 되어버렸기 때문도 아닙니다.

같은 꿈을 품고 걸어가던 두 사람이 하나의 길에서 마침내 만나는 일이 세상에는 있지 않을까요? 설령 그것이 사회에는 전면적으로 받아들여지지 않는 일이라 할지라도.

저의 가게 쪽에 관한 일도 이와 같은 저의 개인적인 문제와 전기[88])에 대한 여러 가지 문제 때문에 거절했습니다.

쓰시마 선생님은 제 일에 대해서는 마음대로 해도 좋다고 말씀하십니다만, 쓰시마 선생님의 일을 도우며 찾아오는 손님 접대에 매일 분주한 나날을 보내고 있기에 11월부터는 계속 집에만 있기로 했으나, 제 생활은 그 일로 충분히 만족스러우니 걱정하실 것 없습니다.

이런 편지를 올렸다고 해서 아버지를 흠모하는 저의 마음, 어머니를 생각하는 마음에는 조금의 변화도 없습니다.

제가 나쁜 여자가 되어버린 것이라면 이런 괴로운 편지는 쓰지 않고 그냥 걸어갔을 것입니다.

저는 사람의 따뜻한 마음을 느끼고 싶습니다.

특별하달 것도 없이 이런 일이 용납되는 시대에 살았던 옛날 사람들을 부럽게 여기고 있습니다.

---

88) 당시는 전력사용에 제한이 있어서 전기로 파마를 하는 데 어려움이 있었던 듯하다. 도미에는 11월부터 미용실 근무를 그만두고 다자이의 비서업무에만 전념했다.

도미에의 이러한 소망을 읽으시는 것이 아버지, 어머니에게는 한 없이 괴로운 일이라는 사실은 잘 알고 있습니다.

저의 이런 마음의 비약은 너무나도 뜻밖의 것이어서 받아들여주실 수 없는 것일까요? 만약 허락을 해주신다면 저는 정말로 행복할 것입니다.

저는 쓰시마 선생님의 애인으로서 음전하고 훌륭하게 성장해나가겠습니다.

아버지의 답장이 저를 비참하게 만들지 않기를 바라고 있습니다.

11월 20일
도미에 올림
아버지
어머니

추　신

섣달의 바람도 바로 눈앞에서 불기 시작했습니다. 부디 몸조심하시기 바랍니다. 저는 이 편지를 읽으실 부모님의 모습을 떠올리며 매일 답장을 기다리겠습니다. 이번 일은 제게 맡겨주시기 바랍니다.

11월 21일

언제나처럼 일을 하러 오셨다.

지난 사오일 전부터 양복을 착용. '뚱보야~'라며 입에 오르내렸던 소설 신초의 여자 분도 오셨다.

이부세[89] 선생님과 함께 찍은 사진을 보여주셨다. 저도 갖고 싶어요.

3시 가까이 되자 몸의 상태도 지쳤기 때문인지 "아직 3시인가—." 하시며 일을 하셨다.

술을 드시고 싶으세요?

얼마 전에는 객혈을 하셨고, 몸도 그다지 좋은 상태가 아닌데. 아달린[90]과 고약을 사왔다.

"어제 아침에 말이지, 가슴을 드러낸 채 자고 있었어. 그랬더니 사토코[91]는 좋겠네, 우자에몬[92]이랑 잠도 같이 잘 수 있으니— 라고

---

89) 이부세 마스지(井伏鱒二, 1898~1993). 소설가. 서민적인 유머와 페이소스가 가미된 독자적인 문학을 형성했다. 다자이 오사무의 문학적 스승으로 그와 관련된 여러 에피소드로도 유명하다. 대표작으로는 「검은 비」, 「도롱뇽」 등이 있다. 다자이가 유서에 '이부세 씨는 악인입니다.' 라는 글을 남겨 당시는 물론, 훗날까지도 여러 가지 설이 나돌았다.

90) Adalin(독). 상표명. 수면 · 진정제의 일종.

91) 里子. 다자이 오사무의 둘째 딸. 소설가. 가정에서 빚어지는 단순함과 복잡함, 가족 사이에서 불거진 여자의 삶과 성을 묘사해 높은 평가를 얻고 있다.

92) 이치무라 우자에몬(市村羽左衛門, 1874~1945). 가부키를 대표하는 배우 중 한 명이었다. 다자이 오사무는 우자에몬과 닮은 부분도 있었기에 도미에와 서로를 우자에몬(다자이 오사무), 바이코(야마자키 도미에)라고 부르는 경우도 있었던 듯하다. 바이코는 우자에몬의 상대 배우로 오노에 바이코(尾上梅幸)를 말한다.

아내가 와서 말했어."

묘후93)를 평소와 다르게 붙였기 때문.

일에 대해서 나는 잘 모르기에 매일 걱정을 하며 옆에서 볼일을 보고 있는데, "아주 잘 써져."라고 말씀하시고 막 쓰기 시작하신 것을 "읽어봐."라며 보여주셨다.

평소와 다름없이 저녁에 둑길을 걸어서 배웅했다. 달님이 밝고 안개 같은 것이 내려서, 희미하게 아름다운 풍경.

둘이서 종전 후의 노래 가운데서는 좋아하는 노래라고 하시는 '당신과 둘이서 온 언덕은……', 이라는 노래를 허밍으로 불렀다.

미타카 병원 옆을 지났다.

"입원하게 되면 와줘."

"제가 부탁드릴게요."

"부탁이야. 그리고 둘이 침대 위에서 죽자."

평소처럼 댁 근처의 골목에서 베제94). 안녕히 주무세요.

이날의 사진은 이듬해인 1948년의 『소설 신초』 2월호에 실렸다. 「문단 친교록」이라는 코너로 다자이와 이부세가 숲속의 커다란 나무 아래에 앉아 둘이서 담소를 나누는 모습이다. 사진 아래에는 '둘이서 나란히 낚시터에서 낚시를 하는 모습이나 숲에서 산책하는 모습을 찍을 예정이었는데 다자이 가 비단 하카마를 입고 왔기에 집(스기나미 구 시미즈초) 근처의 숲에서 촬 영했다.'는 이부세 마스지의 글이 덧붙여져 있다.

---

93) 妙布. 지금의 붙이는 파스 같은 약.
94) baiser(프). 입맞춤. 키스.

11월 22일

노히라 씨와 함께 7시 무렵, 다시 오셨다.

매일 계속되는 정전 때문에 안쓰럽다는 생각이 든다. 주무시고
계신다.

11월 23일

아침, 배웅을 한 뒤 도쿄로 갔다.

요시카와(吉川) 씨와 구가(久我) 씨 댁에 들렀다.

속옷을 한 벌 더 입은 탓인지 따뜻했다.

가메시마[95] 씨에게서 책을 선물, 마음씀씀이에 감사.

8시 무렵에 돌아와서 『사양』과 『만년(晚年)』의 검인을 찍었다. (2만). 4시간 걸려서 다 찍었다. 25일에 가져가신다고 하셔서 오늘 중으로는 반드시, 라고 생각했기에. 그리고 나도 내 몸을 망치고 싶었기에.

슈지 씨만 병이 악화되는 것은, 싫어서.

---

95) 가메시마 사다오(龜島貞夫). 야쿠모 서점의 편집자.

11월 23일

사양의 사람이 보낸 편지96)에 No를 매겼다. 믿고 내게 맡겨주신 마음이 기쁘다.

"샷짱, 머리에 뿔이 나겠어."라고 농담.

"대여섯 개 나게 해볼까요."라며 읽기 시작했다.

"특별히 뿔이 날 것도 없네요."

"괄호 안 읽었어?"

"사생아와 그 어머니……. 이런 건 요즘의 여자에게서는 아주 흔히 볼 수 있는 사고방식이라고 생각해요. 저도 그렇게 생각하고 있고, 이 사양이 결국 그런 사람들의 대변자가 되어 있잖아요."

사양을 집필하실 때, 나와 아주 비슷한 생각을 가진 여자도 있다고 생각했었다.

―밤 2시.

"아름다운 것."

후루타 씨가 언젠가 취해서 주무시면서 중얼중얼,

"나는 이렇게 다자이를 생각하고 있는데, 다자이는 나를 생각해주지 않아."라고.

슈 짱97)과 이마 씨, 두 사람의 대화.

좋은 친구야, 부러웠다. ―태양처럼 나아가라―고.

남몰래 뿌린 한 알갱이 씨앗이 성장해가는 모습을 지켜보는 것의

---

96) 오타 시즈코가 다자이 오사무에게 보낸 편지.
97) 다자이 오사무.

아름다움.

이날 다자이는 시즈코에게서 온 편지 전부를 도미에에게 건네주고 그 정리를 맡겼다. 그리고 이후부터는 편지의 대필도 맡겼으며 자신은 시즈코에게 어떤 글도 쓰지 않았고 연락도 취하지 않았다. 이때 다자이에게 있어서 도미에는 여러 가지 의미에서 헤어질 수 없는 존재였던 듯하다.

도미에는 시즈코와의 일을 알고 커다란 충격을 받았으나 이후 다자이의 달래는 말과 이러한 행동에 마음이 돌아서 자신만이 다자이에게 사랑받는 유일한 여자라 믿고 다자이와 생사를 함께하기로 더욱 굳게 결심한 듯하다.

11월 24일

주인이신 너의 신을 시험치 말라.

나로 인해 사람들이 너희를 욕하고 또 책망하고 거짓으로 온갖 좋지 않은 말을 할 때는 너희가 행복하다.

의(義)

악한 자에게 저항하지 말라
너희의 원수를 사랑하라
너희를 책망하는 자를 위해서 기도하라.
너희가 만일 남의 과실을 용서하면
너희의 하늘에 계신 아버지도 너희를 용서하시리라.
숨은 곳에 계시는 너희 아버지
숨은 곳에서 지켜보시는 너의 아버지
나더러 주여 주여 하는 자
모두가 천국에 들어갈 것이 아니요, 다만
하늘에 계신 우리 아버지의 뜻대로
행하는 자라야, 거기에 들어갈 수 있으리라.
비 내려 물이 넘치고, 바람이 불어 그
집을 들이쳐도 쓰러지지 않음은
이를 반석 위에 세웠기 때문이니라.
너희는 학자들처럼 되지 말라.
권위 있는 자 같이 가르치시기 때문이니라.

11월 25일

덕분에 반성을 하게 되었다. 사양의 겐인(2만)을 가지고 슈지 씨와 함께 도쿄로 갔다. 차 안, 기치조지에서 갈아타고 자리에 앉았다. (슈지 씨의 몸을 생각하면 선 채로 가서는 굉장히 피곤해지지 않을까 여겨졌기에)

문예춘추(文藝春秋)를 읽고 계셨다. 나는 빌려온 고락(苦樂)의 스미다가와[98]에 대한 부분을 읽었다. 다 읽기 전에 오차노미즈에 도착했다. 구청 앞까지 걸어가서 혼고 구청에 함께 들어갔다.

나의 호적(야마자키 입적) 수속[99]이 끝날 때까지 기다려주셨다. 나 같이 건강한 사람에게도 무겁게 느껴지는 오버코트를 입고 계셨기에 걱정이 되었지만 야쿠모[100]까지 걷겠다고 하셨기에 천천히 나섰다.

제국 대학 앞 부근에서부터, 사모님의 동생[101] 분이 계시니 만약의 일이 벌어지면 안 되겠기에 언제나처럼 왼쪽과 오른쪽 보도로 갈라져서 갔다. 그야말로 당당한 발걸음이 아니라 몸을 약간 앞으로 웅크려서 대학 쪽을 둘러보며 뚜벅뚜벅 군화를 옮기셨다.

두어 간[102] 뒤에서 걷는 심정으로 나는 왼쪽 보도에서 슈지 씨를

---

98) 隅田川. 도쿄 동쪽을 흐르는 강. 「사양」 중 가즈코와 우에하라가 만나는 장면을 말하는 듯하다. (『사양』(에오스) 참조)
99) 아버지 야마자키 하루히로와 어머니 노부코의 양녀로 호적을 올렸다.
100) 八雲. 출판사 이름. 야쿠모 서점.
101) 이시하라 미치코의 동생인 이시하라 아키라(石原明)가 도쿄(제국) 대학 이학부에 다니고 있었다.
102) 間. 거리를 나타내는 단위. 1간은 약 1.8m.

바라보았다.

폐병. 불치의 병이라 완전히 믿고 계신다. 하지만 그런 사건이 겹쳐서 일어났는데도 살아 계신다.

신께서 그분을 지키고 계시는 것 같다는 느낌을 지울 수가 없다.

과일가게 옆을 왼쪽으로 꺾어져서 갈림길을 오른쪽으로 나아가 두 번째 골목을 왼쪽으로 꺾어지니 바로 야쿠모 서점이 보였다.

가메시마 씨가 2층에서 내려왔다.

"삿짱이 밖에 있어."

"아아, 어서 들어오세요."

"전에는 신세를 졌습니다. 그리고 책을 신경 써서 보내주신 점, 감사합니다."라고 『도쿄103)』를 보내주신 것에 대한 감사의 인사를 건넸다.

사장실 겸 응접실과 같은 곳으로 안내되어, 담배를 한 대 피우셨다.

전집에 관한 상의로 시간을 보낸 뒤, 편집자 여러분과 담화.

이곳 편집부 분들의 팀워크는 매우 조용하고 아름다운 밸런스가 있어서, 기뻤다.

한 사람, 한 사람의 성실함이 우리들의 몸 속으로 스며드는 듯한

---

103) 道鏡. 사카구치 안고(坂口安吾, 1906~1955)의 소설집을 말하는 듯. 사카구치 안고는 소설가, 평론가. 작품 가운데는 중간에 중단한 것, 미완의 장편, 실패작 등이 많으나 그의 작풍에 독특하고 신비한 매력이 있어서 주목을 끌었다. 전후 기존의 도덕관을 부정한 「타락론」이나 소설 「백치」 등으로 혼란한 사회에 충격을 주었다. 그 외에도 「연애론」 (『이별 그리고 사랑』(현인) 수록) 등의 작품이 있다. 다자이 오사무와 함께 무뢰파 작가로 불렸다.

느낌이 들었다.

모두 좋은 사람들이었다.

3시에 신초[104]와 약속이 있었기에 서둘러 차를 잡아 올라탔다.

가랑비를 맞으며 그 기다란 언덕길을 걷는 것은, 병에 걸린 슈지 씨에게는 커다란 적, 커다란 적.

노히라 씨가 2층에서 내려왔다. 사장이라는 애송이(실례가 되려나)와 시답잖은 이야기. 하야시(林) 씨도 용무가 있어서 언뜻언뜻 들락거리셨다. 조금 살이 찐 듯한 느낌.

얼굴빛이 창백한 사람인 줄 알고 있었는데 오늘 보니 천연의 홍조가 넓게 물들어 있어서 실망했다. 다자이 씨도 나도, 얼굴이 그다지 붉은 편이 아니라 그런 걸지도 모르겠지만. 바로 자리를 지토세(千歲)로 옮겨서 마시기 시작했다. 이곳의 마담은 처음에는 열여덟, 아홉 살쯤 된 사람인 줄 알았는데 아무래도 나 정도의 나이인 듯했다. 워낙 단발을 하고 있었기에.

밤, 안경을 쓰지 않았기에 주위 사람들에게 별로 신경을 쓰지 못했는데, 니시다(西田) 씨가 먼저 인사를 해서 실례를 범하고 말았다.

슈지 씨가 싫어해서 쓰지 않으니, 앞으로도 종종 실례를 범하는 일이 있지 않을까? 조심하지 않으면 안 된다.

맥주에 진을 드시고, 평소와는 달리 먼저 잠깐 누우셨다.

내게는 경험이 없는 병을 걱정하고 있기는 하지만, 어떻게 해야 좋은 건지 알 수가 없다.

---

104) 출판사. 신초샤(新潮社).

병에 대해서, 창작상의 고뇌에 대해서, 가정에 대해서, 가족관계나, 물론 예술에 관해서이기는 하지만 말없이 고민하시는 모습을 보고 있으면 삿짱은 어째서 하나도 도움이 되지 못할까 짜증이나고, 슈지 씨가 가엾어진다.

슈지 씨는 나 같은 사람이 아무리 몸과 마음을 다 바쳐서 섬긴다 할지라도 마음의 치유가 될 리는 없을 것이다.

흔히 '천재야.'라고 말씀들 하시지만, 사람으로 치자면 가장 신에 가까운 고뇌를 짊어진 채 살아가고 계신 분이라 생각한다.

어머니처럼, 유모처럼, 여동생처럼, 누나처럼, 딸처럼, 연인처럼, 아내처럼 사랑하고, 사랑하고, 사랑하겠다. 아주 짧은 순간의 휴식이라도, 내가 될 수만 있다면 나는 그것으로 충분히 만족한다.

"당신은 술이 세시네요."라는 말을 들으며 일행, 신주쿠(新宿) 역으로 갔다.

미타카까지 노히라 씨가 데려다주셨다. 주무시고 가실 줄로만 알고 있었는데 오늘은 돌아가겠다며 노히라 씨는 밤늦게 돌아가셨다.

창백한 얼굴을 하고 있었고, 평소보다 술도 많이 드신 듯했으니, 속이라도 안 좋아지신 것이리라.

주사를 놓고 잠자리에 들었다.

11월 27일

집에 돌아가도 기자 제형 때문에 휴양을 하실 수 없으시다며 그냥 누우신 채로 아침을 맞았다.

내 파자마를 "딱 좋은데."라고 말씀하시며 입으셨다. 양복은 너무 격식을 차리게 되고, 무엇보다 오래 입고 있으면 어깨가 굳어버리는 법이다.

양복이라는 건, 먼 옛날 그것이 처음 생겨났을 때에는 상인들이 착용하던 것이었다는 내용이 어딘가의 책에 적혀 있었는데, 나는 M이고, 햇살도 갑자기 겨울다워져 추웠기에 '기모노가 좋겠지.' 하고 일본 옷을 입었다.

서양 옷을 입으면 쩨꺼덕 용무를 볼 수 있지만, 기모노는 너무 움직이면 무엇보다 먼저 목깃이 벌어지기 때문에 귀찮은 법입니다.

3시 무렵, 노하라 씨를 선두로 이데(井出) 씨와 친구 분이 약속대로 오셨다.

여러분이 들고 오신 술과 햄과 과일을 펼쳐놓고 모임이 시작되었다.

꽤 많이 마셨다.

술자리 전에는 언제나 주사를 놓고,

"잘 드시도록 하세요."라고 말씀드리지만, 지기 싫어하는 성격이기에 무리를 하신다.

타인의 기쁨을 자신의 것처럼 여기시고, 타인의 괴로움을 자신의 것인 양 느끼신다.

자신을 사랑하는 것처럼 네 이웃을 사랑하라.

신의 말씀은 슬프다.

11월 28일

어젯밤, 노하라 씨가 가장 먼저 복통.

사실은 나도 아팠지만, 말하지 않았다.

약을 놓고 이런저런 희비극이 있었는데 슈지 씨도 아프다고 하시더니 마침내 진짜 환자가 되어버리고 마셨다.

아스피린, 건위고장환, 스파스모힌을 닥치는 대로 드시고 이불을 뒤집어쓰셨다. 땀이 온몸에서 흥건히 나왔다. 열도 8도 5부 정도는 있었을지도 모르겠다. 폐 쪽으로 옮겨가지나 않을까 아주 마음을 졸였다.

노하라 씨가 돌아가시고 난 뒤, 뒷정리도 끝났기에 나도 자리에 누웠으나 걱정이 돼서 견딜 수가 없었다. 맥을 짚어서 내 것과 비교를 해보았다. 나보다 겨우 몇 번 많은 정도였기에 약간 안심이 되어 차가운 수건을 이마에 올려드리고 여벌을 준비한 다음 쉬었다.

칼모틴을 드신 때문인지, 열 때문인지 푹 깊이 잠이 드셨다.

11월 29일

아침, 완전히 기운을 회복하셔서 눈을 떠주셨다. 기뻤다.

바로 죽에 계란을 넣어서 드셨다.

아무래도 술을 포기하지 않으신다. 뭔가 거기에 의지해서 살아가고 있다는 마음이 있는 것이리라.

탕파를 안고 아주 오랜, 아주 깊은 잠에 드셨다.

가만히 얼굴을 바라보고 있자니 내가 슈 짱의 어머니라도 된 듯한 기분이 들어 '이 아이를 위해서, 이 아이를 위해서라면, 어떤 괴로움이라도—.' 라며 가슴속이 뜨거워졌다.

그런 기분으로 있을 때 갑자기 눈을 뜨시고 "삿짱."이라고 부르셨기에 "으응?"하고 마치 병에 걸린 어리광쟁이에게 대답하는 듯한 대답이 나와버려서 마음속으로 얼굴을 붉혔다.

농담만 자꾸 하시기에 나도 가끔 진지한 마음이 들면 누운 채 손바닥 위에서의 편지 왕복이 시작된다.

오늘은 조금도 이해할 수 없는 복잡한 이야기인 듯했기에 종이와 연필을 건네드렸더니 '믿어줘.' 하고 '바보' 라고 쓰셨다. 둘이서 웃었다.

'바보'라는 말은 가장 싫어하는 사람과 가장 사랑하는 사람에게 쓸 수 있는 것이라고 생각한다.

저녁, 내가 다시 읽고 있는 『사양』을 누운 채 집어서 읽으시기에 탕파의 물을 간 뒤, 그 물을 가지고 빨래를 하러 갔다.

잠옷과 원피스를 빨고 방으로 돌아와 보니 와이셔츠를 입고 계시

기에 "무슨 일 있으셨어요, 무서웠어요?"라고 말하자,

"아니, 사양을 읽고 있자니 흥분이 돼서. 이러고 있을 때가 아니야. 더 좋은 것을 써야지. 뒤따라올 사람들을 위해서, 나는 더 좋은 것을 쓰지 않으면 안 돼."

옷 입으시는 것을 도와드리며,

'정말 몸만 보통 사람 같았으면 얼마나 좋을지 모르겠는데, 어떻게 해서든 건강해지셨으면 좋겠어.'

*

상수[105]의 길을 걷는 모습은 창백하고, 군화가 무거워 보이고, 오버코트도 무거워보였다. 미풍에조차도 맞설 수 없을 것 같은 모습에 안타까운 마음이 들었습니다. 가엾고 안쓰러워서, 남자 친구처럼 이봐 자네, 괜찮은가 하며 어깨를 치면 울음을 터뜨려버리실 것 같다는 조마조마한 쓸쓸함이 저를 감싸버렸습니다.

세하란틴 주사액이 있다고 하시니, 다자이 씨를 사랑하고 있는 수많은 남자들을 위해, 수많은 여자들을 위해 하루라도 빨리 양생해서 주사를 놓아보시기 바랍니다.

---

105) 다마가와(玉川) 상수(上水). 다자이 오사무와 야마자키 도미에가 목숨을 끊은 곳이다. 지금의 상수는 폭이 매우 좁고 얕지만 당시에는 수심도 깊고 물살도 빨라 종종 사고가 있었기에 식인강(食人江)이라고도 불렸다고 한다. 다자이와 도미에가 상수에 입수한 것은 6월 13일 밤으로 추정되는데 그들의 유체가 발견된 것은 그로부터 6일 뒤인 6월 19일(다자이의 39번째 생일)이었다. 당시 연일 비가 내려 물이 불어난 탓도 있었을 테지만 식인강이었던 것만은 틀림없는 사실이었던 듯하다.

결정적으로 자신의 몸은 이미 틀렸다고 생각하고 계시지만, 그건 모르는 일입니다. 스스로를 사랑해야만 타인도 사랑할 수 있는 법 아닐까요?

멸사봉공(滅私奉公)이라는 것도, 우선 자신이 없으면 할 수 없는 일인 걸요.

힘을 내세요. 슈 짱의 목숨은 제가 맡고 있습니다만, 제 목숨은 슈 짱에게 맡겨두었으니까요.

11월 30일

아버지에게서 답장이 왔다.

*

　　슈지 귀하

　제가 미쳐버리면 죽여주세요.

　약은 파란 트렁크 안에 있습니다.

11월 30일 도미에

　아버지에게서 온 답장의 내용은 알 수 없으나 그 아래에 다자이에게 쓴
글을 보면 두 사람의 관계를 인정할 수 없다는 내용의 답장이었던 듯하다.

12월 1일

건강이라는 것에는 아무래도 하나의 무지가 더해져 있는 듯 여겨
지는데.

—낫네, 낫지 않네 하는 것은 문제가 아니다.
나으려고 하는 노력의 과정에 바로
가치가 있는 것이다—.

*

〈유능한 독자는 타인이 쓴 것 속에서, 작가가 여기에 글로 남기고,
또 여기에 갖춰져 있다고 생각하는 것과는 별개의 깊은 맛을 종종
찾아내서는 그것에 훨씬 더 풍성한 의의와 양상을 부여하곤 하는
법이다.〉   —몽테뉴—

보라, 내가 너희를 보냄이 양을 이리 가운데로 보냄과 같도다.
그러므로 너희는 뱀 같이 지혜롭고 비둘기 같이 순결하라, 사람들을
삼가라, 그들이 너희를 공회에 넘겨주겠고 그들의 회당에서 채찍질
하리라. 또 너희가 나로 말미암아 총독들과 임금들 앞에 끌려가리니,
이는 그들과 이방인들에게 증거가 되게 하려 하심이라. 너희를 넘겨
줄 때에 어떻게 또는 무엇을 말할까 염려하지 말라. 그때에 너희에게
할 말을 주시리니. 말하는 이는 너희가 아니라 너희 속에서 말씀하시

는 이 곧 너희 아버지의 성령이시니라. 장차 형제가 형제를, 아버지가 자식을 죽는 데에 내주며 자식들이 부모를 대적하여 죽게 하리라. 또 너희가 내 이름으로 말미암아 모든 사람에게 미움을 받을 것이나 끝까지 견디는 자는 구원을 얻으리라. 이 동네에서 너희를 박해하거든 저 동네로 피하라. 내가 진실로 너희에게 이르노니 이스라엘의 모든 동네를 다 다니지 못하여서 인자가 오리라[106].

---

106) 마태복음 10장 16절~23절.

12월 2일

내가 산을 향하여 눈을 들리라. 나의 도움이 어디서 올까. 나의
도움은 천지를 지으신 여호와에게서로다. 여호와께서 너를 실족하지
아니하게 하시며 너를 지키시는 이가 졸지 아니하시리로다. 이스라
엘을 지키시는 이는 졸지도 아니하시고 주무시지도 아니하시리로다.
여호와는 너를 지키시는 이시라 여호와께서 네 오른쪽에서 네 그늘
이 되시나니. 낮의 해가 너를 상하게 하지 아니하며 밤의 달도 너를
해치지 아니하리로다. 여호와께서 너를 지켜 모든 환난을 면하게
하시며 또 네 영혼을 지키시리로다. 여호와께서 너의 출입을 지금부
터 영원까지 지키시리로다.

시편 121

*

요즘 얼굴의 붓기가 한층 더 눈에 띄는 것처럼 느껴진다.

감기기운이 있기도 하시고, 양쪽 가슴은 묘후투성이.

한정되어 있는 몸의 힘을 시험해보겠다, 고 늘 말씀하고 계시기는
하지만.

쓰쓰미107) 씨의 편지를 보여주셨다.

---

107) 쓰쓰미 시게히사(堤重久, 1917~). 문예평론가. 도쿄 대 독문학과 졸
    업. 18세 때 다자이 오사무의 『만년』을 읽고 충격을 받아 심취하게 되
    었으며, 1940년에 다자이 오사무를 알게 된 이후 사사했다. 저서로는
    『다자이 오사무와의 7년간』 등이 있다.

정말 좋은 분이시기에 왠지 눈시울이 뜨거워졌다.

ㅡ선생님은 성격이 급하셔ㅡ 정말로.

ㅡ그리스도조차ㅡ 정말로 그리스도조차 단번에 슥 해버리신 것이 아니라, 쫓기기도 하면서 인내심을 가지고 걸어가신 길인 걸요.

좋은 작품을 쓰시겠다는 것은 가장 중요한 일이기는 하지만, 몸도 중요해요. 많은 분들이 걱정하고 계시잖아요.

알고 계시면서, 그것 봐요, 오른쪽이 안 좋아졌잖아요, 아아, 얼굴이 붓기 시작했잖아요, 양생하실 수 없으신 거죠……, 당신은, 그것 봐요, 오른쪽이…….

"자자."

"주무실래요?"

"어젯밤에도 한 잠도 못 잤어."

"약은?"

"떨어졌어."

이야기를 하며 이불을 깔았다. 누우며,

"어제, 하루 뭘 한 줄 알아?"

"모르죠."

"일본소설의 사람이 말이지, 런던의 진을 가지고 와서 말이지. 마시고는 쿨쿨 자고, 잠에서 깨면 다시 마셨어. 정말 하루 종일 게으른 생활을 했어."

"한 병 전부 마셔버렸나요?"

"응."하고 웃으며 고개를 끄덕이셨다.

"세상에, 열심히 주사를 놓기도 하고 약을 찾기도 하고 있는데,

본인이 관리를 잘 안하시잖아요."

*

"저, 슈 짱을 여러 가지 것들로부터 지켜야겠다고 생각하고 있어요. 저 이외의 여자를 말하는 게 아니에요. 힘이 없는 걸요. 그래도 노력만은 하고 있어요."

"알고 있어."

—모르핀 중독에 걸리셨던 적이 있다면서, 또 수면약을 드시고 계신다. 괜찮은 걸까.

다자이가 도미에에게 보여준 쓰쓰미의 편지에 대한 답장일까? 다자이는 이날 교토에 있는 쓰쓰미에게 다음과 같은 편지를 보냈다.

<배복 편지 고맙네. 실은 말일세, 여러 가지로, 위험하네. 한번쯤 만나고 싶네. 이런저런 사람들의 험담을 하고 싶네. 안심하고 그것을 말할 수 있는 사람이, 아무도 없다네. 모두 천박해서 안 되네. 거지같은 표정을 하고 있네. 무리를 해서라도 오도록 하게. 자네 꿈을 꾼 적도 있다네.>
『청춘의 착란』(사과나무) 참조

12월 5일

여자라는 건 외로운 거야.

뵙지 못하는 날이 계속되면, 그만 망가져버리고 말 것 같아.

남편으로서, 아내로서의 생활로 들어가는 것이 우리들의 참된 모습이었을지도 모릅니다.

"아내와 아이들과 헤어져 너와 하나가 되어봐야, 주위로부터의 공격이 너를 한층 더 괴로운 입장에 서게 할 테고 말이야."

"아니요, 그런 일, 저는 할 수 없어요. 사모님께 죄송해요. 저는 이대로의 형식이면 돼요. 정말 당신의 말씀대로 10년 전에 만났다면 좋았을 텐데."

*

이렇게 살아도 덧없는 세상을
괴롭다고 해야 할지, 가련하다고 해야 할지

신이라고 하고 부처라고 하는 것도 세상의
사람 마음 이외의 것일까

―우다이진 사네토모(右大臣実朝)

*

야쿠모의 가메시마 씨가 오셨다.
4일 – 5일, 부재.

살아 있어서
혼자 있어서
오도카니 생각한다
………………..
허무함이 몸에 스며서
차라리, 하고
………………..
괴로움도, 쓸쓸함도, 슬픔도……
아아, 홀로 조용히 있는 것의
쓸쓸함
슈지 씨!
………………..
에이, 에이, 오우, 홉, 홉, 핫……

*

도저히 그냥 있을 수가 없어져서
어두운 밤길을 걸어갔다
뭔가, 모습을 그려볼 수 있을 만한
그런 것이라도 볼 수 있다면, 하고

현관 앞에 서서 가만히 바라보았다
희미하게 어두운 램프가 둘
밝혀져 있는 불은, 계시다는 증표
속삭임, 혹시?
아니, 아니, 역시 달라
사모님과 손님의 목소리였다
죄송합니다, 사모님

후루타 씨가 편지를 가지고 오셨다.
마침 내가 돌아오고 난 뒤에, 이것을 쓰고 계셨던 참.
싫어요, 싫어요, 싫어요. 열흘이나 뵙지 못하다니. 싫어요, 싫어요.
저, 먼저 죽고 싶어요. 참아야 한다니 싫어요, 싫어요.

                              *

우자(羽左) 씨
절 울리지 마세요
힘을 내세요
마침 당신 집 앞에서
돌아왔더니 그 전령
저
정말로
이제는

당신과 한 짝의 짚신을 신고 여행을 떠난 사람

어떻게든

빨리 나아주시기를

5일 밤 바이코(梅幸)

*

〈실수를 했다

약을

먹고

만 사흘

가사(假死) 상태였습니다.

실패.

글을 아직 쓸 수 없음.

손이 말을

듣지 않습니다.

벌써 열흘

기다려줘

용서108)〉

---

108) 다자이 오사무가 야마자키 도미에게 보낸 편지의 내용으로, 일기에
    는 편지의 실물이 붙어 있다.

12월 6일

답장을 보내려고 봉투에 주소를 썼지만, 미타카에서 보내서는 안 되겠기에 일요일에 도쿄로 가서, 거기서 투함해야겠다고 생각하고 있었는데 가메시마 씨가 오셨다.

어제는 면회사절로 만나지 못했는데, 오늘은 거듭 전보가 있어서 오셨다고─ (이하 4행 말소)

이런 답장, 가메이 씨에게 들려 보내면 불쾌하게 생각하시지나 않을지, 걱정. 혹시 누군가가 볼지도 모를 일이었기에 그런 틀에 박힌 말로 썼지만, 그래도 깊은 뜻이 담긴 말로 읽어주시기를 기원하고 있습니다. 너무 심각한 것은 오히려 근심이 깊어지지 않을까……생각했기에.

아무리 그래도 말을 듣지 않는 손가락으로 펜을 잡으시고, 사람을 보내주신 그 답장으로는 상당히 실례가 되는 글 아닐까.

하지만 무엇을 써도 통하는 부분이 있을 것 같다는 마음도 듭니다.

브로바린[109]을 열흘분 사두었습니다.

어제 1포를 먹고 잤습니다만 듣지 않았습니다.

이걸 하루에 1포씩, 10포 먹고 나면, 그 다음날 당신을 볼 수 있는 거겠지요.

몸, 거듭거듭 자애하시기 바랍니다.

언제나 곁에 머물고 싶습니다만.

---

109) 진정최면작용이 있는 화합물로 만든 불면증 약.

기도하고 있습니다.

가메이 씨가 돌아가시는 길에 들러주셨다.

램프 입수.

9일에 여기로 오시겠다고.

괜찮은 걸까요.

제가 그런 편지를 보냈기에

그래서 억지로 일어나시려는 것이리라, 틀림없이, 그렇습니다.

좀 더, 좀 더, 당신 자신을 사랑하시기 바랍니다.

－불쑥 예감－

그런 기적도 있지는 않을까……하지만 틀렸어……

그리스도의 부활이 있다면, 모르겠지만－목숨을 걸고 최선을 다

해보겠습니다.

조금씩이라도 상관없습니다. 나타내주세요.

2년 전 이날에 쓴 시즈코의 일기에 의하면 1945년 12월에 외삼촌이 어머니의 문병을 왔는데 그때 어머니는 외삼촌에게 두 손을 모아 시즈코를 부탁한다고 청했다고 한다. 외삼촌은 알았다고 하고 돌아갔는데 어머니는 안심이 됐는지 그로부터 3시간쯤 후에 조용히 눈을 감았다고 한다. 역시 다자이의 「사양」과 겹치는 부분이다. (『사양』(에오스) 참조)

12월 7일

낮, 슈지 씨가 와주셨다.

차가운 입술, 괜찮으신 걸까.

니주마와시[110]를 입으신 채 이야기를 나누셨다.

우자 씨의 실태(失態)에 대해서는,

소노코 짱의 웃음소리,

사모님의 가슴속 기쁨,

기치조지 아주머니가 뜻밖의 장면에서 도움을 주신 기쁨, 등이 마음에 남았다.

창백한 얼굴.

완전하지 않은 몸으로, 물건을 사러 나오셨다가 들러주신 거야.

키 짱이 밤새 간호를 해주셨는데 눈을 떴을 때에는 키 짱의 얼굴이 희미하게 흐려서 알아보지 못하셨다고.

손도 떨리고

입도 말을 듣지 않고

소변을 보러 가신 것조차 기억에 전혀 남아 있지 않으셨다고.

잘[111]을 스푼으로 약 2번 먹고 벌어진 희비극의 한 장면.

그것과, 그것을 혼합해서 먹으면 된다.

요즘에는 수면약을 먹고 자도 2시간쯤 지나면 눈이 떠진다. 괴롭

---

110) 二重廻し. 기모노 위에 입는 남자용 외투.
111) 수면약의 일종인 듯. 다자이 오사무가 실수로 먹었다는 약을 말하는 듯하다.

다.

I love you, but I'm sadly.

지—이성(과학), 정—감정(예술), 의—의지(도덕, 종교).

다자이 씨 같은 분은 살아 계시는 것만으로도 어떤 깨끗한 것, 따뜻한 것이 느껴져, 쓸쓸한 인생의 한 모퉁이에 희미한 방문(訪問)을 알 수 있다.

네메시스112)가 찾아오지 않기를.

---

112) Nemesis. 율법의 여신. 신의 응보를 의인화한 것.

12월 8일

어젯밤, 다자이 씨, 니시다 씨와 도호113) 영화의 사람들이 오셨다. 사양의 영화화, 상의를 위해서.

결국 거절하셨다.

5, 6년 뒤라면 괜찮을 것이라며.

그렇다면 3, 4년은 살아 있을 수 있다는 몸에 대한 전망이라도 생기신 것일까?

니시다 씨가 묵으셨다. 문학, 회화, 인물론 등에서 의기투합하신 듯.

아침 식사 후, 역까지 함께 배웅. 둑 왼쪽 편을 걸어서 돌아가셨다. 집 근처까지 배웅을 했다.

10시 무렵부터 도쿄로 나갔다. 구가야마114)로 양복을 가지러 갔다. 변함없이 생글생글하며 바쁜 듯. 양복, 블라우스 완성되어 있었다. 크게 마음먹고 옷값 1천 엔, 조금 놀랐다. 타격이 있다.

내가 일하던 때의 것115)은 손님116)들에게 썼기에 슬슬 바닥을 드러내기 시작했어.

---

113) 東宝. 영화 · 연극을 제작, 배급, 흥행하는 회사.
114) 久我山. 오차노미즈 미용학교의 전 강사였던 사람이 구가야마 2번가에서 살고 있었다.
115) 도미에가 가마쿠라 및 미타카의 미용원에서 일하며 미용학교의 재건을 위해서 모은 돈. 도미에는 다자이를 만났던 3월 이후부터 이때까지 십수만 엔의 저금을 전부 썼다고 하는데 현재 가치로 따지면 1억 원은 훌쩍 넘을 듯하다.
116) 다자이 오사무를 찾아온 손님들.

처음 해보는 생활양식이기에 전혀 짐작도 되지 않는다.

"돈에 대해서는 전부 얘기를 해.", "아직 있어?"라고 말씀해주시
기는 하지만, 도저히 "이젠 없어요, 게루117)주세요."라고는 좀처럼
어려워서 말을 할 수가 없어요.

상대방의 생활이나 마음을 지나치게 생각하고 있는 탓일지도 모
르겠지만, 나처럼 몸과 마음 모두 빠져버리는 성격이어서는 커다란
결심을 하지 않고는 말하지 못한다.

마치 그 키가 큰 사람이 닛쿄(日響)의 징을 두드리고 난 뒤, 훅!
어깨를 떨어뜨리며 숨을 내쉴 때와 같은 긴장감이 있다.

독립한 사람은 게루에 대해서는 말하지 못하는 법이라는 말을 들
은 적이 있는데, 정말 그런 것 가운데 하나가 내게도 있는 걸지 모르
겠다. 하지만 내일은 드디어 말씀드리지 않으면 안 돼, 전부—.

12월 2일의 편지를 받은 쓰쓰미 시계히사가 같은 달 말에 다자이를 찾아
왔었는데 장을 볼 때 겨우 10분 정도 만에 가게 3곳에서 평범한 직장인의
월급을 가볍게 뛰어넘는 금액이 사라졌다고 한다. 이때 지불은 도미에가 들
고 있던 지갑의 돈으로 했는데 두 사람 모두에게 부자연스러운 모습은 없
었다고 한다.

---

117) Geld(독). 속어로 돈을 말한다.

12월 9일

정치도 전쟁도 예술도

하나의 일을 향해서 나아가고 있는 것입니다.

그것은 부부애의 완성을 위해서입니다.

(여기에 도쿄 신문의 문화란, 제일선의 현대작가 「어릿광대 다자이 오사무」라는 평가를 오린 것이 붙어 있다.)

다나카[118] 씨를 처음으로 뵌 날.

---

118) 다나카 히데미쓰(田中英光, 1913~1949). 소설가. 1932년 와세다 대학 정경학부 재학 중 조정 일본대표로 올림픽에 출전했다. 1935년부터 동인잡지에 소설을 발표하기 시작했으며 다자이 오사무에게 사사했다. 1948년 다자이의 자살에 커다란 충격을 받아 수면제, 여자, 술에 빠져 퇴폐적 생활을 했으며 무뢰파적 작품을 발표했다. 1949년 11월, 다자이 오사무의 무덤 앞에서 자살했다. 대표작으로는 「올림포스의 과실」, 「지하실에서」, 「취한 배」 등이 있다.

12월 10일

(도쿄 신문의 제일선의 현대작가② 「세속의 달인 사카구치 안고」를 오린 것이 붙어 있다.)

12월 11일

저의 이런 생활이,

당신에게 있어서 기쁨이라면, 그것이 저의 위안이에요.

두 사람의 마음이 연결된 것은 자연스러운 일입니다. 그러나 두 사람의 생활은 부자연스럽습니다. 저는 결혼하고 싶습니다.

두 사람이 10년 전에 만났다면 아무런 말도 듣지 않고, 주위 사람들도 눈물 흘리지 않고, 그렇게 행복한 일도 없었을 텐데.

사람들의 입에 발린 소리도, 경멸의 시선도 전부 너무나도 잘 알 수 있어서, 어떤 분이 찾아와도 즐겁지 않습니다.

하지만 저는 그분에게 처음으로 '사랑'이라는 것을 가르쳐준 여자로서, 그분의 외로웠던 일생의 만년을 장식하는 아치의 국화 역할을 하며 자랑스럽게 살아가고 싶습니다.

제가 정말 진심으로 행복을 느끼는 때는 한 가지뿐. 아주 짧은 순간. 그것을 믿고 있습니다. 그것이 있기 때문에 괴로운 생활에도 견딜 수 있는 것입니다. 그것은 그분이 사랑한 사람으로서 함께 오랜 시간을 기다리며 즐거움으로 여기고 있던, 영원으로의 여행을 떠날 때입니다.

저는 사람 좋은 선녀가 아닙니다.

11월 9일 아침,

어머니 상경,

의리와, 인정,

부모와, 자식,

아버지와 어머니,

어머니와 딸,

아버지와 딸,

딸과 아버지,

사랑,

우이독경(牛耳讀經).

나의 행복이, 당신들이 생각하고 있는 것과 같은 것이라면

피가 흐르는 것 같은 사랑 따위.

굵고, 짧게, 정직하게 살고 싶다.

12월 20일

교토(京都)에서 쓰쓰미 씨, 요코타(橫田) 씨 상경.

12월 2일에 보낸 다자이의 편지를 받고 상경한 것이리라. 쓰쓰미는 이때 열흘 동안 머물렀다고 한다.

12월 22일

함께 우에노 부랑아기(浮浪児記)에 대해서, 일본소설 분들과 갔다.

돌아오는 길 세레느에 들름. 1박.

12월 23일

사쿠라이 씨의 저택, 안 계셨기에 하야시[119] 씨의 집으로 가서
폐를 끼쳤다.

---

119) 하야시 후미코(林芙美子, 1903~1951). 소설가. 어린 시절에 경험한
    가난 때문인지 서민들을 애정 담긴 시선으로 묘사한 작품 가운데 특히
    명작이 많다. 작품으로는 「방랑기」, 「청빈의 서」 등이 있다.

12월 29일

빨래를 하느라 몰랐는데,

우지이에(氏家) 씨와 슈지 씨가 와 계셨다.

차가운 바람이 분 날.

12월 30일

긴톤[120]을,

"네, 그 정도." 하고 말해서 재보았더니 70엔. 놀랐다.

시마키 겐사쿠[121] —독신녀—

소설가는 언제나 아름답고 진실한 것에 마음이 끌리며, 그러한 것을 온갖 세계에서 찾아 구하고 있다.

세상에는 추악한 것을 바닥 깊은 곳에서 들춰내 보이는 것을 직업으로 삼고 있는 것처럼 보이는 작가도 있다. 그러나 그들은 사실, 세상에서 가장 아름다운 것을 강렬하게 살리고 싶어서 그러는 것에 지나지 않는다.

가엾은 것, 비참한 것, 슬픈 것, 나약한 것이 단지 그렇다는 이유만으로 나의 작가적 욕망을 자극하는 것은 아니다. 그런 가엾음이나 비참함 속에서 볼 수 있는 아름다움이나 진실이 내게는 각별한 것으로 여겨지기 때문이다. 굴하지 않고 거기서 뻗어나가는 힘을 보는 것은 그 얼마나 커다란 감동인지.

여자가 혼자서 살아가지 않으면 안 된다는 것은, 그 생활양식이

---

120) キントン. 강낭콩과 고구마를 으깨어 밤 등을 넣은 식품.
121) 島木健作(1903~1945). 소설가. 도호쿠(東北) 대학 중퇴. 농민운동에 가담했다가 투옥되어 전향. 「재건」, 「생활의 탐구」 등에서 농민운동과 지식인의 귀농을 윤리적으로 추구했다.

어떤가와는 상관없이, 결코 평범한 의미에서의 행복이라고는 말할 수 없다. 물질적으로 여유가 있어서 남들이 보기에는 행복한 듯 보인다 할지도 그 행복은 세상 일반이 말하는 것과는 성질이 다르며, 특히 그 본인 자신의 내면으로 들어가 보면 무릇 만족스럽고 여유 있는 상태와는 거리가 먼 싸늘하고 궂은 부분이 있으리라.

사회는 이 가장 나약한 사람을 동정하기보다 종종 비난하는 듯한 시선으로 바라보곤 한다.

세상은 결코 순수하게 그냥 감탄하려고는 하지 않는다.

그저 이유도 없이 업신여길 뿐이다.

그러나 이와 같은 비난의 시선이나 업신여김에 당당히 맞설 수 있다면 보는 사람의 느낌도 달라진다.

스스로도 독신녀에서 탈출하려고 가여울 정도로 초조해 하는 모습에, 그리고 독신 생활의 공허함과 싸우는 동안 그녀 자신의 인간이 손상되고 상처를 입어가는 모습에 애처로움이 있다.

오늘날의 사회는 이처럼 애처로운 존재를 더욱 늘려나가고 있을 뿐이다.

여자 혼자 살아가는 사람 가운데는 주위의 힘에 짓눌려서 어쩔 수 없이 독신녀로 살아가고 있는 사람들뿐만 아니라, 추구하고 있는 것이 강하고 올곧아서, 현 사회에서 여자의 참된 생활이라는 것을 강하게 추구하고 있기에 다른 것과는 타협하지 못하고 끝내 독신녀로 지내는 사람도 적지 않다.

성격의 어딘가에 일그러짐이 있다.

지적인 것, 추상적인 것에 대한 사랑에 취해버리는 사람은 적지
않다.

독신녀는, 고독한 생활을 하는 사람은, 사랑의 대상을 곁에 두지
못한다. 언제라도 원할 때 붙들어 품을 수 있는 형태가 있는 것으로는
곁에 두지 못한다. 그렇다면 고독한 사람은 사랑을 하지 못할까?
아니 고독한 사람이야말로 가장 강하고 깊게 사랑할 수 있을 것이다.
단, 그녀들이 고독한 채로 깊은 사랑의 생활을 영위하기 위해서는
그녀들이 사랑의 대상을 추구하는 영역이, 평범하게 분주한 생활자
의 그것보다도 높아지고 넓어져야만 한다. 독신녀 가운데 어떤 사람
의 생활은, 그것을 목표로 한 끝없는 싸움인 것이다.

어제의 생활은 오늘의 생활 속에 살아 있으며, 내일의 생활 역시
오늘의 생활 속에 배태되어 있다. 생활의 기준점은 언제나 오늘에
있다.

뒤돌아서 어느 때의 생활을 살펴보아도 그것은 오늘의 생활을 위
한 것이었다는 자각이 있어야 하며, 헛된 것이 아니었다고 말할 수
있지 않으면 안 되리라.
'독신녀'는 여자 혼자라는 사실을 소중히 여기고, 사랑하지 않으
면 안 된다.

12월 30일

126

1948년 1월 1일

〈내 안에 거하라 나도 너희 안에 거하리라 가지가 포도나무에 붙어 있지 아니하면 절로 과실을 맺을 수 없음 같이 너희도 내 안에 있지 아니하면 그러하리라[122]〉

역시 나의 말을 받아들이셔서서 따님[123]과 함께 이부세 선생님을 찾아가신 듯.

"선생님처럼 얼굴이 길지는 않아. 눈이 닮았고, 망토 같은 것을 어깨에 걸치고 있었는데, 귀여운 따님."이라는 아주머니[124]의 말씀.

"내일 정오 무렵부터 올지도 모르겠다고 말씀하셨어요."라고.

울고 싶은 듯한

미소 짓고 싶은 듯한

처량하고 복잡한 마음.

〈나는 포도나무요 너희는 가지라〉 ─요한복음 15장

슈지 씨, 새해가 밝았습니다.

올해도 역시 잘 부탁드리겠습니다.

다난한 해가 밝았습니다.

올해도 역시 노력해야 할 해라 여기고 있습니다.

---

122) 요한복음 15장 4절.
123) 장녀인 소노코. 이날 누구와 함께 갔는지에 대해서는 몇몇 다른 주장이 있다.
124) 지구사의 마담인 마스다 시즈에(増田静江).

1월 2일

어젯밤 7시 경에 돌아왔다.

다카미자와(高見沢) 씨 댁에서 스이호[125] 선생님으로부터 오구로(大黒) 씨의 그림을 받았고, 나카자와(中沢) 씨 댁에 갔었다.

오기쿠보 역에서 슈지 씨를 볼 수 있지 않을까 두리번두리번 둘러보았다.

오늘 아침에 지구사의 아주머니가 오셔서 어제 저녁 5시 반쯤에 오셨었다고.

전날인 1월 1일, 이부세의 집으로 신년 인사를 갔을 때, 술에 취해 옆방에서 자다가 이부세, 가메이, 야마기시 등이 '다자이는 피에로야. 잘난 척하고 있지만 피에로에 지나지 않아.'라며 험담을 하는 소리를 들었다는 얘기도 있는데 여러 가지 정황상 이는 사실이 아닌 듯하다. 단, 이부세와 다른 방문객에게서 일상생활이나 작품에 대한 비판을 들었을지는 모르겠다. 혹은 다자이가 잠시 자리를 비웠을 때 약간의 비판이 있었을지도 모를 일이다. 아내 미치코의 말에 의하면 다자이는 집에 돌아와 '모두가 하나가 되어 나를 괴롭힌다.'며 훌쩍훌쩍 울었다고 한다.

이부세의 글에는 '다자이가 세상을 떠난 뒤 미망인에게 들은 바에 의하면, 다자이 군은 신년에 우리 집에서 귀가한 뒤 분하다며 울었다고 한다. 나이가 마흔이나 되었는데 아직도 소설을 칭찬해주지 않는다, 언제가 되어야 칭찬을 해줄 생각인가? 사람을 바보로 알고 있다. 매정한 사람이다, 라며 엉엉 울었다고 한다.'라는 내용이 있다.

---

125) 다가와 스이호(田河水泡, 1899~1989). 만화가, 만담 작가. 본명은 다카미자와 나카타로(高見沢仲太郎). 1930년 전후의 아동만화를 대표하는 만화가로 대표작인 「노라쿠로(のらくろ)」의 인기가 어른에게까지 이르러 캐릭터 상품이 만들어지는 등, 사회적 현상이 될 정도로 인기를 누렸다.

1월 8일

미청년과 담배[126]. 순조롭게 쓰기 시작하셨다. 금년도 일을 시작하신 날.

마쓰노우치[127]에 미야자키 씨, 벳쇼 씨가 오셨다. 저녁에 가와모리(河森) 씨가 오셨다. 가토 씨와 함께 응대했다.

「미남자와 담배」의 시작은 다음과 같다. (다음 페이지까지 이어진다.)

<저는 혼자서 오늘까지 싸워왔다고 생각하고 있는데 아무래도 왠지 질 것 같아 불안해서 견딜 수가 없어졌습니다. 하지만 설마 지금까지 경멸해왔던 사람들에게 모쪼록 무리에 넣어주십시오, 제가 잘못했습니다, 라고 새삼스럽게 부탁할 수도 없는 일입니다. 저는 역시 혼자서 하등한 술 따위 마시며 저의 싸움을 계속해나가는 수밖에 없습니다.

저의 싸움. 그것은 한마디로 하자면 낡은 것과의 싸움이었습니다. 도처에 널려 있는 잘난 척과의 싸움입니다. 속이 훤히 들여다보이는 체면과의 싸움입니다. 쩨쩨한 것, 쩨쩨한 사람과의 싸움입니다.

저는 여호와에게도 맹세할 수 있습니다. 저는 그 싸움 때문에 제가 가진 모든 것을 잃었습니다. 그리고 역시 저는 혼자서 언제나 술을 마시지 않으면 버틸 수 없는 기분이고, 그리고 아무래도 질 것 같이 되어버렸습니다. 낡은 자는 심술궂다. 이러쿵저러쿵 진부하기 짝이 없는 문학론인지, 예술론인지, 부끄러운 줄도 모르고 늘어놓아, 그렇게 해서 새로운 필사의 발아(發芽)를 짓밟고, 게다가 그런 자신의 죄악을 전혀 깨닫지 못하시는 듯하니, 대단하십니다. 밀어봐도 당겨봐도 꿈쩍도 하지 않습니다. 그저 목숨이 아까워서, 돈이 아까워서, 그리고 출세하여 처자를 기쁘게 해주고 싶어서, 그를 위해서 무리를 짓고 닥치는 대로 동료를 칭찬하고, 이른바 일치단결하여 외로운 자를 괴롭힙니다.

---

126) 美青年とタバコ. 단편인 「미남자와 담배(美男子と煙草)」를 말하는 듯.

127) 松の内. 새해 첫날부터 소나무로 문 앞을 장식하는 기간. 7일 혹은 15일까지 장식한다.

저는 질 것 같이 되었습니다.

전날, 어떤 곳에서 하등한 술을 마시고 있자니 거기로 나이 든 문학자가 세 명 들어와서, 저는 그 사람들과 지인도 아무것도 아닌데 갑자기 저를 둘러싸고 아주 한심하게 취해서 제 소설에 대해 완전히 엉뚱한 험담을 했습니다. 저는 아무리 술을 마셔도 흐트러진 모습을 보이는 것은 아주 싫어하기에 그 험담도 웃으며 흘려들었지만 집에 돌아와서 늦은 저녁을 먹으며 너무나도 분해서 불쑥 오열이 나오고 멈추지 않아 밥그릇도 젓가락도 놓고 엉엉, 남자의 눈물이 흐르기 시작해서 식사를 거들던 아내에게,

"사람이, 사람이, 이렇게, 목숨을 걸고 필사적으로 쓰고 있는데 모두가 가벼운 노리개로 삼아서, ……그 사람들은 선배들이야, 나보다 열 살이고 스무 살이고 나이가 많아, 그런데 모두가 힘을 합쳐서 나를 부정하려 하고, ……비겁해, 교활해, ……이젠 됐어, 나도 가만있지 않을 거야. 선배들의 험담을 공공연하게 말하겠어, 싸울 거야, ……정말, 너무해."

라는 등, 종잡을 수 없는 말을 중얼거리며 더욱 격렬하게 울었고, 아내는 어처구니없다는 듯한 얼굴로,

"그만, 주무세요."

라고 말해 나를 침상으로 데려갔으나 누워서도 그 분한 울음과 오열이 좀처럼 멈추지 않았습니다.

아아, 살아간다는 것은 혐오스러운 일이다. 특히 남자는 괴롭고 애처로운 법이다. 어쨌든 어떻든 싸워서, 그렇게 해서 이기지 않으면 안 되니까요. (후략)>

「미남자와 담배」는 다자이 말년의 문단 선배에 대한 비판의 본격적인 시작이라고 할 수 있다. 그리고 이후 다자이는 1년을 예정으로 『신초』에 「여시아문」을 연재하기로 하고 2월 말부터 구술필기를 시작했다. 「여시아문」의 내용을 살펴보면 위의 내용 중 <선배들의 험담을 공공연하게 말하겠어, 싸울 거야.>와 통하는 부분이 있는 듯 여겨진다. 「여시아문」은 총 4회 구술필기로 발표했는데 제1회에서는 '노대가'(이름을 밝히지는 않았지만 누가 봐도 시가 나오야라는 사실을 알 수 있다.)에 대한 항의, 제2회에서는 외국문학자, 번역·평론가에 대한 비판, 제3회에서는 선배를 비판하고 시가 나오야의 이름을 들었으며, 제4회에서는 시가 나오야를 공격했다.

이와 관련해 도미에의 일기('모두가 괴롭혀 죽이는 것입니다.'), 유서('이부세 씨는 악인입니다.') 등과 연관해서 다자이의 자살 이유를 설명하려는 의견도 있다.

1월 9일

가나기마치의 집128)에서 사진이 도착했다며 아버님의 사진(가나기마치 발달지?), 어머님의 사진, 숙모님과 둘이서 찍은 것(에모토 사진장), 형님(분지〈文治〉)의 사진(잡지 속), 슈지 씨의 사진. 후쿠다(福田) 가의 가족과 함께 찍은 것 2장.

중학 시절의 어린 모습, 웃고 있는데 아주 귀엽고 청순하다.

생가의 사진은 정면에서 찍은 것이었다. 상상했던 집보다 작은 것 같은 느낌이 들었지만 전면이 아니었기 때문이리라.

둘이서 이구동성으로 한 말은, 어머님의 사진과 내가 26세 때 찍은 사진이 아주 닮았다는 것이었습니다.

둘이서 울었습니다.

사진을 불단에 세워놓고 슈지 씨도 "눈물이 나는군."하며 눈물을 흘리셨다.

"저, 사주시겠다고 약속했던 반지는 필요 없으니, 은제 로켓을 사주세요. 거기에 어머님의 사진을 넣어 언제까지고 몸에 지니고 싶어요. 어머님과 둘이서 슈지 씨를 지키고 싶어요."

"모녀라고 해도 아무도 모를 거야. 내 말이 맞지, 전에 말했었잖아? 너는 세상을 떠난 우리 큰누나랑 똑같이 생겼다고."

---

128) 다자이 오사무의 본가.

1월 10일

오늘 아침, 혈담이 심하게 나오셨다고.

몸도 부쩍 마르셨다.

몸에 좋지 않다고 말해도, 괜찮아, 이제는 어차피 오래 남지도 않았으니, 라고 말씀하시며 함께…….

이날, 가메시마 씨가 오셨다.

혼자 남으신 뒤 깜빡 잠이 드셨는데 오타 시즈코 씨가 보낸 사람129)이 와서 편지를 건네주었다.

"읽어봐."라고 말씀하시며 보여주셨다.

"지금까지 중에서 제일 못 쓴 편지네요."라고 말했더니,

"응, 제일 심해. 너무 자만하고 있어. 사양의 가즈코130)가 자기라고 생각하고 있는 거야. 일이 성가셔졌어."

"둘이서 어떻게든 해봐요."

슈지 씨, 갑자기 우시며,

"삿짱, 부탁해. 나를 부탁해."

"슈지 씨, 언제나 곁에 있을게요."

"혼자서 괴로워하지 말아요, 기쁨도 괴로움도 함께 하고 싶어요."

"나를 남편이라고 생각해줘."

"그렇게 믿고 있어요. 믿고 살아가고 있어요."

---

129) 오타 시즈코의 남동생인 오타 도오루.
130) 和子. 다자이 오사무의 소설 「사양」의 주인공. 「사양」에 주인공 이름의 한자는 나오지 않지만 여기서는 和子로 썼다. (『사양』(에오스) 참조)

"모두가 나를, 나를……."

"슈지 씨, 울지 마세요……. 울어서는 안 돼요. 알았죠, 당신의 어머님 몫까지 제가 지킬 거예요."

"응, 지켜줘. 나를 지켜줘. 언제나 내 곁에 있어줘."

슈지 씨가 가엾고 가여워서, 모두가 어째서 좀 더, 좀 더 소중히 여겨주지 않는 걸까.

신이시여, 제 목숨을 가져가셔도 상관없습니다. 부디 슈지 씨를 구원해주시기 바랍니다. 그분의 행복을 위해서라면 저는 무슨 일이든 하겠습니다. 부탁입니다. 부탁입니다. 신이시여―

시즈코는 새해가 되자 모유가 나오지 않았고 우유도 쉽게 구할 수 없는 시절이었기에 다자이에게 의지해야겠다고 생각해서 송금을 의뢰하는 편지를 보낸 것이라고 한다. 이 편지에 대해서는 도미에가 대리인 자격으로 답장을 보냈는데 그 내용이 16일자 일기에 있다.

노하라가 신년 무렵에 다자이에게, 미치코와 도미에 몰래 적당한 장소를 마련할 테니 시즈코와 하루코를 만나보라고 권했으나, 다자이가 도미에에게 발각될 것을 두려워하여 일은 진행되지 않았다고 한다.

1월 11일

"나, 정말 죽을 거야."

………..

………..

나오지[131]는 말이죠, '나는 맨정신으로 죽는 것입니다.'라고 나, "나는 맨정신으로 죽을 거야……. 울리지 마."라고 슈지 씨.

죽는 것은 조금도 무섭지 않습니다.

단지 작가로서의 다자이 씨의 솜씨가 아까운 것입니다. 그렇기 때문에 조금이라도 오래 살아 계셨으면 하는 것입니다.

그분의 작품을 읽고 기운을 얻어 살아가고 있는 수많은 사람들을 위해서 살아 계셨으면 하는 것입니다.

"나의 만년은, 너를 만나서 행복했어."

라고 하신 말씀 때문에라도 훨씬 더, 훨씬 더 기쁨을 드리고 싶었다.

> 날이 밝아오기 시작했습니다. 오랜 세월 폐를 끼쳤습니다.
> 안녕히 계세요.
> 어젯밤 술의 취기는, 완전히 가셨습니다. 나는, 맨정신으로 죽는 것입니다.
> 다시 한 번, 안녕히.
> 누나.
> 나는, 귀족입니다. 『사양』(에오스)에서

---

131) 直治. 「사양」에 등장하는 인물. 가즈코의 동생으로 다자이 오사무의 젊은 시절의 분신이라 여겨지고 있다. (『사양』(에오스) 참조)

1월 12일

복잡합니다.

너무나도 복잡합니다.

좋은 사람. 나약한 분이시기에 문제가 너무 무거운 것입니다.

사양의 사람에게서 온 편지.

그 마지막 편지는 가장 서툰 편지였습니다. 두 사람의 의견입니다.

오다 사쿠132) 미망인의 일.

이불도 개지 않고 찻잔 하나 씻지 않는 분이라고, 여자라면…….

여러 가지 문제, 대체 어떻게 해야 할지 둘이서 고민했습니다.

사모님께는 이런 일들로 걱정을 끼쳐드리고 싶지 않았던 것입니다.

저녁, 노하라 씨가 오셨습니다.

시즈코와의 문제 외에도 건강문제, 가정문제(장남 마사키의 성장 부진),
문단관계자들과의 갈등 등 다자이는 몇 가지 문제들을 끌어안고 있었다.

---

132) 오다 사쿠노스케(織田作之助, 1913~1947). 소설가. 종전 후, 다자이
오사무, 사카구치 안고, 이시카와 준 등과 함께 무뢰파, 신희작파로 불
렸다. 오다 사쿠라는 애칭으로 불렸다. 작품으로는 「세상」, 「토요부인」,
「메오토젠자이」 등이 있다.

1월 13일

몸의 상태도 좋지 않아서 오늘도 역시 자리에 누우신 채 식사도 얼마 하지 않으시고, 정말 걱정입니다.

감자 포타주, 빵. 거기에 기뻐하셨던 것은 과일인 쟈몽(자몽?)이었습니다.

"잘도 있었네. 아주 기뻤어."

"좋아한다고 그러셨잖아요. 마침 있기에 사왔어요."

눈을 뜨신 뒤에 하나 껍질을 까서 드렸다.

"떡이 먹고 싶어."

"사올게요."

"있을까?"

"네, 있어요."

떡도 3조각 정도, 김에 싸서 드셨다.

화장실에 갔다가 계단을 올라 돌아오시는 것만으로도 격한 호흡.

"가슴이 많이 아프신가요?"

말없이 수긍하신 뒤,

"삿짱, 이젠 틀렸어. 이젠 포기했어."

"집에 돌아가면 더는 만나지 못할 것 같은 기분이 들어."

"쟈몽, 하나 더 사왔어?"

"네."

"까줘."

"네."

"신문."

"네."

말없이 까면서 눈물이 나서, 눈물이 나서, 그저 말없이 울었다.
드시고 난 뒤,

"잘래."

이불을 잘 펴드리려다가 문득 얼굴을 마주치고 말았다. 눈물이
끝없이 흘러나와서 오열을 해버리고 말았다.

"삿짱, 갈(죽을) 거야."

"부탁이에요, 데려가주세요."

수긍하시고,

"같이 가(죽어)줄 거야?"

"네, 부탁이에요. 저, 혼자 남겨두지 마시고, 데려가주세요."

"여러 가지로 신세를 졌어."

"아니요, 저야말로……." 그런 말씀,

"그런 말씀 하지 마세요. 저야말로 얼마나 폐를 끼쳤는지……."

"몸만 건강하다면, 아무것도 아닐 텐데. 삿짱, 미안해."

"아니요, 처음부터 죽을 각오로 사랑을 한 걸요. 미안하다는 말씀
하지 마세요. 당신께서 잘못하신 건 하나도 없어요."

슈지 씨는 가엾습니다. 결핵 같은 병을 신께서는…….

"너는 아까운 사람이야. 너를 죽게 하다니, 내게는 안타까워."

"아니요, 당신이야말로 제게는 과분한 분이세요. 미안해요. 죄송
해요. 같이 데려가주세요."

"같이 죽어줄게!"

137

"고마워요. 도미에, 꽤나 고생을 시켰지. 저 세상이라는 걸 나는 믿지 않지만, 만약 있다면 너를 좀 더 아껴줄게. 어디든 데리고 다닐 거야. 가엾기도 하지."

"아니요, 가엾다니, 당신이야말로. 당신처럼 좋은 사람, 또 없는데. 갈(죽을) 날을 정해주세요. 준비해놓을게요."

"또 누군가에게 편지를 들려서 보낼게. 방을 깨끗이 해둬."

고개를 끄덕이고 둘이서 오열해버렸다.

나와 함께라면 술도 담배도 끊고 훨씬 더, 훨씬 더 좋은 것을 쓸 텐데, 라고 말씀하신 슈지 씨.

누구도 우리가 이렇게까지 좋아하고 있는 줄은 모를 거야, 라고 말씀하신 슈지 씨.

10년 전에 만났으면 좋았을 걸, 이라고 말씀하신 슈지 씨.

선배[133]가 오셔도 헤어지기는 싫어, 라고 말씀해주신 슈지 씨.

"짧았지만 즐거웠지?"

"저는 당신과 함께 살다, 그러다 죽고 싶었어요. 저, 행복해요."

---

[133] 이부세 마스지를 말하는 듯. 문단활동에 있어서는 물론 사생활에 있어서도 다자이는 역시 이부세를 의식하지 않을 수 없었던 모양이다.

1월 14일

새벽에 토를 하셨다.

가스토리[134]와 물만 나온 듯해서, 식사로 드신 것은 소화되었다는 사실에 안심했다.

마음이 진정되지 않고,

창작의 테마는 차례차례로 떠오르고,

몸은 말을 듣지 않고,

뜻대로 되지 않는, 세상.

언제나 반드시 책을 들고 계신다. 숙면을 취하지 못하시는 겁니다. 그래도 오늘은 기분이 얼마간 좋아지셨는지 웃음을 지어 보이기도 하시고, 말씀도 자연스럽게 하셔서 기쁘다.

기치조지까지 가서 쟈몽 4개 사왔다. 수시로 다리 마사지를 계속해서 했다.

일을 하실 때 쓰실 이불 커버를 꿰맸다.

편안하게 주무세요.

조금이라도 오래.

---

134) カストリ. 지게미로 만든 막소주, 혹은 쌀이나 고구마로 급조한 막술. 제2차 세계대전 직후에 유행했다.

1월 16일

다자이 씨에게 부탁을 받아 편지를 드립니다.

여름 무렵부터의 피로가 겨울로 들어서면서부터 특히 심해져, 일에도 지장을 주는 경우가 종종 있습니다. 댁에도 여러 가지로 어려움이 있으신 듯했지만, 요즘에는 객혈의 양도 눈에 띄게 늘어 도저히 일을 계속하실 수 없게 되었기에 자택에서 한동안 요양을 하시기로 했습니다. 당신이 직접 처리해야 할 용무도 여러 가지로 있으시지만, 용태가 좋지 않아 타인에게 부탁해서 일을 처리하게 되었습니다.

따라서 얼마 전, 누님[135]께서 편지로 말씀하신 돈에 대해서는 일의 처리를 맡긴 사람에게 여기저기 조달하게 하고 있으니 조금만 더 기다려달라는 말씀을 오타 씨[136]가 누님께 전해주시기 부탁드리겠습니다. 잘 부탁드리겠습니다. 이만 실례하겠습니다.

1월 16일
다자이 오사무 대리
오타 귀하

---

135) 오타 시즈코.
136) 오타 다케시.

1월 19일

아침, 방을 대청소, 시커먼 얼굴 그대로 슈지 씨의 행차를 맞아들였다. 게이소(ケイソウ) 씨도 함께.

움푹 꺼진 눈이 노곤한 듯 빛나고 있어서 걱정. 여러 가지로 장보시는 것을 도와드리고 헤어졌다. 내일부터 일을 하시겠다고. 괜찮은 건가요?

오후에 구청으로 가서 가토 씨를 만났다.

150마리 정도의 기러기가 줄지어 나는 모습을 오늘 처음으로 보았다. 시원해지는 듯한 기분 좋음. 닌교초(人形町)에서.

1월 20일

한동안 연락드리지 못했습니다.

세모(歲暮)에는 정중한 엽서를 보내주셔서 감사히 생각하고 있습니다.

먼 길, 상경해주셨는데 오히려 미흡한 일들만 거듭해서 죄송합니다. 위스키에 대해서는 "모쪼록 안심하시기 바랍니다."라는 전언입니다. 폐를 끼쳐서 참으로 죄송합니다. 다자이 씨의 말씀과 함께 지난날의 사과까지.

요코타 준이치(横田俊一) 귀하

(여기에 「빛나는 다자이, 니와⟨丹羽⟩ 두 작가─중앙 문단에 늘어선 작가군」이라는 제목의 신문 기사가 붙어 있다)

*

어젯밤, 쓰시마 일가 부모님의 꿈을 꾸었다.

아버님은 전에 보았던 사진과 같은 모습.

어머님은 일본 전통 머리모양이 아니라 서양식 머리모양이었습니다.

얼핏얼핏 연속적으로 하룻밤 내내 꾸었습니다.

슈지 씨와 저는 부부와도 같은, 연인과도 같은 사이였습니다. 하지만 즐거운 꿈이었습니다.

신이시여, 감사합니다.

1월 28일

이즈[137])에서 편지가 왔다.

다시 한 번, 전에부터 왔던 편지를 펼쳐 읽어보았다. No.를 다시 매겼다. 냉정하게(처음에) 읽었다고 생각했는데 (세 번, 네 번째부터 오늘로) 그렇지 않은 듯하는 사실을 알았다.

No.가 꽤나 뒤죽박죽이다. 이것을 읽고 있으면 머리가 저절로 아파오니 이상합니다. 이즈의 사람도 불쌍합니다. 저도 불쌍하다는 생각이 듭니다. 사모님도……

스물다섯까지 살면 좋겠다고 생각했었는데 서른까지 오래 살아왔는걸요. 이젠 언제 죽어도 좋아요. 제게 부모님이 안 계시다면(몹쓸 생각이지만) 얼마나, 라고 생각하곤 합니다.

*

"슈지 씨(라고 부르는 것도 조금 부끄럽다), 매일 불안하시죠? 언제나 떨고 계신 것 같은 느낌이에요."

"응, 죽고 싶어."

"갈 수 있는 데까지 가봐요. 할 수 있는 데까지 해보기로 해요, 네?"

─댁 근처의 그, 골목에서…….

---

137) 오타 시즈코.

"그럼 내일도 부탁할게."

"네, 몸조심하세요."

23일, 24일, 25일, 26일, 27일 묵으셨다.

23일, 노하라 씨가 오셨을 때부터 역시 몸이 좋지 않은 듯 쉬셨다.

다리를 두드리기도 하고 주사를 놓기도 하고, 소변도 점점 색이 맑아지기 시작해서 몸이 많이 좋아지신 듯하다. 목소리로 또렷해지기 시작하셨다. 그래도 나는 불안, 불안, 불안.

저도 매일 불안해요.

어젯밤에 콘테 씨가 묵었는데 배웅을 나갔다가 기치조지의 목욕탕에 갔다.

도중에,

"도미에가 영어를 배울 때 말이지. 나는 슬픔과 외로움에서 달아나기 위해 어학을 배우는 거야— 라고 말한 적 있었지? 그거, 정말이었네."

"그래? 그런 말 했었는지 잊어버렸어. 하지만 그건 사실이야."

오늘 야쿠모 분들이 오셔서 슈지 씨의 사진을 찍었다.

요즘 어떻게 된 일인지 슈지 씨라고 부르기가 굉장히 부끄러워졌다.

아주 어려운 책을 읽고 싶은 요즘.

5일과 6일, 지바(千葉) 쪽으로 가셔서 일을 하시기로 결정.

그냥 어영부영 보내기는 싫어서 어학을 다시 시작해볼까 생각하고 있습니다.

10년이나 멀리하고 있었기에 전부 잊어버려서 배운 말은 봉오리인 채 피어나지 못했다. 슈지 씨는 프랑스어를, 이라고 말씀하신다. 몰래 독학해두었다가 여름이 되면 오전 중에라도 아테네 프랑세에 가볼까 생각 중이다.

내가 시험을 보았던 것이, 이번에 국가시험이 될 것 같다고. 어딘가에 이름만이라도 올려놓지 않으면 자격이 소멸된다고 한다. 누군가가 내 자격으로 가게를 열 수 있으면 좋을 텐데. 저는 슈지 씨와 살아갈 생각이기에, 아무래도 상관없습니다.

*

여러분 모두 좋은 새해를 맞이하셨으리라 생각하고 있습니다.

다자이 씨의 "편지를 아주 유쾌하게 읽었습니다. 감사합니다."라는 말씀에 더해서 이 늙은이가 편지를 드리는 영광을 얻게 되어 감사히 생각하고 있습니다. 시라미소(シラミ荘)에서는 언제나 대접이 변변치 못해 매우 죄송하게 생각하고 있습니다. 그래도 마다하지 마시고 상경하시면 모쪼록 들러주시기 바랍니다. 얼마 전, 요코타 씨에게서 당장이라도 눈물이 떨어질 것 같은 사과의 편지가 왔기에 "아아, 그렇게 서두를 것 없습니다."라는 내용의 답장[138]을 대필로 썼다는 사실을 알려드립니다.

도쿄에는 또 이상한 사람[139]이 출현했다고.

---

138) 1월 20일자 일기에 있는 편지를 말하는 듯.
139) 1948년 1월 26일 오후, 도쿄의 한 제국은행 지점에 나타난 사내가

다자이 씨, 여기저기 매우 바쁩니다.

일단은 인사만 올립니다.

이노우에 시주쿠[140] 올림

쓰쓰미 시게히사 귀하

12월 20일에 쓰쓰미와 요코타가 상경해서 열흘 동안 묵었다는 사실은 앞서도 이야기했는데 이때 오코타와의 사이에 어떤 문제가 있었던 듯하다. 2월 9일의 일기를 보면 그 내용을 대충 짐작할 수 있을 듯도 하나 정확한 자료에 근거하지 않은 섣부른 추측은 삼가기로 하겠다.

여담이지만 편지 내용 중 '이 늙은이'라는 말이 있고 가명으로 '사십구'를 썼다는 점으로 봐서 12월 말에 도미에가 49세의 늙은이 같다는 농담이 오간 듯하다. 이것 자체가 섣부른 추측에 지나지 않기는 하지만.

은행원들에게 청산가리를 먹이고 현금 등을 빼앗은 사건.
140) 井上四十九. 야마자키 도미에의 가명.

1월 31일

결핵, 슈지 씨가 병에 걸렸기에 노가와 씨 댁에서 함께 사는 사람들 모두 공포.

1. 쓰레기장에 버린 휴지의 건.

1. 화장실 소독 건.

1. 빨래를 우물에서 했으면 좋겠다는 건.

등에 관한 말을 오늘 밤, 노가와 씨에게서 들었다.

네네, 죄송합니다.

이런 건 슈지 씨에게는 말할 수 없는 일.

"야마자키 씨도 고생이시네요, 미안하지만 부탁해요."

네네, 죄송합니다.

공동생활에는 늘 따르기 마련인 이런 일들.

네네, 죄송합니다.

저는 슈지 씨가 행복해질 수만 있다면 무슨 일이든 하겠습니다. 옛날처럼 집이 얼마든지 있다면 별 문제될 것도 없는 사건이지만. 오늘 비로소 '야마자키 변소'의 참뜻을 알게 되었다. 여기저기 쓰는 것은 기분 좋은 일이 아니었겠지요.

*

얼마 전에 아버지에게서 편지. 살짝 고민을 하게 만든다. 내가 노후를 돌봐드려야 할 이유는 없지만 알게 모르게 기대를 받고 있었던 듯한 나.

슈지 씨를 만나기 전이었다면 틀림없이 돌봐드렸을 테지만, 이제는 저 혼자서만 마음대로 행동할 수 없습니다. 생활비의 일부를 보내게 하고 오빠나 언니와 함께 생활하실 수밖에 달리 방법이 없습니다. 다른 사람에게 일을 맡기고 감독만 하면 되게 경영방침을 세우시면 이런 불안도 없이 계실 수 있으실 텐데.

*

오래 연락드리지 못했습니다.

요전에는 여러 가지로 걱정해주시는 편지를 받고 육친의 진한 정을 깊이 느낄 수 있어서 기뻤습니다. 정말 죄송합니다. 저의 마음을 처음부터 전부 적어서 가부(可否)야 어찌 됐든, 이해를 얻어야겠다는 생각이 들어 때때로 펜을 쥐곤 합니다만 이런저런 생각들이 한꺼번에 밀려들어 머리가 헛바퀴만 돌기에 조금도, 한 줄도 쓸 수 없게 됩니다.

오늘의 편지도 특별히 구체적인 이야기까지는 하지 못할 듯하고, 그저 인사를 한번 드리는 듯한 기분으로 펜을 들었습니다.

1신, 2신 편지를 올리는 동안 그 일에 대해서도 이야기할 수 있으리라 생각합니다.

부디 그때까지 기다려주시기 바랍니다, 죄송합니다.

아버지의 마음도 조금은 가라앉은 듯합니다.

제게 지금의 생활을 바꿀 생각은 조금도 없습니다. 이 점에 대해서는 2신, 3신을 써나가는 동안 이야기할 수 있게 되리라 여겨집니다. 하지만 부모와 자식 사이이니 그만큼 고민도 깊을 테고, 죄송하게 생각하고 있습니다. 노인이기에 여생의 일들도 걱정이실 텐데, 제가 이런 생활을 하고 있어서 부모님도 저의 안식 장소를 깊이 걱정하고 계시리라 여겨집니다.

이에 대해서는 오빠와도 잘 상의하고 싶습니다. 행복이네, 불행이네, 여러 가지 말들이 떠오릅니다.

이러한 말들의 참된 의미를 저는 잘 모르겠습니다. 혹시 이렇게 말할 수 있다면, 이 두 가지를 함께 끌어안은 생활인 듯 여겨지기도 합니다. 지금까지 다자이 씨의 가정에는 아무런 변화도 없습니다. 물론 사모님께서 모르시기 때문이라고도 말할 수 있을 테지만, 가정에서의 다자이 씨의 참된 행복을 위해서 사모님께 드리고 싶은 말씀도 있습니다. 지금의 제가 말씀드리는 것은 부자연스러운 일일 테고, 실례일지도 모르겠습니다만, 아내로서(사모님을 말합니다) 어째서? 라고 말하고 싶은 것도 있습니다.

오빠께는 사실을 말씀드리고 싶습니다. 앞으로 얼마간은 떼를 쓰는 듯한 글이나, 징징거리는 듯한 글을 2신, 3신 속에 쓸지도 모르겠습니다만, 용서해주시기 바랍니다.

단, '어설픈 마음으로 부모, 형제를 울릴 수 없다.'는 사실만은 굳게 결심한 상태입니다.

지금까지의 저를 생각해보면 너무나도 급격한 전환이기에, 저도 한층 더 깊이 생각하고 있습니다. 오빠의 생활에 대해서도 상당히 걱정을 하고 있었습니다. 이렇게 말하는 것은 실례가 되는 일일지 모르겠지만. 혈육이 둘밖에 남지 않은 저희 일족과 전재(戰災) 후의 가난한 생활이기에 한층 더 마음에 두고 있었던 것입니다. 하지만 얼마 지나지 않아서 집도 완성될 모양이고, 사업도 순조로운 듯하여 저는 눈물이 날 정도로 기쁘게 여기고 있습니다.

2신, 3신 이어질 편지는 모쪼록 때로는 친구와 같은 마음으로 읽어주시기 바랍니다. 하지만 그 편지에서는 다자이 씨 개인에 대해서도 이야기를 하게 될 테니, 부디 다른 데서는(타인이라는 의미가 아닙니다) 말씀하지 마셨으면 합니다.

저에 관한 일은 상관없지만, 저에게만 믿고 말씀하신 일이 만일 누군가에게 알려지고, 거기서부터 세 사람, 네 사람 하는 식으로 퍼져나가면 그야말로 어떻게 해야 좋을지, 죽음으로도 사죄할 길이 없어지니 부탁드리겠습니다.

요전에 오빠께서 편지에 쓰신, 자신만의 행복, 은 저도 싫습니다. 저희들 생활의 의미는 아주 깊은 이유와 남에게는 말 못할 괴로운 사랑이 있습니다. 잘 이해를 해주실 수 있도록 진지하게 길을 되돌아보아 알려드리고 싶습니다. 저에 관한 문제와 야마자키 가에 관한 문제 등이 한꺼번에 우르르 머릿속으로 밀려들어서 괴로울 때가 자주 있습니다.

상의드릴 테니 앞으로도 들어주시기 바랍니다. 매일 바쁘신 줄은 알고 있지만, 가끔은 엽서 한 장이라도 보내주시기를 언제나 기다리고 있겠습니다.

그럼 다음에 다시

새언니께도 인사 전해주시길

이만 실례하겠습니다.

1월 31일
도미에 올림
오빠 귀하

도미에의 형제는 전부 4명이었다. 큰오빠 다케시, 둘째오빠 도시카즈, 셋째오빠 기자오, 언니 우타코가 있었으나 둘째오빠와 셋째오빠, 언니는 이른 나이에 세상을 떠났다. 이 편지는 큰오빠인 다케시에게 보낸 것이라 여겨진다.

도미에는 편지 속에서 앞으로 2신, 3신 이어나갈 것이라고 말했지만 이후 일기에는 오빠에게 편지를 보냈다는 내용이 나오지 않는다. 실제로 보낸 적이 있는지 없는지는 분명하지 않으나 편지의 초고를 일기에 적는 도미에의 습성으로 보아 보내지 않았던 듯하다.

어쨌든 이 편지를 통해서 인정받지 못한 사랑에 빠져버린, 그로 인해 심한 내적 갈등을 겪고 있는 도미에의 마음과 다자이에 대한 커다란 사랑을 잘 살펴볼 수 있다.

2월 9일

오늘은 편지 감사합니다.

읽는 사람의 태도는 좋지 않아서 큭큭 웃기도 하며 페이지를 따라 갔습니다만, 3장째쯤부터 요코타의 너무 심하다고 하면 너무 심하다고도 할 수 있는 무례함에 화가 났습니다. 저도 에도[141] 사람 가운데 한 명으로 남들과 다르지 않게 성격이 급하고, 팔방미인은 싫으니 단호하게 연을 끊겠습니다.

특히 경애하고 믿고 있는 분들의 마음에 상처를 주고도 태연하게 있는 사람 따위에게는 볼일이 없습니다. 그런 사람은 정말 싫습니다. 저의 바리세인이 한 명 생겼습니다. 이는 슬프고 쓸쓸한 일이지만 어쩔 수 없습니다.

○○교사, 다자이 예찬자가 들으면 어처구니가 없을 겁니다. 잘못했으면 잘못했다고 진심으로 사과하면 될 것 아닙니까.

저에게 대해서도, 알고 계시는 그 엽서도 그렇고 예전에 손에 넣은 편지도 그렇고 마치 갓 여학교를 졸업한 애송이라고도 할 수 있을 만한 사람에게 보낸 것 같은 내용─, 아무리 다자이 씨와 교제하고 있는 사람에게 보내는 것이라 해도 꽤나 만만하게 본 듯합니다. 여자 고등사범학교의 여학생이 아닙니다, 라고 말하고 싶을 정도의 기분이었습니다. 그렇게 생각하지 않으시나요? 아무리 자유주의 세상이 되었다 해도, 아무런 말도 없이 뻔뻔스럽게 방에 들어오거나 남편이

---

141) 江戸. 도쿄의 옛 지명.

집을 비운 동안 돌아갈 생각도 않고 그 아내와 이야기를 나누는 사람과의 교제는 사양하겠습니다. 자유라는 말의 뒷면에 속박이라는 엄격한 글자가 있다는 사실을 그 사람이 모를 리도 없을 텐데요. 저는 그처럼 자신이 체득하지 못한 말로 쓰여진 편지 같은 건 한 통도 받고 싶지 않습니다. 무엇보다 입에 발린 소리는 정말 싫습니다.

그런 이유로 지난 날 다자이 씨 앞으로 온 것을 동봉합니다. 한번 읽어보시기 바랍니다. 이건 유일한 증거물건입니다. 제가 엽서 속에 '허튼' 소리를 덧붙여 놓은 것은 쓰쓰미 씨에게도 알리지 않으면 안 되겠다고 생각했기 때문-. 이곳저곳에 있는 사람들의 마음에 상처를 주고, 이 얼마나 한심한 사람인지요. 다자이 씨는 몸도, 일도, 매우 순조로우니 기뻐해주시기 바랍니다.

3월호나 4월호의 소설 신초에 「비잔(眉山)」이라는 것을 쓰셨는데, 이것은 아마도 쓰쓰미 씨의 심기를 불편하게 하는 원인이 될 우려가 충분히 있는 작품이 아닐까 여겨집니다.

그리고 얼마 전, 전집에 실을 사진을 찍으러 카메라맨 다무라 시게루[142] 씨가 오셔서 여러 가지 스냅을 찍어 가셨습니다. 마침 조금 전에 야쿠모에서 사람이 와서 완성된 것을 보여주셨습니다. 저도 모든 스냅의 밀착한 것을 갖고 싶다고 부탁해두었으니 완성돼서 도착하면 그 가운데 골라서 보내드리도록 하겠습니다.

다마가와 상수의 둑 여기저기서 귀여운 새싹이 느껴져 혹독한 겨

---

142) 田村茂(1906 혹은 1909~1987). 일본의 사진작가. 다자이 오사무가 말년에 작업실에서 턱을 괴고 앉아 있는 유명한 사진을 찍은 사진작가다. 전집에 실을 사진으로는 미타카에서 총 27장을 찍었다.

울의 흔적도 이제 얼마 남지 않은 듯 여겨집니다.

　부디 몸조심하시고, 일에도 더욱 힘내시기 바랍니다. 어지러운 글로 실례인 줄 압니다만, 인사드립니다.

　이만 실례하겠습니다.

　다자이의 사진은 일기에서 말한 1월 28일에 찍은 것일까? 사진작가인 다무라와 다자이에 관해서 조금 더 이야기하자면 다무라는 일본의 패전 후 잠시 미타카에서 산 적이 있었기에 다자이와 함께 자주 술을 마시던 사이였다. 당시 다무라는 『문예춘추』에 연재 예정으로 '현대 일본의 백인(百人)'을 준비 중이었는데 인기 작가였던 다자이도 '백인'에 포함시키자고 했으나 출판사에서 정사(情死) 미수에 약물중독 등과 같은 과거의 일들을 이유로 들어 거절했다.
　주142에서 말한 다자이의 유명한 사진의 촬영 장소는 도미에의 방이다.

2월 17일

어젯밤에 묵으셨다.

"삿짱, 가끔은 자고 갔으면 좋겠어?"

"음, 어느 쪽이든 상관없어요."

"자고 가지 않으면 내가 견딜 수가 없어."

"하지만 저로서는 그럴 수밖에 없는걸요."

왠지 조금 다른 분위기였습니다.

이불에 들어가서도 새삼스럽게 몸을 멀리 하고 주무셨다.

안녕히 주무세요, 라고 말하고 눈을 감았다.

말없이, 말없이 그대로 나도 움직이지 않았다.

가만히 일어나셔서 잠옷을 벗으시고,

방석 위에 벗어놓은 옷을 집으려 하셨다.

2월 17일 밤의 일 이후부터 나는 마음이 한층 더 뿌리를 뻗어, 정열만이 아니라 뭔가 투명한 것의 길 위를 걸어갈 수 있을 것 같은 기분이 들기 시작했다.

폐병을 의식해서일까? 마음에 변화가 일기 시작한 것일까? 이 일기만으로는 정확한 사실은 알 수 없지만 두 사람 사이에서 전과는 다른 묘한 분위기가 느껴진다.

'투명한 것의 길 위를 걸어갈 수 있을 것 같은 기분'이란 어떤 마음 상태를 이야기하는 것인지 모르겠다.

2월 18일

전신환 1만 엔 송금했다.

1월 10일의 편지에서 시즈코가 요구한 돈을 이때 보낸 것인 듯하다. 다자이의 대리로 편지를 보내는 등 여러 가지 일을 도미에에게 맡기고 있었으니 이때의 송금도 도미에가 했던 것이리라.

2월 21일

'이즈의 사람'에게서 전보가 있어서

상경한다고

'말씀대로 하시기 바랍니다.'

밤, 사모님이 지구사로 모시러 오셨다.

아이코[143] 씨가 위독하시다고,

기껏 사이가 좋아진 지 아직 1년도 되지 않은 분이신데.

가엾다고 해야 할지, 무슨 말을 해야 할지 모르겠다.

남겨놓은 사람에게 애정이 있었다는 것만큼 가슴 아픈 일도 없다.

*

전략

전보에 대한 추신을 보냅니다.

사모님 여동생 되시는 분의 용태가 악화되어 어젯밤 위독하다는 전보가 있었습니다. 여동생 분의 가족 중에서는 다자이 씨 부부가 부모 대신 힘이 되어주고 계셨기에 이번 일로도 경황이 없으신 듯하고, 그 때문에 이번 달에는 일도, 즉 차분하게 보낼 수 있는 시간도

---

143) 이시하라 아이코(石原愛子). 다자이 오사무의 아내인 미치코의 여동생. 「도쿄 팔경」에 등장하는 처제의 모델이다. (『그럼, 이만…… 다자이 오사무였습니다.』(현인) 참조)

가질 수 없으실 듯하니 상경 날짜를 다음 달로 미루어달라고 말씀하셨습니다.

급히 위의 내용을 전합니다.

이만 실례하겠습니다.

오타 귀하

이후 시즈코에게 다자이로부터의 별다른 연락이 없었기에 시즈코는 끝내 상경하지 못했다.

2월 22일

혹시 한동안, 경황이 없으셔서 뵙지 못하는 건 아닐까 불안한 생각이 들기에 편지를 올립니다.

그, −답신의 글은 동봉한 것 중 어떤 것으로 치면 될지, 그도 아니면 다른 내용으로 쓰시겠습니까? 알려주시기 바랍니다.

그리고 「철새(渡り鳥)」의 마지막에 '−아무것도 없어−'와 같은 의미의 말을 써 넣지 않았다고 말씀하셨었는데, 이건 그대로 놓아둘까요?

아니면 일단 타전을 하시겠습니까? 마음에 걸리기에 여쭈어봅니다.

모밀잣밤나무의 열매가 비에 젖으며 조용히 떠내려갔습니다.

아무 일도 없게 해달라고 빌었습니다만, 힘든 일이 겹치지는 않았는지 모르겠습니다.

걱정하고 있습니다.

슈지 귀하
도미에 올림

2월 22일

「앵두(桜桃)」 속의 말 같은 표지의 글자[144]. 청소를 마친 뒤 문득 눈에 띄었기에 슈지 씨는 싫어하시리라 여겨지지만, 베껴 써서 붙였다.

이것을 보고 있으면 괴로워서, 어깨의 긴장과 몸의 힘이 스르르 빠져 떠밀려 내려가는 것처럼 느껴지지만.

슬프고 슬픈 말입니다.

아버지로서 어떤 순간에라도 결코 잊을 수 없는 일인 걸요, 특히 아드님을 그렇게 사랑하시는 분인 걸요.

「앵두」 가운데 아들에 대한 묘사는 다음과 같다.

<(전략) 그러나, 4세인 장남은, 바짝 말랐고, 아직 서지 못한다. 말은 아아라거나 다아라고만 할 뿐 한마디도 못하고, 또 사람의 말을 알아듣지도 못한다. 기어 돌아다니고 있어서, 대소변도 가르칠 수가 없다. 그러면서도, 밥은 참으로 많이 먹는다. 하지만, 언제나 야위었고 작으며, 머리숱도 적고, 조금도 성장하지 않는다.

아버지도 어머니도, 이 장남에 대해서, 깊이 이야기 나누기를 피한다. 백치, 벙어리, ……그걸 한마디라도 입에 담아, 둘이서 서로 긍정하기란, 너무나도 비참하기 때문이다. 어머니는 때때로, 이 아이를 꼭 끌어안는다. 아버지는 종종 발작적으로 이 아이를 안고 강물에 뛰어들어 죽고 싶다고 생각한다. (중략)

아아, 단지 그냥, 발육이 늦은 것뿐이기만 해준다면! 이 장남이, 지금 갑자기 성장해서, 부모의 걱정에 분개하고 조소하게 되어준다면! 부부는 친척에게도 친구에게도 누구에게도 말하지 못하고, 남몰래 마음속으로 그것을 빌며, 표면은 아무렇지도 않은 듯, 장남을 놀리며 웃고 있다. (후략)>

---

144) '뛰어들어 죽어버리고 싶다. 아아, 단지 그냥 발육이 늦은 것뿐이기만 해준다면!'

160

2월 27일

외로움의 극한을 견디고 천지(天地)로

　　다가가는 목숨을 가슴 깊이 생각한다

　　　　　　　　　　　　　　　－사치오145) 가집－

다자이 씨의 마음이 생생하게 가슴에 울려 견딜 수가 없다.

이제는 완전히 지칠 대로 지쳐 있으면서 '한정되어 있는 몸의 힘을 시험해보겠다.'고 꿋꿋하게 일어나 다시 구술146)을 하셨다. 가엾어서 오늘은, 눈물이 날 것 같았습니다.

비장한 얼굴이었습니다.

오다 사쿠 일주기의 밤에도 같은 얼굴로 돌아오셨지요. 오후미(お芙美) 씨의 비예술적인 장면에 대한 이야기를 듣고 화가 났습니다. 제가 하야시 가를 찾아가지만 않았다면 함께 갈 수 있었을 테니, 이런 심한 결과는 맞이하지 않았을 텐데 하며 분하게 생각했습니다.

일시적인 여행지라 할지라도

그 땅에서 평생을 보낼 것처럼

매순간 친절을 베풀고

---

145) 이토 사치오(伊藤左千夫, 1864~1913). 가인, 소설가. 마스오카 시키에게 사사. 단가의 생명을 '외침'에 있다고 주장했다. 소설로는 나쓰메 소세키의 극찬을 받은 「들국화의 무덤」이 있다. (『이별 그리고 사랑』(현인) 수록)

146) 「여시아문」 구술필기를 말한다.

사실을 이야기하고
친구를 만드는 것은 좋은 일이다

—존 러스킨—

오늘은 마음 깊이 깨달은 일입니다만, 남자도 마흔 가까이 되지
않으면 역시 진짜 남자가 아니구나, 하고. 서른 전후의 남자는 정말
아무것도 모른다.

그것은 학문적인 얘기가 아니라 너무 상식적일만큼 상식적인 얘
기지만. 그리고 더러운 말을 글에 아무렇지도 않게 써서 보내는 사람
이 있다. 그것은 내 앞으로 보내는 것이 아니라, 남자가 다자이 씨
앞으로 보내는 것인데, 혐오스러운 일이라고 오늘도 생각했다.

2월 29일

슈지 씨 사모님의 여동생 분이 위독하기에 우루타(宇留田) 씨와 셋이서 도쿄로 갔다. 신주쿠에서 우루타 씨와 헤어지고 둘은 오차노미즈 역에서 하차. 제국대학 병원 앞까지 함께 가서 30분 뒤, 정문 근처에서 만나기로 약속하고 헤어졌다.

차 안에서 빌린 진자이 기요시[147] 씨의 사양에 대한 글을 이리저리 거닐며 읽었다. 정문 옆에 있는 찻집에서 커피를 마시다 시간을 가늠해서 밖으로 나갔다. 마침 문 안에서 나오시던 참. 도덴[148]을 타고 도요시마[149] 선생님 댁을 찾아갔다. 몸의 상태가 좋지 않아 어딘가 매우 힘들어하시는 듯했기에 얼른 인사를 드리고 나와야겠다고 적당한 순간을 가늠하며 말씀을 듣고 있었는데 후루타 씨에게서 전화. 잠시 후 후루타 씨와 간다(神田)로 나갔다.

마침 이날은 일요일이어서 세레느는 휴일이었지만, 2층으로 올라가 술이 시작되었다. 그날은 묵고, 이튿날 아침 7시에 사모님과 함께

---

147) 神西清(1903~1957). 러시아문학자, 번역가, 소설가. 소련통상부 근무를 거쳐 러시아문학 번역에 종사했고, 소설도 집필했다. 저서로는 『회색 눈의 여자』, 『산문의 운명』 등이 있다.
148) 都電. 도쿄 도(都)에서 운영하는 전차.
149) 豊島与志雄(1890~1955). 소설가, 번역가, 프랑스문학자. 상징적인 수법으로 근대인의 심리를 날카롭게 도려내 독특한 시정을 담은 작품을 썼다. 저서로는 『인간번영』, 『소생』 등이 있다. 다자이는 만년에 도요시마 요시오를 가장 존경해서 야마자키 도미에를 데리고 종종 도요시마의 집을 찾아가 함께 술을 마셨다. 도요시마도 다자이의 마음을 받아들여 그 친교는 다자이가 세상을 떠나기까지 이어졌다. 도요시마는 다자이의 장례위원장을 맡기도 했다.

목욕탕에 갔다. 돌아오는 길에 「사양」에 대한 이야기가 나와서 "사양의 사람과 저는, 들어온 길이 다릅니다."라고 별 생각 없이 한 말이 사모님의 마음에 걸리신 듯, 돌아오신 뒤 "다자이 씨는 삿짱하고 아무런 사이도 아니죠?"

"아무런 사이도 아니지 않습니다."
라는 대화로 한순간에 분위기가 바뀌어, 사모님은 갑자기 우울해지셨고 내가 가엾다며 눈물을 머금으셨다.

"요즘 젊은 사람들의 마음은 이해할 수가 없어요."라고.

이날 우연히 후루타 씨가 도화선에 불을 댕겼기 때문이었기에 후루타 씨에게 항의했다. 슈지 씨도 슬픈 얼굴을 하고, 나도 눈물을 흘리고, 후루타 씨는 풀이 죽으시고, 사모님은 당신의 고뇌를 점점 더 토로하시고, 사랑은 정말 괴로운 것.

서로가 서로를 온전히 알기 위해서,
마음속 구석까지 털어놓고 있다.

어젯밤 "모두를 돌려보내고, 자고 가겠다."고 말씀하셨지만, 사모님의 전갈이 있었기에 집을 보러 돌아가셨다.

외투를 입혀드리고 밖으로 나갔다. 서로의 얼굴을 보고 둘이 함께, 쓸쓸한 웃음—.

노히라 씨와 집근처까지 모셔다드렸다.

오늘은 형용할 수 없을 정도로 피곤하신 모양. 댁에 가신 뒤, 평온했으면 좋겠다고 빌었다.

3월 1일

아침, 말을 전하기 위해 편집자가 왔기에 함께 귀가하셨다. 11시 무렵, 지구사의 아저씨가 오셔서 봉투를 "이걸—."하고 말하며, 다자이 씨가 보낸 편지를 건네주셨다. 담배, 그 외의 것을 사서 직접 들고 와달라는 내용. 얼른 채비를 하고 나섰다.

소노코 짱과 둘이서 맥없이 화로를 쬐고 계셨다. '굴', '두부', '가는 곤약'을 넣고 찌개를 끓여 드셨다.

"소노코 짱, 이리와."라고 불러 내 무릎 위에 앉힌 다음 안았더니 수줍은 듯 아버지의 얼굴을 바라보았다. 실뜨기를 하기도 하고 개와 고양이를 만들기도 하고 털실로 꽃을 만들기도 하며 근심 없이 사이 좋게 지냈다. 얌전하고 착한 아이. 마사키 짱이 해먹에서 잠을 자고 있었다. 다른 편집자들도 오셔서, 다자이 씨는 그 접대에 눈코 뜰 새 없이 바빴다. 마사키 짱이 잠에서 깨어났는데 기저귀가 푹 젖어 있었기에 그것을 갈아주고 밥을 먹었다. 소노코 짱은 내가 조금 익숙해졌는지 부엌의 구석에 살짝 숨기도 하면서 웃고 있었다. 소노코 짱도 함께 점심. 손님의 찌개에서 따뜻한 것을 덜어서 주었다.

마사키 짱은 여름 무렵보다 꽤 자랐고 살도 쪘고, 또 몸도 아주 좋아진 듯한 느낌. 눈은 그 무렵처럼 잔뜩 힘이 들어간 채 불안정한 것이 아니어서, 다자이 씨가 걱정하고 있는 것 같은 아이로 성장하지는 않을 것 같다는 생각이 들었다. 3시 무렵의 늦은 점심이었는데 소노코 짱이 "엄마, 언제 오려나."하며 보고 싶다는 듯 실뜨기를 하다가, "봐, 해냈어, 엄마."라고 내게 말한 다음, 잘못 말했다는 사실을 알고 웃었다. 나도 함께 웃어버렸다. 3시 반 무렵에 댁에서 나왔다.

아버지와 아이들의 생활은 옆에서 보고 있을 수 없을 만큼 쓸쓸한 것입니다.

집으로 와서 왠지 기뻤던 듯한 기분을 맛보았다.

"그거라고 말하더군. 다른 여자 편집자도 여럿 왔었지만 그런 말한 적 없었는데, 역시 알겠는가봐, 무서워."

"저는 소노코 짱도 집에 없는 줄 알고 갔던 건데, 정말 위험한 일을 하시네요. 괜찮겠어요, 나중에……."

*

〈담배와 반찬거리(예를
들어서 굴 등) 사가지고,
당신이 직접 가져다
주세요, 추운데
미안하지만
위의 내용 부탁[150).〉

다자이의 부인인 미치코의 동생 이시하라 아이코는 2월 29일에 사망, 3월 3일에 장례식을 치렀다.

---

150) 이는 다자이 오사무의 자필 메모로 일기에 붙여져 있다.

3월 3일

노히라 씨 부부가 다자이 씨와 함께 정오 무렵에 오셨다. 마이니치 (每日) 신문의 히라오카(平岡) 씨와 후루야(古谷) 씨가 오후에 오셨다.

(친구 중에서 지금의 내게 무엇인가를 줄 수 있는 사람은, 무엇인가를 배울 수 있는 사람은 가토 씨와 구가 씨인 듯하다)

*

무릇 인간 가운데서 가장 사교적이고 가장 붙임성 좋은 사내가 만장일치로 동료들에게서 외면당한 것이다. 어떤 방법으로 괴롭히는 것이 내 민감한 영혼에 가장 잔혹한 일이 되는지를 그들은 그 증오심을 한껏 짜내 생각해낸 것이었다.

—루소—

3월 7일

도쿄발 12시 40분, 아타미행. 통조림[151]. 다자이 씨. 나. 후루타 씨. 세레느의 마담. 이시이 씨 5명.

아타미의 긴자를 내려다보며 조망이 좋은 기운각(起雲閣)에 올랐다. 정말이지, 정말이지, 산 위에 있는 만큼 그야말로 '오르는 것'이었다. 사쿠라이 효고로[152]의 별장이었던 것을, 여관으로 쓰는 것이기에 약간 불편하게 여겨지는 점도 있다. 이번 여행은 후루타 씨에게 한 사람분의 폐를 끼치는 일이어서 죄송하게 생각하고 있다.

해안가에 있는 본관에서 지배인인 요시다(吉田) 씨가 오셔서 한바탕 떠들썩했다.

이 무렵이 되어 다자이는 마침내 「인간실격」을 쓸 때가 왔다고 생각한 모양이다. 다자이는 오래 전부터 「인간실격」을 구상하고 있었던 듯, 1940년 1월에 발표한 「속천사(俗天使)」에 다음과 같은 내용이 있다.

<(전략) 나는 새도 아니다. 짐승도 아니다. 그리고 사람도 아니다. 오늘은 11월 13일이다. 4년 전의 오늘 나는 한 불길한 병원에서 나가도 좋다는 허락을 얻었다. 오늘처럼 이렇게 추운 날이 아니었다. 가을처럼 맑은 날로 병원의 정원에는 아직 코스모스가 피어 있었다. 그 무렵의 일은 앞으로 5, 6년 지나서 조금 더 차분해지면 공을 들여 천천히 써볼 생각이다. 「인간실격」이라는 제목을 붙일 생각이다. (후략)>

「인간실격」은 '굉장한 걸작'을 쓸 테니 『전망』에 실어 달라고 다자이가 먼저 편집자에게 말을 꺼냈을 만큼 매우 의욕적으로 집필을 시작했다고 한다.

---

151) 출판사가 비용을 부담하고 호텔이나 여관 등의 방을 잡아 작가가 집필에 전념할 수 있게 하는 것. 이날부터 다자이는 「인간실격」의 집필에 들어갔다.

152) 桜井兵五郎(1880~1951). 실업가, 정치가.

3월 8일

오늘은 돌아가신다고 하셨기에 배웅도 할 겸 산을 내려갔다. '도
코하루(常春)'에서 맛있는(내게는 조금 진한) 커피를 마시고 위스
키를 드신 뒤, 우리만 산으로 돌아왔다. 후루타 씨는 본관에서 묵으신
다고. 밤, 이시이 씨가 2겹으로 된 망토를 가지고 와서 1박.

이튿날인 9일 일기에 있는 것처럼 후루타는 다자이와 시즈코의 만남을 주
선하려 한 듯했다. 다자이의 아타미 행도 후루타가 준비한 것이니 그 준비
단계에서부터 시즈코와의 만남을 계획하고 있었던 것일까? 아니면 아타미
에 오고 나서야 시즈코가 생각나서 일을 계획한 것일까? 어쨌든 아타미와
시즈코가 살고 있는 이즈가 그리 멀지 않은 것만은 사실이다.
    그러나 이 계획은 다자이가 도미에를 의식했기에 실행에 옮겨지지는 않은
듯하다.

3월 9일

아침, 후루타 씨로부터 전화.

"사모님이십니까?"

"삿짱."

어찌 '사모님이십니까?'라는 말에 '네.'라고 대답할 수 있겠습니까?

아타미는 따뜻할 줄 알았는데 뜻밖에도 도쿄와 같은 정도의 햇살이었기에, 실망.

이즈의 사람[153]을 여기로 불러서 이야기를 해볼까 싶다고 말씀하시기에 등줄기가 갑자기 오싹해지고 힘이 빠지고 조금 떨리기 시작했지만, 한번은 만나서 이야기를 해야 한다고 말씀하셨었기에 동의한 데서부터 파문이 일어, 어젯밤(8일 밤)에는 하룻밤 내내 두 사람 모두 자는 둥 마는 둥 이야기를 나누다 밤을 샜다. 우리는 서로가 서로를 너무 생각한 나머지 가끔 이런 일이 일어난다.

무슨 일이 있어도 이별은 불가능한 우리들의 마음, 애정을 한층 더 키우고, 신뢰를 쌓아나가자며 새벽을 맞이했다.

이즈의 지평선은 젖가슴 끝에 닿을 정도의 높이라고 쓰신 적이 있는데, 여기서 보는 지평선은 내 눈꺼풀 부근.

오늘은 다자이 씨 피곤하신 듯. 한나절 비몽사몽.

---

153) 오타 시즈코.

3월 11일

어젯밤의 일, 두 번째 여종업원에게 '춘지'를 줄 때의 말이 발단이 되어 여러 가지로 주의를 받았다. 섬세함의 유무와 관계된 것이었습니다. 위험했습니다. 혼자서 생활하는 동안 나도 모르게 섬세함이라는 것이 옅어져버린 걸까요. 게으른 마음이 혼자 사는 동안 강해진 것일지도 모르겠습니다. 앞으로는 더욱 좋은 연인이 되기 위해서 새로이 노력해나가지 않으면 안 됩니다. 가토 씨, 오카모토 씨, 콘테 씨에게 편지를 썼다.

일상생활의 여러 가지 관례에서 한 걸음 벗어나 수단이나 판단을 망설이는 것은 어리석은 짓입니다.

(여기에 다자이 오사무의 잠든 얼굴이 스케치되어 있다)

10일에 다자이는 아내 미치코에게 엽서를 보냈다. 내용은 다음과 같다.

<전략 앞의 주소에서 일을 하고 있습니다. 19일 밤에 일단 돌아갔다가, 21일에 다시 이곳에서 일을 계속하겠습니다. 여기는 산꼭대기로 틀어박혀 일하기에는 최적인 듯합니다. 집을 비우는 동안 조심하기를, 급무 있을 시에는 지쿠마로.   불일>
『청춘의 착란』(사과나무) 참조

이날 이후 아타미에서 「인간실격」을 집필하는 동안 다자이가 도미에를 야단친 듯한 내용을 일기 곳곳에서 볼 수 있다. 대작을 써야 한다는 압박감 때문에 예민해져 있었던 것인지, 시즈코와의 일 등으로 마음이 복잡해서였는지는 모르겠으나 도미에를 대하는 다자이의 태도에 변화가 있었던 것만은 틀림없는 사실이었던 듯하다.

3월 12일

안개비가 내려 아름다운 산 정상의 모습.

어젯밤 열이 나고 오한이 들어 잠을 자기가 힘들었다. 슈지 씨도 고타쓰[154] 때문에 몸이 뜨거워져서 발한. 잠옷을 갈아입고, 탕파를 바꿨다.

오늘 아침에는 한기도 덜하고 기분도 좋아서, 기뻤다. 근시인데 억지로 안경을 끼지 않고 있기 때문에 눈에서 시작된 피로가 머리와 어깨로도 가는 모양이다. 가끔 눈을 뜨고 있을 수 없을 정도로 따끔따끔 아픈 적이 있다.

*

연애를 할 때는 즐겁고
사랑을 할 때는 괴롭다

정열만으로는, 참된 연애와는 거리가 멀다, 이성이 더해지지 않으면……

경험은 조금도 우리를 향도(嚮導)해주는 것이 아니다. 경험 속에서 확신을 구하는 것만큼 바보스러운 짓도 없다.

두통도 가라앉아, 상대할 수 있다는 기쁨.

---

154) 열원 위에 틀을 놓고 거기에 이불을 덮게 된 난방기구.

가장 처음처럼 이야기를 나누는 일도 없어져, 몸이 어는 듯 느껴지는 경우가 있다.

낮에는 언제나 내게 서비스를 해주는 사람. 뭔가 꾸지람을 하신 뒤에는 반드시 위로의 말씀을 하신다.

이날도 뭔가 꾸지람이 있었던 것일까? '가장 처음처럼 이야기를 나누는 일도 없어져, 몸이 어는 듯 느껴지는 경우'는 어떤 경우를 말하는 것일까? 아무튼 도미에의 말처럼 '연애의 기쁨'보다 '사랑의 괴로움'이 일기 속에서 자꾸만 감지된다.

3월 13일

비, 어젯밤 슈지 씨는 한 잠도 주무시지 못했다. 불면증의 무시무시함, 안쓰럽다.

조망이 안개에 감싸여 있기에, 이 산장이 한층 더 높게 보인다.

16일에도 다자이는 미치코에게 엽서를 보냈다. 다자이의 개인적인 일 때문에 도쿄로 갈 일이 생겼기에 그에 대한 약속을 위한 엽서였다. 내용은 다음과 같다.

<(에이지 씨로부터의 전보 봤습니다)
그쪽으로도 전보를 보냈듯, 19일 밤, 돌아가겠습니다. 일은 순조롭게 진행되었습니다. 상당히 좋은 것일지도 모르겠습니다. 쓰노다(角田)의 건, 20일 오후 2시에 이이다바시(飯田橋, 가구라자카<神楽坂> 방면) 입구에서, 무라마쓰(村松) 군과 만나기로 되어 있는데, 쓰노다 씨가 거기로 직접 간다면, 그것으로 됐습니다. 만약, 이이다바시에서의 일이 불안하다면, 당신이, 전보라도 쳐서, 20일 오전 중에 미타카의 집으로 오라고 해 두세요. 어쨌든, 이번 일, 굉장히 우울. 수첩 도착했습니다. 19일에 돌아갔다가, 21일에는, 다시 아타미에서 일을 계속할 생각입니다.   불일>
                                              『청춘의 착란』(사과나무) 참조

3월 17일

흐림, 15일, 16일 산을 내려갔다.

어제는 속달과 전보를 보내기 위해서 갔다.

아타미는 부랑자라고 할 만한 사람들이 보이지 않는다. 물가가 아주 높다. 이곳의 평범한 생활자들은 잘도 살아가고 있다.

18일에는 해안가의 본관에서 1박 하기로 되어 있기에 구두도 조금은 닦아두어야겠다 싶어서 길가의 구두닦이에게 닦아달라고 했다. 20엔 옆에 있는 '형님' 풍의 수선집 아저씨가 어슬렁어슬렁 다가와서는 고무를 붙여두는 편이 좋을 겁니다. 자갈길을 걸으셨죠? 그래서 바닥의 심이 부러져서 표면에 옆으로 주름이 생겼습니다. "지금 붙이지 않으면―."이라고 하기에 380엔을 홀딱. 해도 너무한다.

산의 벼랑길에서 '꽃나무' 라 이곳 사람들이 말하는 아름답고 어린 꽃을 꺾었다. 그리고 별관의 입구에서 은방울꽃 같은 아름다운 한 줄기.

술을 드셔서 평소보다 좋은 기분으로 기다유[155]를 흥얼거리기 시작하셨다. 대여섯 단이나 이것저것 흥얼거리시더니 그 다음은 신나이[156]. 음색(특기인 우자, 바이코) 도쿄에서 들을 때보다 성량도

---

155) 기다유부시(義太夫節)의 줄임말. 일본 전통 가면음악극의 대사를 노래하는 것 가운데 하나.

156) 신나이부시(新內節)의 줄임말. 가면음악극의 대사를 노래하는 것 가운데 하나. 다자이는 서양음악보다 일본 전통음악에 더 익숙하다고 「추억」 속에서 말했다. (『그럼, 이만…… 다자이 오사무였습니다.』(현인) 참조)

훨씬 더 풍부하고 잘 부르셨지만, 나중에 몸이 악화되지나 않을까 그것만이 걱정이 되어 듣고 있자니 조마조마해졌다.

아직 혈담은 나오지 않았지만, 거뭇해서 먼지 같은 담이 나왔다. 이건 병이 진행되고 있다는 증거라고 언젠가 말씀하셨었는데, 어떻게 좀 안 되는 걸까?

어젯밤에는 가슴의 에키호스157)를 갈며, 슈지 씨 슬픈 듯한 얼굴을 하셨다.

수많은 과거가 떠올라서 슈지 씨에게 다가간다. 그것이 전부 현실과 이어져 있고, 또 지금도 여전히 살아 있기에 참을 수 없는, 견딜 수 없는 기분.

"내가 만일 몸져누우면……."
이라고 말씀하셨다.

"와줘."
라고 말씀하셨다.

"몸져누우면, 3개월 정도에 끝일 거야."
라고 말씀하셨다.

여행을 해보니 나는 자신의 얕은 상식을 더욱 깊이 느끼게 되었다.

남자는 상식에 사로잡혀 있으면, 그야말로 아무것도 할 수 없으리라. 하지만 여자는 상식적인 것을 무엇보다 먼저 가지고 있지 않으면 안 된다고 생각한다.

---

157) Exihos. 소염, 진통, 흡열 등의 치료에 쓰는 습포제의 상품명.

*

사랑과 존경을 받을 만큼의 태도(재능)를 잃지 않기를.

끊임없이 변화해나가는 능력을 갖추고 있을 것.

재능—참된 아름다움에 대한 재능—을 연마할 것.

'부부 서로가 상대방에 대한 자신의 의무를 다하고 있을 때, 어느 한쪽이 먼저 죽는다면 보다 많은 것을 잃는 사람은 남편일까, 아내일까.'

남편은 아내의 남편이지만 동시에 나라의 백성이다. 아내는 이에 반해서 남편의 아내 이외에 그 무엇도 아니다. 남편은 아내에 대한 의무를 지고 있지만, 동시에 조국에 대한 의무도 지고 있다. 아내는 남편에 대한 의무 이외에 어떤 의무도 지고 있지 않다. 아내의 행복은 남편이 반드시 목표로 삼아야 할 것이지만 유일한 목표는 아니다. 동포의 행복도 역시 그가 기원하는 바다.

이에 반해서 남편의 행복은 아내의 유일한 목표다. 남편은 전력을 다해서 아내에게 봉사하는 것이 아니며, 남편의 전부가 아내의 것은 아니고, 아내 혼자만의 것이 아니다. 사회는 남편의 힘을 필요로 한다. 아내는 남편 이외에 누구의 것도 아니다. 아내의 전부는 남편에게 속해 있다. 아내는 남편이 그 의무를 다하면 명예와 안전을 침해하는 것에 대한 보장 및 생활필수품을 공급받는 데 그치지만, 이에 반해서 남편은 아내가 그 주된 의무를 다하면 그의 모든 행복을 받게 된다. 아내는 남편이 행복하기만 하면 그것만으로 행복하지만, 아내가 행복해도 남편이 반드시 행복한 것은 아니다. 아내는 우선 남편을 행복하게 하기 위해 노력할 필요가 있다. 그렇기 때문에 남편은 아내가 남편에게서 받는 것보다 무한하게 많은 것을 아내에게서 받는다. 따라서 남편은, 남편의 죽음으로 아내가 잃는 것보다 무한히 많은 것을 아내의 죽음으로 잃는다.

'아내는 명예와 안전을 침해하는 것에 대한 보장 및 생활필수품의 공급을 잃을 뿐이다.'

─이의 있소, 그것이 완벽함에 가까운 말이라고 한다면─, 최초의 것을 아내는 법률 속에서 다시 찾아낼 수도 있을 것이고, 또 남편은 아내를 위해서 친척, 경우에 따라서는 자녀들이라는 형태로 그것을 남긴다. 그리고 아내는 또 다른 하나를 유산으로 남편에게서 받게 되는 경우도 있다. 하지만 아내의 죽음으로 남편이 잃는 것을 아내는 어떻게 해서 남편을 위해 남길 수 있단 말인가, 남편은 현 행복의 모든 것을 잃는다. 아내와 함께 모든 행복의 원천은 말라버린다. 남편에게 있어서 아내를 잃는 것은 모두를 잃는 것이다. 게다가 아내가 남편을 위해서 남길 수 있는 것이라고는 지난날의 행복에 대한 애수로 가득한 추억뿐인데, 그것은 남편의 상태를 더욱 슬픔에 빠져들게 하는 추억일 뿐이다.

*

사랑의 규율이야말로 기품 있는 사람에 의해서만 숭고해져 간다. 계산성과 질서.

여자의 참된 자각이란, 이 세상의 생활 속에서 자신에게 주어진 사명에 대해 이성적으로 사고하는 능력을 갖는 것이다.

－빌헬미네, 당신이 머리와 마음을 써서 교양을 쌓아가는 모습을 보는 기쁨이 나에 의해서 유지되고, 또 나를 위한 이상적인 아내, 내 아이를 위한 이상적인 어머니.

맑은 머리를 갖고 있으며, 이해심 깊고, 흠잡을 데 없다. 쉬지 않고 이상의 목소리에 귀를 기울이며, 마음의 작용에 적극적으로 모든 것을 맡긴다. 당신을 이런 사람으로 만들어내는 것이 허락된다면……. －

－클라이스트－

저는 눈앞에 있는 영혼의 성질을 알고 있으며, 그 용도를 이해하고 있습니다. 그것은 순수한 금을 머금은 광석으로, 저는 금속을 돌에서 떼어내기만 하면 되는 것입니다.

가장 어린 아이에게는 이야기하는 것을
가운데 아이에게는 느끼는 것을
가장 큰 아이에게는 생각하는 것을
당신은 가르치고 계십니다.
한 아이의 고집을 강인함으로
또 한 아이의 오만을 솔직함으로
세 번째의 나약함을 겸손함으로
그리고 모두의 호기심을 지식욕으로

3월 17일

신초샤의 부사장과 사모님(야마모토 유조[158]의 따님), 3시쯤 오셨다. 술자리를 열었다가 6시 무렵 산을 내려갔다.

몸의 건강은 습포를 하기도 하고 주사를 놓기도 하고 있지만 역시 좋지는 않다. 우울.

이후 18일에는 기운각 본관에서 묵었으며, 19일에 「인간실격」 '첫 번째 수기' 탈고, 이시이와 함께 일단 귀경해서 20일에 개인적인 용무를 마치고 21일에 다시 기운각 별관으로 돌아와 '두 번째 수기'를 쓰기 시작했다.

---

158) 山本有三(1887~1974). 소설가, 극작가, 정치가. 일본예술원회원. 미타카의 다마가와 상수 옆에서 살았으며 다나카 히데미쓰의 「생명의 과실」에도 Y·U 씨로 등장한다.

3월 23일

어떤 가난과 싸워서라도 자신의 꿈을 실현하려 하는 참된 예술가에게서 흔히 볼 수 있는 집요함.

그런 예술가에게 늘 따라붙기 마련인 완고함ー.

저녁으로 '복어' 요리를 해주셨다. 마지막으로 식전에 남겨두었던 버터를 먹었더니 왠지 속이 좋지 않았고 잠들기 전에 구토를 했다. 선명한 색의 붉은 것이 약간 뭉쳐서 섞여 나왔다. 붉은색 음식, 오늘은 먹은 적이 없었기에 약간 마음에 걸려 자세히 보니 아무래도 장의 벽이나 어딘가의 피인 듯. 만에 하나 피라 할지라도 슈지 씨를 빈틈없이 보살펴드려야 하는 몸이기에, 힘내자고 스스로에게 들려주었다. 두 번째 토를 했더니,

"복어를 먹었는데 토하다니, 아깝군."

하고 웃으셨고, 나도 웃었다.

토사물에 붉은 것이 섞여 있으면 누구나 불안해지는 법이지만 도미에의 불안은 다른 사람 이상이었으리라. 결핵환자를 옆에서 돌보고 있었으니. 물론 죽음을 각오한 일이기는 했으나 그것은 다자이의 죽음을 전제로 한 죽음이었다.

3월 24일

온 날부터 비가 계속 내린다.

어젯밤에는 슈지 씨의 다리를 주무르는데 머리가 아프고 눈이 쑤셔서 난처했다.

3월 25일

슈지 씨는 나의, (이하 1행 말소)

죄송합니다. 늘 부족해서.

당신 마음에 들기 위해 열심히 노력하고 있습니다. (이하 1행 말소)

결과를 생각하고 행동하자. (제삼자의 눈으로 봤을 때는 어떤지)

의욕을 가지고, 배려심 깊은 교제.

신속하게 처리하고 예의 바르게, 서른 살 여자, (긍지)

(호되게 야단을 맞았습니다. 저를 위해서였습니다만, '기합'을 넣자)

3월 26일

화해를 했다. 오늘부터는, 처음부터 다시 시작,

"무슨 일이 있어도 따라와줘."

모든 신경을 집중할 것.

검소한 성격, 좋은 의미에서 검소할 것.

*

스스로 원해서 치른 희생이 인정받지 못한다 할지라도 불평하지 말고 화를 내지 말 것.

"심장을 위로해줘."라고 그분은 말씀하신다.

제삼자에 대한 실행. 동작. 예의. 배려. 친밀함. 등등, 주위 분들에 대해 애쓰는 것이 중요하다는 말.

'다자이의ㅡ.'라는 긍지를 잃지 말 것.

사소한 일이기에 커다란 희생을 치르는 것입니다.

설령 그것이 전혀 알지 못하는 사람이라 할지라도 무사무욕(無私無慾)의 태도를 취하고 싶다.

결심ㅡ

아무래도 상관없는 경우라도 모든 사람들을 위해서 자신의 이익은 언제라도 아낌없이 버릴 수 있도록.

쓸데없는 색기(色氣)

3월 27일

우리 부부가 처음 만난

그 일주년 기념일.

(구두, 분실)

앞의 일기(3월 26일)에서 다자이의 한마디 한마디에 일희일비하는 도미에
의 마음을 잘 읽을 수 있다. 사소한 금전적 문제라도 있었던 걸까? 그렇지
는 않은 듯하다. 이번 아타미 체류에는 후루타라는 든든한 지원자가 있었으
니. 그보다는 도미에의 행동, 말에 다자이가 예민하게 반응한 듯한 느낌이
든다. '쓸데없는 색기'

일주년 기념일에 구두를 분실하다니, 조금은 상징적이라는 느낌이 들기도
한다.

3월 28일

화창한 날씨, 바다가 잔잔해서 기분 좋다.

*

앞서 보내신 글에 대해서는 사과말씀 올립니다.

다자이 씨가 안 계실 때(전망의 일 때문에 통조림 상태에 계셨었습니다) 편지를 받았기에 답장이 매우 늦어졌습니다. 우선은 다자이 씨의 용태를 '낙장집(落張集)'으로 대신해서 알려드리겠습니다.

다자이 오사무 대리
오타 귀하
3월 28일
3월 31일 투함

(낙장집)

○ 이번에도 또 객혈을 해서 중태라고도 하고, 아니 팔팔하게 가스토리를 마시고 있다고 하기도 하고. 만나는 사람에 따라서 전부 모습이 다르기에 「사양」 완성 이후, 어쨌든 용태가 위태롭게 여겨지는 다자이 씨.

○ 사실은 모두가 사실인 듯, 부인 역시 조금도 눈을 뗄 수 없는 형편인데 잠깐 건강을 얻으면 바로 작업실로 가는 것을 막을 수도 없고, 그렇게 작업실로 가도 알코올 기운이 떨어졌을 때는 구상도 떠오르지 않는다고 하니, 어쩔 도리 없는 원죄일까?

○ 얼마 전에도 오다 사쿠노스케의 일주기를 기념하여 연고가 있는 긴자의 '쓰즈미(鼓)'에 사카구치 안고, 하야시 후미코 등과 함께 고인의 생활자로서의 위대함을 기념하기 위해서 수많은 고난을 물리치고 참석, 하나같이 누구에게도 뒤지지 않는 뛰어난 사람들뿐이어서 굉장할 정도였다고.

ㅡ낙장집(요미우리〈読売〉 신문)

*

오사무 : 안정이 될 테니, 작은 것을 보내줄까ㅡ
나 : 두근, 두근, 두근, ……

이날 「인간실격」 '두 번째 수기'까지 탈고했다.

일기의 마지막 대화는 무엇을 의미하는 것일까? 역시 시즈코에게 무엇인가를 보내주고 싶다는 말이었을까?

3월 31일

후루타 씨와 함께 귀경했다.

4월 1일

오늘은 일을 쉬시겠다고 하시기에 기운각에서 분실한 구두를 대신할 것을 사러 갔다. —간신히 찾아냈다.

4월 2일

스에쓰네(末常) 씨, 미와(三輪) 씨, 노히라 씨, 미야카와(宮川) 씨, 우루타 씨, 우메바야시[159] 씨가 오셔서, 몹시 분주했다.

같은 날 밤, 우메바야시 씨 '브로바린' 100정 복독(服毒)했다. 한밤중, 2시 반 무렵에 다자이 씨가 눈을 떠서 발견. 얼른 의사를 부르기 위해 빗속을 달렸다. 중태. 이튿날 아침까지 3번 의사를 불렀고 아침, 나카무라 의원에 입원시켰다. 그 사이, 굉장히 정신없었습니다.

---

159) 신문기자.

4월 3일

우메바야시 씨 입원, '죽을 것 같다.'는 진단.

한숨만 나온다. 밤, 이부세 씨가 오셨다. 변변치 못한 사람.

우메바야시는 이부세 마스지와도 아는 사이였다. 이에 우메바야시의 소식을 듣고 이부세 마스지가 다자이 오사무를 찾아온 것이라 여겨진다.

도미에가 이부세를 '변변치 못한 사람'이라고 말한 것은, 다자이가 2월에 구술필기를 마치고 『신초』 3월호에 제1회를 실은 「여시아문」을 읽고 이부세가 집필의 중단을 권했기 때문이라 여겨지고 있다. 이에 대한 근거로는 1948년에 쓴 다자이의 수첩에 '이부세 마스지 그만두라고 말한다'라는 내용이 있다는 점을 들고 있다. 「여시아문」 제1회의 내용은, 이름을 직접 거론하지는 않았으나 명백하게 시가 나오야에 대한 비난이었다.

또 한 가지 생각해볼 수 있는 것은 다자이의 사생활(여자문제)에 대한 지적이 있었을 수도 있다.

이부세가 정말 「여시아문」의 중단을 권했는지 분명하지는 않으나 다자이는 이후에도 「여시아문」의 집필을 이어나갔다.

4월 4일

슈지 씨, 일단 귀가. 노히라 씨, 우루타 씨와 동행.

4월 5일

다이에이160)에서 보낸 자동차를 타고 도쿄 다이에이의 본사로
가와구치 마쓰타로161) 씨를 만나러 갔다. 네기시(根岸) 씨(닛카
쓰162) 사람)와 동승. 이야기를 나눈 후, 쓰키지163)의 요릿집으로
갔다. 가와구치 씨, 그 작품만큼의 가치가 있는 사람. 다자이 씨의
몸은 좋지 않은 상태의 연속.

---

160) 大映. 대일본 영화제작 주식회사. 1942~1971까지 존재했던 영화회
사.
161) 川口松太郎(1899~1985). 소설가, 극작가. 패전 후, 다이에이의 전무
로 있었다.
162) 日活. 일본 활동사진 주식회사. 영화 제작, 배급회사.
163) 築地. 도쿄 중앙구 남부의 지명. 수산시장이 있으며, 예전에는 도쿄
극장이 있었다.

4월 6일

아침, 이시이 씨가 오셔서 책을 가지러 가셨다. 노히라 씨의 구술 필기(여시아문 2회) 시작하셨다.

4월 7일

이시이 씨 오셔서 이부세 선집의 후기를 구술필기. 나는 야기오카
(八木岡) 씨의 부탁으로 중앙공론에 갔다.

4월 8일

아침, 세이코(聖子) 짱이 왔다. 신초샤 퇴사에 대한 상의를 위해 왔다. 뒤이어 야기오카 씨가 오셨다. 번거로운 일들뿐.

낮잠 주무심. 매우 피곤하신 듯. 번화가에서 게를 샀다. 슈지 씨 매우 기뻐하시며 벌떡 일어나서 베제.

오후, 노히라 씨가 오셨다.

저녁, 모셔다드리러 나섰는데 이름 모를 꽃을 꺾어 가슴에 꽂아주셨다. 뭔가 불안하다 싶었는데 오늘 아침, 객혈을 하셨다고. 이발을 하셨다. 세이코 짱의 일에 대해 셋이서 걱정했다.

4월 13일

아타미에서 돌아온 이후 처음으로 묵으셨다. 이시이 씨가 왔다.

4월 14일

「인간실격」 언제나처럼 다섯 장 집필. 신바야시(新林) 여사가 오셨다. 밤에 혼자서 『모든 이 세상도 천국도164)』를 보았다.

*

중매를 서주셨던 이부세 씨가 다자이 씨를 괴롭히고 있다165). 상당한 위선자다.

---

164) All This, and Heaven Too. 1940년에 미국에서 제작, 공개된 영화.
165) 「여시아문」의 집필 중지를 다시 권한 것이라 여겨진다.

4월 16일

마침내 따뜻한 계절이 돌아왔습니다. 전보를 받았기에 말씀하신 것 바로 전신환으로 보냈습니다. 다자이 씨는 전망의 일 가운데 제1회 분이 완성되었기에 3월 6일에[166] 통조림에서 해방되었습니다. 그 후에는 경과도 좋지 않습니다만, 한정되어 있는 몸의 힘을 시험해 보겠다는 듯한 자세로 병원에 다니시며 계속해서 2회 분을 집필하고 계십니다. 그리고 이런 일이 있었기에 상의드리고 싶습니다. 배달부가 어젯밤에 "시모렌자쿠 백 몇 번지였더라, 동명이인이 한 사람 있습니다. 역시 다자이 오사무라고 합니다."라고 말했습니다. 저희도 지금까지 몰랐던 일이기에 불안한 마음으로 받아들였습니다만, 미타카는 좁은 동네이기에 지금까지와 같은 이름으로 계속해서 오면, 잡지사 등에서 보낸 전보가 시모렌자쿠 113번지로 배달되었을 때 가족의 누군가에게 "－"과 같은 말을 거듭 듣게 되어 일이 누설될지도 모릅니다. 그래서 다자이 씨도 여러 가지로 걱정하고 계십니다. 일이 그렇게 되고 난 뒤에 상의해봐야 소용없는 일이니, 참으로 드리기 어려운 말씀이나 다음부터는 편지의 받는 사람 이름을 전부 다음과 같이 적어서 보내주셨으면 합니다만, 어떠신지요.

모쪼록 깊이 헤아려주시기 바랍니다.

그럼 이만 실례하겠습니다.

---

166) 야마자키 도미에는 편지의 초고를 일기에 적는 습관이 있었는데 이 글도 그 가운데 하나다. 3월 6일이라는 건 날짜를 잘못 적은 것일까, 혹은 3월 6일부터의 통조림을 말하는 것일까?

(시모렌자쿠 212 쓰루마키 씨 댁)

야자키 하루요(矢崎ハルヨ)

*

여러 가지 일, 제가 해드렸던 일들. 결국은 사모님께도 '이즈'에게도 가장 중요한 일이었고, 가장 도움이 된 것은 슈지 씨입니다. 그리고 저. 슈지 씨와 저의 괴로운 일들은 똑같은 정도일지도 모릅니다. 문학에 관한 일은 제외하고 하는 말입니다만.

서로가 서로를 가엾이 여기고 사랑하고 있다.

"나를 위해서 고생하는 것을 기쁘게 생각해줘."

"저, 어떻게 해야 좋을지 모르게 되어버렸어요."라고 말했더니.

"그건 얽매임, 이라고 하는 거야."

라고 말씀하셔서―

5월 3일

편지 감사합니다.

드디어 초여름의 기운이 느껴져 복장도 가벼운 계절이 되었습니다. 일전에는 조용하고 편안한 별관에서 각별한 대접을 받았습니다. 일도 순조롭게 진행될 수 있었던 것은 전부 요시다 씨, 사모님께서 힘을 써주신 덕분이니 깊은 감사의 말씀 올립니다. 다자이 씨의 뺨에도 어렵사리 살이 올라 참으로 기쁘게 여기며 귀경했는데, 또다시 편집자들의 방문 공세를 받아 요즘에는 덧없이 빠져버리고 말았습니다만 특별히 이렇다 할 일도 없이 인간실격의 세 번째 수기에 착수하셨습니다. 그리고 전집의 제2권 제1회 분이 완성되었습니다. 거기에는 아트지에 '게의 손' 사진과, 그 외에 한 장이 실려 있습니다. 표지의 금박글자는 다자이 씨가 쓰셨고 그 아래에 쓰시마 집안의 문양이 볼록하게 찍혀 있습니다. 이 책은 야쿠모 서점에서 직접 요시다 씨에게 보내드리라고 의뢰를 해두었으니 구입하지 말고 기다리시라는 다자이 씨의 말씀이었습니다.

언젠가 또 산장의 멤버들과 함께 만나 뵙게 될 날을 기다리고 있겠습니다. 부족한 글이나마 모쪼록 몸조심하시기 바랍니다. 우선은 답장으로 인사를.

이만 실례하겠습니다.

5월 3일
야마자키 도미에 올림
요시다 귀하

5월 9일

4월 29일, 후루타 씨와 간다 역에서 만나 이곳 오미야(大宮) 시의 한 모퉁이에서 슈지 씨와 생활하고 있다. 인간실격 세 번째 수기를 집필하시기 위한 통조림. 후지나와 노부코(藤繩信子, 18세) 씨는 얼굴도 곱고, 품위 있는 아가씨로, 행동도 차분하고 좋은 분. 아직 젊은데 꽤나 고생을 해왔기 때문이리라.

식사도 이곳의 주인이 정성껏 마음을 담아 만들어주시기에 언제나 맛있게 먹고 있으며, 덕분에 다자이 씨도 부쩍 살이 붙기 시작하셨다. 당신도 그게 기뻐서 잠자리에 누워 두 팔을 번갈아가며 가만히 바라보시는 모습은 곁에서 지켜보기에도 흐뭇할 정도. 기뻐서 눈물이 날 정도입니다.

얼마나 건강을 되찾고 싶으실까요. 편집자의 방문에 시달리지 않는 것만으로도 마음이 편해서 좋으신 거겠지요.

*

이즈에서 보낸 편지가 회송되어 왔다.

하보탄 집167) 제2회째. 모녀 모두 건재해서 다행. No.22를 매겼다.

---

167) ハボタン集. 하보탄은 모란채를 뜻하는 일본어로 오타 시즈코가 하루코에게 붙인 아명이다. 하보탄 집은 하루코의 사진모음이라고 생각하면 될 듯.

6일, 어머니 상경. 나이 드신 몸이지만 부모님이 시골에서 미용원을 경영해 나가신다고, 가마쿠라에 있는 언니[168]의 가게에서 열흘 정도 뉴 스타일을 배우기 위해서. 가슴이 막혀 아무 말도 할 수 없습니다. 슈지 씨를 만나지 않았을 때였다면 노인 두 사람을 걱정시킬 일도 없었을 텐데. 워낙 내게 의지하던 두 사람이었기에 나의 괴로움도 한층 더 깊다. 관청에 볼일이 있었기에 6일, 7일, 9일은 밖을 돌아다녔다.

사랑과 효도, 주부와 직업의 양립은 불가능한 거겠지.

인간실격도 아타미에서 처음 집필하기 시작한 뒤― (21일 동안 150매). 미타카의 내 방에서 이어지는 2회 분(10일 동안 약 80매). 이후 오미야에서 제3회 분(10일 동안 약 60매). 오늘부터 후기를 쓰신다.

오미야의 작업실은 후루타가 기숙하고 있던 우지 병원과 가까운 곳에 있었는데, 후루타가 자주 드나들던 튀김집 주인 오노자와 씨의 집이었다고 한다. 당시 후루타는 튀김집 주인에게 '소중한 문호를 부탁한다.'며 방의 사용과 식사준비 등 잘 돌봐줄 것을 부탁했다고 한다. 일기에 등장하는 후지나와 노부코는 튀김 집 주인인 오노자와 씨의 조카로 미망인이 된 어머니와 함께 그의 집에서 살고 있었다.

오미야 작업실의 주소는 극비에 부쳐졌는데 다자이는 아내 미치코에게 엽서를 보낼 때도 주인의 이름이 아닌, 후지나와 씨댁 이라고 주소를 적었다.

---

168) 야마자키 쓰타(山崎つた). 셋째 오빠의 아내.

5월 12일

가랑비, 이시이 씨가 배웅을 해주어 귀가. 지구사에 들러 잠깐 쉬었다. 살도 찌셨고, 그리고 목소리도 건강해지신 듯해서, 기쁘다. 이런 상태로 여름을 지나 가을을 맞이해서 올해도 무사히 지내셨으면 합니다.

아타미의 요시다 씨, 가토 이쿠코 씨로부터 편지가 와 있었다.

다자이는 오미야의 작업환경이 매우 마음에 들었던 듯, 귀경에 앞서 「굿바이」도 여기서 쓰고 싶으니 방을 비워달라는 부탁을 했다.

도미에의 일기를 보면 아타미에서와는 달리 다자이는 평온한 상태에서 집필을 한 듯하다. 실제로 당시 다자이는 매우 규칙적인 생활을 했다. 오노자와 씨의 말에 의하면 <9시쯤 일어나 정오 지나서부터 3시 무렵까지 원고를 쓰고 밤에는 천천히 식사를 하고 취침, 하루 종일 대부분 방에 있었는데 적막할 정도로 조용했다. 산책은 거의 하지 않았으며 외출은 가끔 목욕탕에 가는 것 외에는 병원에 주사를 맞으러 가는 정도였는데 그것도 5월에 들어서부터는 도미에에게 주사하게 했다.>고 한다. 저녁에는 위스키를 마셨으며, 오노자와는 격일로 신선한 생선을 구해다 식탁에 올렸다. 일기에서도 알 수 있지만 다자이는 여기서 어느 정도 건강을 회복한 듯, 7일에 아내에게 보낸 엽서에서 다음과 같이 말했다.

<무사한 듯하여, 안심. 만사 잘 부탁합니다. 짐, 이시이 군에게서 받았음. 사과는, 이제 필요 없음. 이곳의 환경 상당히 좋아서, 일은 쾌조, 몸 상태도 매우 좋아, 하루하루 살이 찌는 느낌. 그래서, 요시다 군에게 부탁해서, 5일 더, 그러니까 15일에 귀경하기로 했습니다. 15일까지 「인간실격」 전부 완성할 예정. 15일 저녁에, 신초의 노히라가 작업실(지구사)에서 기다렸다가, 밤새도록 구술필기, 때문에 귀가는 16일 저녁이 됨. 그리고, 드디어 아사히신문의 일을 하게 됩니다. 몸 상태가 좋기 때문에, 굉장히 기분이 좋음. 일이 생기면, 지쿠마로 전화할 것.>

『청춘의 착란』(사과나무) 참조

5월 13일

가랑비, 다나카 히데미쓰 씨에게서 온 송금환 3천 엔에 내가 가지고 있던 2천 엔의 현금을 더해 지구사에 지불했다. 미야카와 씨로부터 소식이 있어서 게루가 준비되었기에 오늘 보낼 예정이었습니다만. 집을 비운 동안 도착한 잡지 속에 '다자이의 작업실은 지구사가 아니라, 앞집인 듯.' 이라고 적혀 있었다고, 난처함.

5월 14일

스에쓰네[169] 씨를 지구사로 불러 상의하셨다. 9시 무렵까지 술을 드시고 묵으셨다.

"자고 갈까?"

(괜찮아요? 집······.)

"응."

---

169) 아사히 신문 학예부장.

5월 15일

「굿 바이」처음으로 오늘부터 집필. 1일 3장 반. 1장 500엔. 6월 20일 무렵부터 연재 예정. 아사히 종료 후 가메시마 씨에게 알릴 것이라고.

아침, 식사를 마치시고 지구사로 가서 일을 시작하셨다. 가메시마 씨, 다카하라 씨가 오셨다. 오후, 신초의 부사장이 오셨다. 길에서 딱 마주쳐 여러 가지로 물으셨지만, 안 됐다고 생각하면서도 거절했다.

5월 16일

어젯밤, 앨범을 보여주셨다. 사모님의 것과 자녀분들의……. 잘 기억해두었다가 길에서 마주쳤을 때 슬쩍 피해야겠다고 생각해서ㅡ.

2시 무렵에 오셨다. 현관문을 여는 기척이 아무래도 평소와는 다르다 싶었는데, 어젯밤 돌아가는 길에 함께 있는 모습을 사모님께 들켜버렸다고, 깜짝 놀랐다.

"그 사람 누구?"

"…….."

"여자하고 걷고 있었죠? 당신들은 눈치 채지 못한 듯했지만……."

아아, 신이시여!

"브로바린을 20알 먹어도 잠을 잘 수가 없어. 덜컥해서 걷지 않았어, 라고 말해버렸어. 그 순간, 죽어버릴까 싶었어. 두 사람 모두 근시170)잖아."

라고 말씀하셨다.

"어머, 죄송해요. 어쩌면 좋죠……. 화를 내셨죠, 죄송해요."

내가 슬쩍 피해야겠다고 생각하고 있었는데 소용없는 일이 되어버렸다. 원만하게 해결됐으면 좋겠는데…….

"어젯밤, 거북해서 말이지, 오늘 아침에도 안 좋았어."

오늘은 도무지 차분하게 있을 수 없었다. 슈지 씨는 남은 위스키와 대구를 가지고 돌아가셨다. 평소와 다른 길로 해서 모셔다드렸다.

---

170) 두 사람 모두 중학교 시절부터 안경을 사용했다. 다자이 오사무가 안경 긴 여성을 싫어했기에 도미에도 안경을 끼지 않았다.

신이시여, 대체 어떻게 하면 좋을까요. 저는 다자이 오사무라는 사람을 몰랐었습니다. 알고 있던 것은 쓰시마 슈지로, 그 무렵에는 가족이 있다는 사실도 아무것도 몰랐었습니다. 사랑을 해버리고 난 뒤에야 비로소 사모님과 자녀분이 계시다는 사실을 알게 되었는데, 그때는 이미 제 애정을 억누를 수 없었습니다.

딸기가 한창.

여름밀감.

시즈코의 임신 소식을 듣고 미타카로 돌아왔을 때도 다자이는 아내 미치코가 모든 사실을 알아버렸다는 내용의 편지를 시즈코에게 보냈다(1947년 5월 4일자 일기의 하단 참조).
이날의 일과 1년여 전의 일, 두 번의 경우 모두 다자이는 아내가 두 사람의 관계를 눈치 챘다고 말하고 있으나 사실이었을까?

5월 18일

「굿 바이」(변심 2) 완성. 유머소설풍으로, 재미있다.

사모님께서 "기치조지 쪽으로 해서 오셨죠?"라고 말하기에, 옳다구나 싶어서 "응, 생선이라도 있을까 싶어서 보러 갔었어."라고 말씀하셨단다.

"그랬더니?"

"그랬더니 너무 끈질기다 싶었는지 말이 없었어."

배급, 세탁, 다림질, 저녁, 휴식. 어쨌든 별일 없었다니 마음이 놓였습니다.

실업의일본사[171]의 구라자키(倉崎) 씨에게 '단편집[172]의 건, 어떻게 되었는지.' 물어볼 것.

---

171) 実業之日本社. 출판사 이름.
172) 사후인 1948년 7월에 단편집 『앵두』가 실업의일본사에서 출판되었다.

5월 19일

요시오카 겐지(吉岡謙二) 선생, 스에쓰네 씨, 오쿠마(大隈) 씨, 도모(伴) 씨의 술자리.

신문사 사람들은 잡지사 분들보다 아무래도 영 좋지 않은 듯하네요. 스에쓰네 씨를 역까지 배웅하시고, 묵으셨다.

5월 21일

시가 나오야[173]의 일들을 생각하자 다자이 씨는 흥분해서 어쩔 줄 몰라 술을 드신 듯, 아침에 혈담이 나왔다. 진행 중인 선명한 색.

5월 21일 밤—.

---

173) 志賀直哉(1883~1971). 소설가. 『시라카바(白樺)』를 창간, 시라카바 파(派)를 대표하는 소설가 중 한 명. 아버지와의 불화로 작가로서의 주체를 확립, 강인하면서도 순수한 자의식과 명석한 문체로 독창적인 리얼리즘 문학을 수립했다. 대표작으로는 「화해」, 「암야행로」, 「기노사키에서」 등이 있다. 다자이 오사무는 소설 「쓰가루」 속에 시가 나오야를 비판하는 내용을 썼고, 시가 나오야는 좌담회에서 다자이 오사무의 소설 「사양」 속 주인공의 말투가 귀족 여성답지 않다고 말했다. 이를 받아 다자이 오사무는 「여시아문」에서 시가 나오야에 다시 반발했다. 시가 나오야는 「다자이 오사무의 죽음」이라는 글에서 '내 말이 심신 모두 나약해져 있던 다자이 군에게는 몇 배가 되어 울린 듯했다. 이건…… 다자이 군에게도, 내게도 불행한 일이었다.'고 후회의 마음을 나타냈다.

5월 22일

"나 말이지, 얼마 전에 지구사에서 취해서 안주인에게 그렇게 말해버렸어, 미안해."

"뭘?"

"미안해, 그게 말이지, 괴로워……. 연애하고 있는 여자가 있어."

"……."

3년 정도 전부터 사귀었는데 팬레터에서부터 만남이 시작되었고, 얼마 전에 편지가 와서 결혼을 강요당하고 있다고. 그래서 이번 30일에 만나고 싶다는 말씀. (이 날은 다자이 씨가 결정하신 날) ……그랬더니 안주인이 "야마자키 씨가 바로 앞에 계셔서 사정이 좋지는 않지만, 뒷문으로라도 한 번 정도는 괜찮겠지요."라고 말했다. "어쩌면 묵고 갈지도 몰라."라고 말하고 약속했다고.

"네 방에서 이틀 묵으며 여러 가지로 생각해봤지만, 역시 너하고 같이 있는 편이 나는 좋아. ―그렇게 생각했어. 너한테 미안하잖아. 저기. 무엇이든 말하기로 약속했기에 말하는 거야, 미안해."

전에 한 번 들은 적이 있었던 사건(여자) 이하라(井原) 씨였나 이하라(伊原) 씨였나, 26세. 여자대학 졸업에 미인. 늘씬하고 얌전해서 흠잡을 데 없는 사람인 듯.

아사가야(阿佐ヶ谷)에서 살고 있고, 좋은 집안의 아가씨라고.

조금은 돈 후안[174] 같은. 가엾은 일본의 로맨서(Romancer).

---

174) Don Juan. 중세 스페인의 전설에 등장하는 바람둥이 귀족. 여자를 유혹했다가는 버리고 죽이는 엽기행각을 거듭하다가 성직자에 의해 처형

"내게는 여자가 있다. 나하고 같이 죽고 싶다고 말한다, 고 했지만 문제 삼지 않아. 미용사라면서요? 하며 잘 알고 있었어, 너에 대해서."

"……."

"그 여자, 나를 만나면 바로 울어."

"……."

"그래서 말했잖아, 네가 언제나 옆에서 떨어지지 말고 붙어 있지 않으면 안 된다고……. 어째서 여자들은 나를 이렇게 좋아하는 걸까! 딱 알맞은 모양이야, 나는. 너무 딱딱하지도 않고, 그 자리의 분위기도 잘 맞추고―. 당신은 소설에서 언제나 당신의 얼굴을 못생긴 사내라고 쓰시지만, 음흉해요―라고도 말했어."

―굉장한 사람이네요…….

"죽을 각오로 나와 연애해보지 않을래? 책임을 질 테니."라고 말해서 부모님도 형제도 버리고, 기도 펴지 못한 채 세상을 살아가고 있는 나. 하지만 연애네, 사랑이네 하는 것 이상으로 오누이와도 같은 혈연관계를 느끼고 있는 우리이기에 이런 일도 서로 이야기하고, 슈지 씨도 본성을 그대로 드러내주시는 것이라고도 생각했다.

"자랑은 아니지만, 너도 가지고 있지? 내가 아니면 안 된다는 생각."

"네, 제 입으로 말하는 것도 이상하지만―."

"바로 그거야. 조금 전에 네가 말했지만 빨간 실175)로 이어져

당했다고 한다.
175) 일본에는, 운명적으로 맺어질 사이에 있는 남녀는 눈에 보이지 않는

있는 것 같은 두 사람이야, 너로 끝낼 거야. 믿어줘, 죽을 때는 함께
야."

라고 말씀하셨다.

어젯밤, 자살을 하려고 글을 써놓았다. 울면서, 이것으로 이제 마
지막이에요, 라고 마음속으로 말하면서, 새 잠옷으로 갈아입혀드렸
다.

슈지 씨는 흠뻑 땀을 흘리며 주무시다,

"굉장한 미인이야…… 아내보다…… 힘이 세서 말이지. ……오쿠
마 씨, 당신은 진행성인가요? 네? 2개월이겠지요…… 밤늦은 전보는
곤란해요……."

라며 잠꼬대. 하지만 제게는 헛소리처럼 들렸습니다. 굉장한 미인이
야, 라니. 저는 울었습니다. 굿 바이에 관한 일, 병에 관한 일, 따라다
니는 여성에 관한 일, 저는 살아 있지 않으면 안 됩니다. 가엾은
이 아이를 지키기 위해서, 라고 생각하지 않을 수 없었다.

─여자대학의 아가씨(아버지는 의사)인 그 여자와 만에 하나 하
나가 되셔서─ 물론 하나에서부터 열까지, 그러니까 부르주아이고,
미모이고(슈지 씨가 말한 손발이 작고 키가 늘씬해서 길가는 사람들
이 모두 돌아보는), 학식 있고, 프랑스어도 할 줄 알고, 의장(衣裝)도
언제나 말쑥하고─.

"그런 여자랑 생활하다 그것으로 최후를 맞으면, 당신도 가장 행

빨간 실로 연결되어 있다는 믿음이 있다. 소설 「추억」에도 빨간 실과
관련된 일화가 나온다. (『그럼, 이만…… 다자이 오사무였습니다.』(현
인) 참조)

215

복하겠죠······."

"아니, 마지막이 될지 어떨지, 그건 모르는 일이야."

"그럼 안 되겠네요. 제게서 떠나 차례차례로 또 여자를 바꾸다니, 자녀분이 커서 결혼할 때 대체 어떻게 될 거라 생각하세요? 당신 친구들도 더는 믿지 못하게 될 거예요."

"그래서 무슨 일이 있기 전에 너한테 전부 말하는 거잖아. 떠나지 말고 지켜줘. 난 정말 걷잡을 수 없을 때가 있어. 평생 내 옆에 있겠다고 말해줘. 샷짱으로 끝내는 것이 내 자신을 위한 일이니ー."

······쓰고 싶어도 쓸 수 없는 말이 차례차례로 태어났습니다.

나를 알기 전부터 사귀고 있던 여대생. 그리고 이즈.

그리고 나. 그리고 다시 여대생의 편지로 돌아갔다.

여러 가지로 생각을 해보아도 슈지 씨 말처럼, 설령 나를 방편적으로 한때는 이용하고 있었다 할지라도 가슴을 열어 지금 마음을 읽게 해주는 것은 나 혼자뿐. 이즈의 사람은 '차려놓은 밥상[176]'으로 애정은 전혀 없다고 하며, 여대생에게는 이즈에 아이가 있다는 사실도 말하지 않았다. 나 한 사람뿐이다. 슈지 씨, 결국 여자는 자신이 마지막 여자였으면······하고 바라는 법이지요? 서로 뺨을 때리고, 서로 입술을 씹고ー.

화해도 다툼도 처음부터 우리 둘 사이에는 없었지요? 저는 당신의 '유모인 다케[177]'이자, 도미에이자, 그리고 누님이 되기도 하고, '샷

---

176) 여자 쪽에서 먼저 걸어온 유혹이라는 뜻.
177) 竹. 다자이 오사무가 어린 시절, 다자이 오사무의 집에서 살며 그를 돌봐주었던 여자. 다자이 오사무는 다케와의 추억을 선명하게 기억하고 있어서 자신의 작품인 「추억」 속에서 그녀를 생생하게 묘사했다. (『그

짱'이 되기도 합니다. 헤어질 줄 알고요, 제게도 프라이드가 있습니다.

5월의 비가 오늘도 슬프게, 쓸쓸하게 내리고 있습니다.

"죽으려 생각했다."고 말했다가, 호되게 야단을 맞았다. "혼자 죽다니! 같이 갈 거야."

이번에는 다른 애인이 있다는 고백. 사실인지 아닌지는 알 수 없지만 어딘가「굿 바이」의 내용과 겹치는 부분이 있다.
「굿 바이」의 주인공인 다지마 슈지는 시골에 있는 처자를 불러 함께 생활하기로 하고 그 동안 사귀던 애인들과 헤어질 결심을 한다. 이에 '굉장한 미인'을 데리고 애인들을 찾아가, 아내라 소개해서 이별을 암시하기로 하는데 그 첫 번째 애인이 전쟁미망인에 솜씨 좋은 미용사였다.

그리고 다자이가 했다는 잠꼬대에 이은 '굿 바이에 관한 일'은 무엇을 뜻하는 것일까? 역시 도미에도 이쯤에는「굿 바이」의 내용이 마음에 걸렸던 걸까? 아니면 단순히「굿 바이」를 아직 집필 중이라는 사실이 마음에 걸렸던 걸까?

'헤어질 줄 알고요, 제게도 프라이드가 있습니다.'라는 말에는 많은 의미가 함축되어 있는 듯하나 분명한 의미는 알 수 없다.

럼, 이만…… 다자이 오사무였습니다.」(현인) 참조)

5월 23일

나는 당신의 입가에서 미소를

당신의 그 눈에서 고집쟁이의 빛을

당신의 가슴에서 나오는 오만함을 깨닫고 있어요.

하지만 저처럼

당신도 불운

그 입가에는 남이 알지 못하는 원통함이 드러나 있고

가만히 참는 눈물은 눈동자의 빛을 지우고

벌떡이는 가슴은 상처의 아픔을 숨기고

비밀

입을 다물고

고통에 견디면서도

비밀은 우리들의

번뇌하는 마음 깊은 곳에서 쉰다

설령 마음속에서 발버둥 쳐도

흔들려도

입은 언제나 닫혀 있다

위스키를 하루에 1병 정도 드셔서 걱정이지만, 몸은 괜찮다고 말씀하신다. 술과 브로바린으로 여기서 주무실 때(사모님께서는 외박이라고 하신다니 이 방은 결국……)는 숙면을 취하신다는 기쁨. 일보다도 너와의 문제가 더 중요하다며 마음을 써주십니다.

"내가 너를 이렇게 사랑하는 거, 모르겠어?"

"누구에게도 말할 수 없지만……그런 일, 점점 생각하게 됐어. 그렇게 될지도 몰라. 괜찮겠어? 내게서 떠나지 마. 약한 마음이 일어서는 안 돼."

나의 슬픔을 알고 있는 사람은 딱 한 명. 당신 스스로의 손으로 내 마음에 상처를 준 그 사람. 아아, 즐거운 연애의 괴로움과, 눈물에 흐려진 사랑의 즐거움이 마침내 마음에 커다란 타격을 줄 줄이야, 꿈에도 생각지 못했습니다.

아아 '신뢰'라는 두 글자!

남편이 병들었습니다

제 남편이……

태어나서 처음 하는 사랑이야 라고

옛날……

남편은 제게 말했습니다

사이좋았던 그때도

남편은 그 사람의 환영을 가슴에 그리고 있으셨다고

저를 가장 사랑하고 있으니, 신뢰하고 있기 때문이라며

전부를 털어놓아 주셨습니다

―손을 잡은 적도 없고

―서로의 입술이 닿은 적도 없다고

다자이가 말한 '그런 일'이란 자살을 말하는 것일까? 그렇다면 이때의 자살은 다른 때의 그것보다 훨씬 더 무겁게 들린다. 이 무렵부터 자살을 진지하게 생각한 것일지도 모르겠다.

219

5월 24일

　슈지 씨는 마음이 약한 분이십니다. '다정함'이라는 것의 참된 의미를 지금의 저는 알 수 없게 되었습니다. 문학적인 고뇌, 이것은 재능을 타고 나셨기에 그렇게 심하지 않은 듯하며, 저에 대해서는 여자에 관한 일―이것은 결국 사모님에 대한 한없는 슬픔으로 귀결되지만―이 헤아릴 수 없이 깊은 고뇌가 되어 있는 듯하십니다. 술을 드시는 것도, 그런 공포의 연속을 끊고 싶은 마음에서입니다. 저는 여러 가지 복잡한 마음을 초월해서 '부탁해.'라고 하신 말씀을 지키고, '떠나지 말아, 나를 지켜줘―'라고 하신 말씀을 마음에 새겨 목숨이 있는 한 지키고 싶습니다. 비웃음을 당하는 사람이 되지 않도록, 빨간 실로 이어진 애정이 당신을 믿게 해주는 걸요. 당연히 믿고 있지요, 함께 어디에라도 따라가겠습니다. 당신도 저를 힘껏 끌어당겨서 곁에 두시기 바랄게요.

　이 무렵 다자이는 가정문제(장남 마사키의 성장 부진), 두 여성과의 문제(시즈코와 도미에), 문단의 유력자에 대한 반발심, 스승 이부세 마스지에 대한 심정, 새로 알게 된 문학·출판관계자들과의 교류에서 오는 스트레스, 건강문제, 생각지도 않았던 다액의 세금문제(소득세, 11만 7천여 엔) 등 여러 가지 문제를 끌어안고 있었다.

5월 25일

어제 점심부터 아무것도 먹지 못하겠다. 밥을 조금도 먹고 싶지 않아졌다.

무엇을 하기도 싫고, 눈물이 자꾸만 쏟아질 것 같다. 미타카에 왔을 무렵과 슈지 씨와 사귄 뒤부터의 내 용모는 완전히 달라졌다고 사람들이 말한다.

결혼은 하나의 배움

애인은 하늘이 숨겨놓고 가르쳐주지 않은 것을 여자에게 전부 가르쳐준다.

자유의지가 결여된 여자는, 몸을 희생할 자격을 결코 갖지 못한다.

정조가 매우 굳은 여자는 자신도 잘 모르지만 음란한 것일지도 모른다.

결혼은 모든 것을 가지고 있는 괴물과 끊임없이 싸우지 않으면 안 된다. 그 괴물이란 습관을 말한다.

5월 26일

이런 글을 써보는 것도 결국은 당신에게 사랑받고 있습니다 하는 사실을 한층 더 확실히 하고, 두텁게 하고, 새겨두고 싶다는 슬픈, 서글픈 마음에서입니다. 쓰지 않고는 견딜 수 없는 마음 때문입니다.

*

이즈의 사람 병

1만 엔 전신환으로 보냄

아이도 점점 커가고 있는데……

앞길이 막막하면 죽어라!

아아, 어째서 사람은 모두 한 사람 한 사람 슬픈 것을 짊어지고 태어난 걸까요. 앵두, 비파, 한창.

파리도 귀찮다. 아침, 긴팔. 점심, 반팔. 저녁, 반팔.

"후루타가 그러더군, 이즈에 가끔 가주라고—."

—멍청이……, 다자이 씨만 소중한 거겠지요. 어차피 우리 두 사람의 일 따위…….

무슨 일이 있어도 아이를 낳고 싶다. 갖고 싶다.

틀림없이 낳아 보이겠다. 당신과 나의 아이를.

미즈구치 신지(水口伸二) 씨, 도이(土井) 선생이 오셨다. 미즈구치 씨의 그 예봉은 멋지게 들어맞았다고 나는 생각했다. 귀가하시는 길, 둑에 앉아 이야기를 나누었다. 물의 흐름과 사람의 몸은……178).

"할 거야, 할 거야. 벌써 2번이나 객혈했지만, 죽지는 않아."

"조금 전에는 꽤나 날카로웠지요?"라고 말했더니 "어디가?"라며 웃으셨다.

당신에게 말을 듣지 않도록 하기 위해서 몸부림칠 때, 여자는 끔찍하고 천박하고 무서운 생각을 하는 법일까……하고 덜컥했다.

시즈코에 대한 동정일까? '아이도 점점 커가고 있는데……' 아니면 시즈코에 대해서 그간 쌓였던 감정이 한꺼번에 폭발한 것일까? '앞길이 막막하면 죽어라!'

도미에는 후루타를 비난하고 있으나 사실은 다자이의 마음에도 어떤 변화가 있었던 듯하다. 그렇지 않다면 다자이가 먼저 말을 꺼냈을 리 없으며, 설령 말을 꺼냈다 할지라도 도미에가 이처럼 화를 내지는 않았으리라 여겨진다. 다자이에 대한 울분을 후루타에게 터뜨린 것 아닐까 여겨지는 대목이다.

미즈구치의 예봉이란 어떤 말이었을까? 이후 이어지는 글의 문맥으로 봐서 자살과 관련된 말이었다고도 여겨지나 분명한 것은 알 수 없다.

---

178) 「인간실격」 속에도 같은 문장이 나온다. (『그럼, 이만…… 다자이 오사무였습니다.』(현인) 수록)

5월 27일

놀라움으로 언제나 사람들이 지켜보고 있고, 그 성격은 모방까지 되고 있고, 사랑받고 있고, 질투를 살 정도로 내적인 충실함과 아름다움을 가지고 있는 슈지 씨에게서, 우울한 질투와 불안을 내가 느끼지 않을 수 없다는 사실이 어째서 나쁜 걸까요.

굿바이 10회분 완성.

아침은 아아 하루 중에서 가장 불안할 때

그리고 낮은 그보다도 더욱!

생각이 이루어진 듯한 순간

이즈의 사람

제게도 아기를 주세요.

개조179)의 니시다 씨, 야기오카 씨가 오셨다.

---

179) 改造. 잡지 이름.

5월 29일

"어떤 잊을 수 없는 말이 그 가엾은 사람을 죽음으로 내몰았는지,
그 비밀을 푸는 방법을 당신은 알고 있지 않나요?"

다른 사람의 글을 인용한 것도 아닌 듯하고 무슨 뜻인지 의미를 잘 알 수
가 없다.

6월 5일

『암컷에 대하여』 3천 장 검인.

현자는 일을 치르기 전에 어리석은 행동을 한다나 어쨌다나, 그래서 후루타 씨를 비롯한 여러 분들과 노실 마음, 괴로운 일들이 되돌아오는 파도처럼 다시 밀려들기 때문이겠지요.

미야자키 씨, 오이카와(及川) 씨, 도이 씨, 스에쓰네 씨가 오셨다. 스에쓰네 씨와 다자이 씨 묵었다.

6월 6일

노히라 씨를 전보로 부르셔서 「여시아문」 구술하셨다.

아침, 지구사에서 식사를 한 후 시계조의 집을 습격.

지구사의 안주인은 「굿 바이」를 집필할 무렵의 두 사람에 대해서 '다자이가 도미에에게 이별을 이야기하자 도미에가 자살을 하겠다고 해서 말다툼이 있었다.'고 말했다.

6월 7일

가메시마 씨, 노히라 씨가 오셨다.

신초, 8천 엔. 전집 제1회, 1만 5천 엔.

맥주 2병. 일본주 2병. 피너츠 3개. 담배 1개.

패전 후 도쿄로 돌아온 다자이는 단번에 인기작가가 되었기에 그 이후의 행적에 대해서는 비교적 자세히 알려져 있지만 유독 자살 직전(6월 8일부터 6월 11일, 나흘 동안)의 행적에 대해서는 어떤 기록도 남아 있지 않다. 이때는 아내 미치코는 물론 친구, 지인, 문학·출판 관계자 그 누구도 다자이를 보지 못했다. 그래서 그의 죽음에 더욱 의문이 남는 것일지도 모르겠다.

6월 13일

유서를 쓰시고

함께 데려가주신다

여러분

안녕

아버지

어머니

심려만 끼쳐드렸습니다

죄송합니다

몸 소중히, 사이좋게 지내시기 바랍니다

뒷일, 부탁드리겠습니다

집 앞의 지구사와 노가와 씨에게는 여러 가지로 일을 부탁해두었습니다

상의하시기 바랍니다

조용히, 조그맣게, 애도해주시기 바랍니다

사모님 죄송합니다

슈지 씨는 폐결핵으로 왼쪽 폐에 두 번째로 물이 고여 요즘에는 아프다, 아프다고 하시고, 이젠 틀렸습니다[180].

모두가 괴롭혀 죽이는 것입니다.

언제나 우셨습니다.

---

180) 이 문장부터 연필로 급하게 썼다. 시간에 쫓긴 듯.

도요시마 선생님을 가장 존경하고 사랑하셨습니다.

노히라 씨, 이시이 씨, 가메시마 씨, 다자이 씨의 집을 보살펴주시기 바랍니다. 소노코 짱, 미안해.

아버지

앞쪽 모퉁이의 양재점(洋裁店)에 검은 후지기누[181] 1필이 가 있습니다. 아직 손대지 않았으리라 여겨지니 반품해주시기 바랍니다.

강 건너편의 마켓(스미레) 주점에 작년 8월의 월급(미⟨末⟩)이 약 3천 엔 정도 있습니다. 받아주십시오.

세면기에 관한 일, 역 앞의 '마루미(丸み)'에 의뢰해두었으니 찾아가보십시오.

오빠

죄송합니다

나머지, 부탁드리겠습니다

죄송합니다.

13일에 목숨을 끊은 듯하나 두 사람의 유체가 발견된 것은 그로부터 6일 뒤인 19일이었다. 19일은 마침 다자이의 서른아홉 번째 생일이었다.

---

181) 不二絹. 부스러기 고치실로 짠 평직.

유 서

 저만 행복한 죽음을 맞이해서 죄송합니다. 오쿠나와 조금 오래 생활해서 애정이라도 쌓였다면 이런 결과도 맞지 않았을지 모르겠습니다. 야마자키 성(姓)으로 돌아온 뒤부터 죽고 싶다고 바라고 있었습니다만……, 뼈는 사실은 다자이 씨 옆에라도 넣어주신다면 바랄 게 없겠지만, 그건 너무나도 이기적인 일이라는 사실을 알고 있습니다.

 다자이 씨를 처음 뵀을 때 다른 두어 명의 친구들과 함께 계셨는데 이야기를 듣는 동안 제 마음에 절실하게 와 닿는 부분이 있었습니다. 오쿠나 이상의 애정을 느끼고 말았습니다. 가정을 갖고 계신 분으로 저도 생각했습니다만, 여자로서 살고 여자로서 죽고 싶습니다. 저세상에 가면 다자이 씨의 부모님께도 인사를 드려 반드시 믿어주시게 할 생각입니다. 사랑하고 사랑해서 슈지 씨를 행복하게 해드리겠습니다.

 하다못해 앞으로 1, 2년 더 살아가고 싶었지만 아내는 남편과 함께 어디까지고 걸어가고 싶은 법입니다. 단지 부모님의 슬픔과 앞날이 걱정입니다.

                    (이 유서는 1947년 8월 29일자로 되어 있다.)

—쓰루마키 부부182) 앞으로 다자이 오사무와 야마자키 도미에가 함께 남긴 유서

오랜 세월 여러 가지로 친근하고 친절하게 대해주셨습니다. 잊지 않겠습니다. 아저씨께도 신세를 졌습니다. 당신들 부부는 장사와 상관없이 저희들에게 잘해주셨습니다. 돈에 관해서는 이시이에게.

—다자이 오사무

울기도 하고 웃기도 하고, 전부 알고 계시는 일, 끝까지 두 분 모두 건강하시길, 뒷일을 부탁드리겠습니다. 부탁을 드릴 사람이 아무도 없습니다. 여기저기서 많은 분들이 오시리라 생각합니다만, 평소처럼 대접해주시기 바랍니다.

얼마 전에 빌렸던 기모노, 아직 빨지도 못했습니다. 용서해주십시오. 기모노와 같이 있는 약은 가슴의 병에 좋은 것으로 이시이 씨를 통해서 다자이 씨가 구하신 것, 써주시기 바랍니다. 시골에서 부모님이 상경하시면 모쪼록 잘 좀 말씀해주시기 바랍니다. 무례한 부탁, 용서해주십시오.

1948년 6월 13일

---

182) 지구사의 주인 부부. 남편 쓰루마키 고노스케, 아내 마스다 시즈에.

추 신

방에 중요한 물건[183], 놓아두었습니다. 아저씨, 아주머니, 열어보
시고 노가와 씨와 상의해서 잠시 맡아주시기 바랍니다. 그리고 아버
지와 언니와 그리고 친구에게 (지급전보) 알려주시기 바랍니다.

아버지   시가 현 간자키 군 요카이치초 244 야마자키 하루히로
언니   가나가와 현 가마쿠라 시 하세도오리 256
                마 소아르 미용실 야마자키 쓰타
친구   혼고 구 모리카와초 90 가토 이쿠코
            요도바시 구 도쓰카초 1-404 미야자키 하루코

---

183) 유서, 다자이 오사무의 원고, 오타 시즈코의 일기, 야마자키 도미에의
    일기, 두 사람의 사진, 미용관계 연구문헌 등.

〈─간단히 해결 가(可) ─ 믿고 있습니다 오래 있을수록 모두를 괴롭히고 나도 괴롭고 용서해주시길 바람 아이들은 범인이지만 야단치지 마시길 지쿠마 신초 야쿠모 이상, 3사에 지급전보〉

〈모두, 아이들은 그다지 뛰어나지 않은 듯하지만 밝게 키워주십시오. 당신이 싫어져서 죽는 게 아닙니다. 소설을 쓰기가 싫어졌기 때문입니다. 모두 천박한 욕심쟁이들뿐. 이부세 씨는 악인입니다.〉

이들 유서는 찢진 채 버려져 있었다고 한다. 단, 처음 발견 당시에는 온전하게 남아 있었다는 설도 있다. 그렇다면 누군가가 일부러 찢었다는 얘기가 되는데 그 이유는 무엇이었을까? 이부세 마스지를 보호하기 위해서라고 주장하는 사람도 있으나 누가 왜 찢었는지는 분명하지 않으며, 발견 당초 온전하게 남아 있었는지조차 분명하게는 알 수 없다.

아내 미치코에게 정식으로 남긴 유서는 총 9장이라고 하는데 전부 공개되지는 않았으며 유족의 뜻에 따라서 일부만 공개되었다. 그 내용은 다음과 같다.

〈2장째 아이들은 모두 그다지

　3장째 뛰어나지 않은 듯하지만 밝게 키워주십시오

　　　　　부탁합니다

　　　　　꽤나 고생을 시켰습니다 소설을 쓰는 것이 싫어져서

　　　　　죽는 것입니다

　6장째 입니다 언제나 당신들을 생각, 그리고 훌쩍훌쩍 웁니다

　9장째 쓰시마 슈지 미치 귀하 당신을 누구보다 사랑했습니다〉

이 유서는 '쓰시마 미치 귀하'라고 적힌 봉투에 들어 있었다.
일반적으로 '이부세 씨는 악인입니다.'라는 말도 이 유서에 적혀 있는데 유족의 뜻에 따라서 공개되지 않은 것이라고 알려져 있다.

도미에는 자살에 앞서 시즈코에게 편지를 보냈다. 편지를 받은 것은 다자이 사후 3일쯤 뒤였다고 한다. 시즈코는 처음 보낸 사람의 이름을 보았을 때는 누구인지 몰랐는데 편지에 '저는 다자이 씨가 좋아서 함께 죽습니다. …… 뒷일은 친구 분들이 시모소가로 가시리라 생각합니다.'라고 되어 있고, 16일자 신문에 '다자이 정사' 소식이 대대적으로 보도되었기에 거기에 실린 도미에의 사진을 보고 1년 전 '지구사'에서 만났던 여성이자, 다자이의 대리였다는 사실을 깨달았다고 한다.

그로부터 몇 년이 지나 노하라가 시즈코에게, 도미에에 대해서 어떤 감정이었냐고 묻자 시즈코는 "감사합니다, 라고 머리를 숙이고 싶은 마음이었습니다. 그분을 따라가 주었으니까요. 저는, 못합니다."라고 대답했다고 한다.

한편 쓰시마 가에서는 다자이의 유산상속문제가 발생했기에 이부세 마스지 등과 상의했고, 그 결과 이부세와 이마 하루베와 곤 간이치 세 사람이 산장으로 시즈코를 찾아갔다. 시즈코는 제시한 서류에 서명했다고 하는데 그 내용에는, '10만 엔(선금 3만 엔)을 받고 다자이의 명예 및 작품에 관한 언동(에 흠집을 내는 언동), (신문·잡지에 담화 및 수기를 발표)을 일절 삼간다. 다자이가 빌렸던 시즈코의 일기는 시즈코에게 돌려줄 테니 다자이가 시즈코에게 보낸 편지류는 이부세 등에게 건네준다.'는 등의 조건이 있었다고 한다. 시즈코는 쓰시마 가에서 준비한 딸의 유산상속포기 서류에 서명하고 돈을 받은 뒤 다자이에게서 받은 편지류를 이부세에게 넘겨주었다. 이때 받은 금액에 대해서는 사람에 따라서 약간의 차이는 있으나 어쨌든 시즈코는 이후 쓰시마 가와의 관계를 완전히 끊었다. 쓰시마 가에서도 이후 시즈코, 하루코 모녀에게는 전혀 관여하지 않았다.

이 일 직후 시즈코는 자신의 일기를 책으로 출판했는데 쓰시마 가와의 약속에는 반하는 일이었으나 생활을 위해서 어쩔 수 없는 선택이었다고 한다. 이후에도 시즈코는 문필활동으로 생계를 이어가려 했으나 뜻대로 되지 않았으며 딸 하루코를 키우기 위해 일생을 바쳤고 1982년에 간암으로 세상을 떠났다.

다자이 오사무와 야마자키 도미에에
관한 글들

다자이와 도미에의 정사에 대해서 당시 문단에서는 야마자키 도미가 주도했다는 설이 주류를 이루고 있었으며 도미에에 의한 '타살'이나 '강제에 의한 정사' 설까지 있었다. 그러한 분위기의 일면을 이 책에 실은 사카구치 안고의 글 등에서 엿볼 수 있다.

다자이 오사무와의 하루

도요시마 요시오

1948년 4월 25일, 일요일, 오후의 일, 전화가 있었다.

"다자이입니다만, 지금부터 찾아봬도 괜찮겠습니까?"

목소리의 주인은 다자이 자신이 아니라 삿짱이었다. ―삿짱이란 우리들 사이에서 부르는 이름으로, 본명은 야마자키 도미에 씨.

일요일에는 대체로 나를 찾아오는 손님이 없다. 다자이와 천천히 이야기를 나눌 수 있으리라 생각했다.

잠시 후, 두 사람이 모습을 드러냈다. ―생각해보니 다자이는 미타카에서 살고 있고 나는 혼고에서 살고 있으니 시간으로 미루어봤을 때 오차노미즈 부근에서 전화를 건 모양이었다. 찾아봬도 괜찮겠냐는 건 일단 예의를 차려본 것이고, 사실은 내가 있는지를 확인하기 위한 것 아니었을까.

"오늘은 넋두리를 하러 왔습니다. 넋두리를 들어주세요."라고 다자이는 말했다.

그가 그런 말을 하는 건 처음이었다. 아니, 그는 좀처럼 그런 말을 하는 사내가 아니었다. 마음속에 어떤 괴로움을 품고 있든, 사람들

앞에서는 쾌활함을 가장하는 것이 그의 성격이었다.

나는 그의 일에 대한 이야기를 들었다. 절반쯤 완성된 모양. —그는 그 무렵 『전망』에 연재할 소설 「인간실격」을 쓰고 있었다. 지쿠마서방의 후루타 씨가 준비를 해주어 아타미로 가서 전반을 쓰고 오미야(大宮)로 가서 후반을 썼는데, 그 사이 아타미에서 돌아온 뒤에 우리 집에 온 것이었다. 나는 후에 「인간실격」을 읽고 거기에 드리워져 있는 어두운 그림자에 감동했다. 그 어두운 그림자가 그의 마음에 깊이 쌓여 있었던 것이리라.

그런데 넋두리를 하러 왔다고 했으면서도 그렇게 말한 것만으로 이미 충분했는지 넋두리 같은 것을 다자이는 한마디도 하지 않았다. —그리고 바로 술을 마셨다.

대체로 우리 문학자는, 소수의 예외가 있기는 하지만 술을 잘 마신다. 문학상의 일에는 자신과 자신의 몸을 깎아내는 듯한 경우가 많아서, 도무지 견딜 수 없기에 술을 마시는 것이다. 혹은 머릿속, 마음속에 좋지 않은 앙금이 쌓여서 그것을 청소하기 위해 술을 마시는 것이다. 다자이도 그랬다. 게다가 다자이는 또 앞뒤 가리지 않는 자유분방한 생활을 하고 있는 듯하면서도 한편으로는 굉장히 쑥스러워하고 부끄러워하는 면이 있었다. 입을 열면 타협적인 말은 하지 못하고, 솔직하게 속내를 토로하게 되어버리는데 그것이 반사적으로 부끄럽게도 여겨지는 것이다. 그리고 멋쩍음을 감추기 위해서 술을 마시는 것이다. 사람을 만나서 술을 마시지 않으면 제대로 말도 하지 못한다. 그렇기 때문에 다시 말해서 그는 이중으로 술을 마셨다. 그와 만나면 나도 술 없이는 분위기가 어색해졌다.

마침 우리 집에 술이 조금 있었다. 하지만 우리 집의 이 동네, 자유 판매하는 주류는 바로 팔려버린다. 손에 넣기가 매우 어려웠다. 다자이는 삿짱에게 귓속말을 해서 전화를 걸게 했다. 일요일이라 어떨까 싶었는데, 그리 멀지 않은 곳에 두 사람 모두 친하게 지내고 있는 지쿠마 서방과 야쿠모 서점이 있다.

"여보세요, 저, 삿짱……." 그렇게 스스로 삿짱이라고 말했다. 다자이 씨가 도요시마 씨 댁에 와 있는데 술을 손에 넣을 수 없겠느냐며 졸라댔다. 돈은 원고료에서 제하고, 라고 말했다. —양쪽 모두에 사무실을 지키는 사람이 있었다. 야쿠모에서 고급 위스키를 1병 보내왔고, 밤이 되어 지쿠마에서도 고급 위스키를 1병, 우스이(臼井) 군이 직접 가지고 왔다.

원래부터 다자이는 남에게 음식 대접하기를 좋아하고 남에게서 얻어먹는 것을 싫어했다. 전통 있는 대갓집에서 자란 타고난 성품일까? —예전에 생가와 이른바 의절한 형태가 되어버렸고, 원고도 아직 그다지 팔리지 않아 곤궁한 방랑을 했을 무렵, 위의 점에 대해서 그는 상당히 굴욕적인 마음을 품었으리라.

내가 다자이와 친하게 지내기 시작한 것은 최근의 일인데 우리 집에 와서도 그는 언제나 내게 대접을 하려 했다. 가난한 내게 폐를 끼치고 싶지 않다는 배려도 있었으리라. 연장자인 내게 예를 다하려는 마음도 있었으리라. —그가 흔쾌히 신세를 진 것은 아마, 사후에도 보살핌을 받게 된 3개 회사, 신초와 지쿠마와 야쿠모뿐이었으리라.

그날도 다자이는 술을 모아주었다. 뿐만 아니라 삿짱을 이리저리 보내서 여러 가지 음식을 사오게 했다. 우리 딸이 결핵 후에도 집에서 동거하고 있었는데, 그 무렵 병으로 누워 있던 곳에도 문안을 위해 버터와 통조림 등을 사오게 했다.

재미있었던 것은 닭요리였다. 꽤 오래 전에 다자이가 왔을 때 나는 그가 보는 앞에서 닭을 요리한 적이 있었다. 이상한 닭으로 암수를 알 수 없어서, 그러니까 자궁도 고환도 적출할 수 없었기에, 커다란 웃음거리가 되었다. 이런 피비린내 나는 일, 다자이로서는 싫었으리라 여겨졌으나, 의외로 그는 흥미를 느껴 그 후에 다른 곳에서 직접 칼을 쥐었다가 사방을 피투성이로 만들었다고 한다. 나는 그 이야기를 듣기도 했고, 전번의 실패를 만회하고도 싶었기에 닭 한 마리를 통째로 사다가 식탁 위에서 솜씨 좋게 해부해 보였다. 그런데 그 닭, 낳기 직전의 달걀을 하나 가지고 있어서 껍데기가 아직 흐물흐물한 커다란 것이 나왔기에 나도, 물론 다자이도 약간 당황했다.

술자리에서까지 문학을 논하는 것은 다자이도 나도 좋아하지 않았다. 정치적인 시사문제 따위도 재미없었다. 이야기는 자연스럽게 천지자연에 관한 것, 즉 산천초목에 관한 것이 주가 되었다. 예전에 다자이와 동네를 걷다가 참새의 둥지인 은행나무 부근을 지난 적이 있었다. 지금 그 근처는 전화로 불에 탄 흔적만 남아 있으나 예전에는 수백수천 마리의 참새가 무리지어 지저귀었기에 부근 사람들은 꼭두새벽부터 잠에서 깨어나야 했다고 한다. 그 은행나무가 5그루 늘어서 있다고 내가 말했더니, 3그루밖에 보이지 않는다고 다자이가 지적했다. 살펴보니 과연 3그루인 듯했다. 도요시마 씨의 말, 완전히 엉터리여서 5그루라고 했지만, 웬걸 3그루밖에 없었어, 라며 다자이는 크게 웃곤 했다. 취하면 그것이 그의 주된 이야깃거리가 되었다. 암수를 알 수 없었던 닭도 취한 후의 그의 주된 이야깃거리였다. —그런 일들로 그날도 한바탕 크게 웃었다. 가슴에 근심과 번민이 있기에 이런 하찮은 이야기에도 웃으며 흥겨워하는 것이다.

밤이 되어 우스이 군이 왔기에 꽤나 떠들썩해졌다. 나는 벌써 상당히 취했기에 무슨 이야기를 나누었는지 거의 기억하지 못한다. 단지 취한 후의 내 술버릇으로 눈앞에 있는 사람의 험담을 해서 그것을 술안주로 삼는 경우가 많으니, 어쩌면 우스이 군에게 실례가 되는 말만 했을지도 모른다.

우스이 군은 술을 마시기는 하지만 별로 취하지 않는다. 적당한 시간에 돌아갔다.

다자이도 나도 술에 상당히 지쳤다. 다자이는 비타민 B_1을 주사했다. 몇 번인가 객혈을 했고, 사실은 체력도 상당히 약해졌기에 비타민제 등을 늘 먹기도 하고 주사하기도 하는 것이었다. 주사는 삿짱의 역할이었다. 용감하게 쩨꺼덕 해치운다. 비타민 B_1은 앰플 속 약의 변질을 막기 위해서 산성으로 되어 있기에 그것이 살에 상당히 스민다. 삿짱이 주사를 놓으면, 아파, 하고 다자이는 얼굴을 찌푸린다.

"내게 놓게 해줘. 아프지 않게 놓을 테니."

살갗 밑에 바늘을 찌르고 아주 천천히 약을 주입했다.

"어때, 안 아프지."

"응." 다자이는 고개를 끄덕였다.

이에 나는 끝날 때쯤에 갑자기 세게 주입했다.

"앗, 아파." 그리고 크게 웃었다.

삿짱은 용감하게 주사를 놓지만 단지 그것뿐이고, 다른 일에서는 마치 황송하다는 듯 다자이를 보살폈다. 다자이가 제아무리 억지스 러운 말을 해도, 그 어떤 일을 시켜도 한마디 항변도 하지 않았다. 전부 다자이의 말대로 움직였다. 뿐만 아니라 적극적으로 세심하게 마음을 써서 여러 가지로 보살펴주었다. 만약 외풍이 있으면 다자이 가 그 바람조차 쐬지 않도록 했다. 그것은 정말 절대 봉사였다. 가정 밖에서 일을 하는 습관이 있던 다자이에게 있어서 삿짱은 가장 완벽 한 시녀이자 간호부였다. ―가정은 미치코 부인이 훌륭하게 지켜주 었다. 다자이는 그저 일을 하기만 하면 됐다.

그런 식이었으나 다자이와 삿짱 사이에서 애욕적인 것의 그림자 를 나는 조금도 느끼지 못했다. 둘 사이에서 어떤 청결한 것까지 우리는 느꼈다. 나는 그 느낌이 잘못된 것이었다고는 생각지 않는다. 그랬기에 나는 아무렇지도 않게 두 사람을 한 방에서 묵게 했던 것이 다. ―그날 밤도 잠자리를 내주었다.

이튿날 아침, 모든 일을 삿짱에게 명령하기만 하던 다자이가, 드물 게도 직접 밖으로 나갔다. 시간이 상당히 흘러서 한 다발의 꽃을 가지고 돌아왔다. 하얀 꽃이 무리지어 있는 몇 가닥 딱딱한 줄기를 중축으로 작약의 아름다운 빨간 꽃이 2송이 더해져 있었다.

"어때, 이건 내가 아니면 알 수 없는 아가씨를 닮았지?"

샷짱을 돌아보며 다자이가 말했다. 쑥스러움을 감추고 싶었던 모양이었다. 이것만은 직접 사오고 싶었던 것이었다. 그리고 그것을 따님에게, 라고 말하며 내게 내밀었다.

우리는 나머지 위스키를 마시기 시작했다. 여자라고는 하녀 한 사람뿐이었기에 샷짱이 또 이런저런 시중을 들었다. 그때 야쿠모에서 가메시마 군이 왔고, 지쿠마의 우스이 군도 역시 들렀다. 잠시 후, 다자이는 모두의 보살핌을 받으며 집으로 돌아갔다. 양복에 무거워 보이는 군화, 건강한 듯 보이기는 했으나 뒷모습에서 어딘가 피로함이 느껴졌다. 피로함이라기보다는 우울한 그림자가 보였다.

그날 이후로 나는 다자이를 만나지 못했다. 만난 것은 그의 주검이었다. ―그에게 있어서 죽음은 일종의 여행이었으리라. 그 여행에 마지막까지 샷짱이 따라가주었다는 사실을 나는 오히려 기쁘게 생각한다.

이부세 마스지는 악인이라는 설

사토 하루오[184)

다자이 오사무는, 이부세 마스지는 악인이라는 말을 남기고 죽었다고 들었다. 이는 상당히 중요한 유언이라 여겨지기에 나는 이를 해설해서 다자이에게 있어서 이부세 마스지는 악인이었다는 사실을 증명해두고 싶다.

다자이는 역설적인 표현을 즐기는 사내였기에, 이부세 마스지는 악인이라고 써놓았다 해도, 나는 그렇게 기이하다고는 생각지 않는다. 오히려 '이부세 씨에게는 오랜 세월 여러 가지로 보살핌을 받았습니다. 감사합니다.'라고 적혀 있었다면 그게 더 이상할 정도다. 또 다자이가 이부세를 정말 악인이라고 느꼈다면 이부세 마스지는 악인이라는, 그런 단순하고 어수룩한 말로 만족했을까? 여시아문의 필법으로, 조금은 다른 어법이 있을 법하다. 그렇다면 이부세 마스지는 다자이 오사무에게 있어서 그 정도의 독설에도 값하지 않는 악인

---

184) 佐藤春夫(1892~1964). 시인, 작가. 처음에는 시를 발표하다 후에 소설로 돌아섰다. 근대인의 권태와 우울한 자의식을 시정의 핵으로 삼았다. 다자이 오사무가 후보로 선정되었던 1935년의 제1회 아쿠타가와상 선고위원이었다.

이었음에 틀림없다. 나는 세상을 떠난 친구의 문장 한마디를 글자 그대로 올바르게 읽으려 하는 자다.

만약 다자이가 사토 하루오는 악인이다, 라거나 야마기시 가이시는 저능아라고 썼다고 가정한다면, 혹시 그것을 진심으로 받아들일 사람이 없다고는 단언할 수 없다. 그렇기에 아무리 다자이라고 해도 그런 말은 쓰지 않았다. 그것이 다자이의 상식이다. 그러나 이부세 마스지는 악인이라고 써놓아도 이부세 마스지는 양심의 가책을 받을 리도 없으며, 또 호한(好漢) 이부세 마스지를 아는 사람 가운데 다자이의 선언을 진심으로 받아들일 어리석은 사람도 없다는 사실을 알았기에 다자이는 안심했으며, 또 이부세에게 마지막으로 떼를 쓰는 듯한 모습을 보여 단 한마디로 이부세 마스지는 악인이라 단언하고 갔다. 이는 표면적이고 매우 단순한 해석이지만, 그러나 이 한마디의 진의는 결코 그렇게 단순하고 공허한 것이 아니다. 즉, 이부세 마스지는 악인인 것이다. 적어도 그 한마디를 썼을 당시의 다자이에게 있어서, 이부세는 단순히 악인이라고 부르고 싶은 악인이라는 실감이 전해졌음에 틀림없다고, 다자이 오사무를 알고 또 이부세 마스지를 아는 내게는 그렇게 여겨진다. 그렇기에 다자이 오사무의 문학과 인간을 위해서 이것을 적어두고 싶다. 그로 인해서 이부세 마스지가 다시 곤혹스러워할지 어떨지는 내 알 바가 아니다. 이부세 마스지는 건재하다. 그가 어떤 인물인지는 사람들이 직접 보고 각자 멋대로 판단할 수 있지 않은가? 무엇하러 굳이 다자이 오사무나 나의 변호나 판단을 기다릴 필요가 있겠는가?

이부세 마스지는 적어도 다자이 오사무에게는 그 당시 악인으로 느껴졌다. 이 설을 긍정하기 위해서 우선 알아두어야 할 것은, 이부세는 다자이 부부의 월하빙인(月下氷人)이라는 한 가지 사실이다. 내 기억에 잘못이 없다면, 그것도 단지 형식적으로 부탁을 받아 중매를 선 것보다는 훨씬 더 본격적인 월하빙인이었던 것으로 기억하고 있다. 나의 설은 여기에서부터 출발한 것이다.

나는 이렇게 생각한다. 다자이라는 녀석은 그 죽음을 결심하는 데 있어서 누구보다 더 아내와 자식들이 불쌍하다는 인정(人情)이 솟아올랐던 것이다. 다자이는 그런 쩨쩨한 일 따위 일찌감치 초월한 듯 잘난 척하고 있었지만 애초부터 결코 그런 호걸이 아니었다. 그는 단지 잘난 척을 하거나 과시하기 위해서 그런 포즈를 취하고 있었지만, 한심한 울보 녀석이었다. 아쿠타가와 상을 받고 싶다고 울었으며, 파비날 중독의 진료 입원이 싫다고 울었었다. 그것이 그의 문학의 대중성이리라. —의리, 인정의 패거리들이 근대적인 분장을 하고 있다는 점이.

이에 그는 느꼈다(고 나는 생각한다). 애초부터 평범한 일생을 보낼 수 있을 리 없는 내게, 평범한 아내를 찾아 결혼을 시켜서 무거운 짐을 짊어지게 한 이부세 마스지는 쓸데없는 참견을 한 것이다, 그런 악인만 없었어도 나도 지금은 이렇게 한탄할 필요도 없이 깨끗하게 죽을 수 있을 텐데, 이부세 마스지 덕분에 아내와 아이들이 딱한 일을 당하게 됐다(라고 다자이는 이부세를 악인으로 삼아 모든 책임을 그에게 전가했다). 이부세 마스지는 악인이라는 실감이 있었던 이유이다. 그렇기에 아내여 자녀들이여 이 나쁜 남편을, 나쁜 아버지를 용서해달라는 마음을 솔직하게 적기 부끄러웠던 다자이는 '이부세 마스지는 악인이다.'라고 한마디로 표현한 것이다. 이 한마디에서 이 정도의 함축을 읽어내, 이 심리적 비약과 사실의 왜곡을 이해하지 못한다면, 결국은 다자이 문학을 알지 못하는 것이라고 할 수 있다.

다자이의 결혼을 알고 있는 사람에게는 풀기 쉬운 수수께끼이기에 아내와 이부세는 이 한마디면 바로 이해할 것이라 생각하고 그렇게 써보았지만, 바로 이해할 수 있는 말이니 그것조차 부끄럽게 여겨져, 그리고 표면상의 글자가 마음에 걸렸기에 역시 찢어버린 것은, 다자이 자신도 자기 문학의 참된 독자가 적다는 사실을 깨달았기 때문이었으리라.

쓸데없는 해설을 한 사실을 알고 지하의 다자이는 지금쯤 사토 하루오 악인이라고 분개하고 있을지도 모른다.

다자이의 죽음

사카구치 안고

다자이의 일에 대해서는 별로 말하고 싶지 않다. 나 자신의 문제로서 나의 죽음이라는 것은 커다란 문제라고 생각지 않기 때문에 다자이의 경우에 대해서도, 특히 자살에 대해서 생각할 필요도 없다고 여기고 있다. 그의 자살로 인해서 그의 문학이 해명될 성질의 것도 아니다. 자살이 어떻게 된 것이든 원래부터 그의 문학은 걸출한 것으로, 현실의 자살이라는 문제는 있든, 없든 상관없는 것이다.

문학자의 자살이 사회문제로는 신기한 이야기일지 모르겠으나, 문학자들 사이에서의 화제로써는 그런가, 다자이가 죽었는가, 뭐라고, 여자와 함께였어? 라고 말하는 것이 전부일 뿐인 일이다.

다자이는 그 근작185) 속에서 틀림없이 자살을 했지만, 그렇다고 해서 현실에서도 자살을 해야만 한다는 성질의 것도 아니다.

하지만 다자이가 불쌍하다고 내가 생각하는 것은 그가 비평을 마음에 두고 있었다는 점이다. 성격이니 어쩔 수가 없다. 그런 만큼

---

185) 「사양」을 말하는 듯. 사양의 등장인물인 나오지가 자살로 생을 마감했다. (『사양』(에오스) 참조)

가엾다.

비평가란 그 영혼에 있어서, 무지하고 속악한 처세가에 지나지 않는다. 예전에 스기야마 헤이스케[186]라는 멧돼지 같은 멍청이가 있어서, 사람이 심혈을 기울이고 있는 작품에 야시장의 약장수처럼 욕지거리를 퍼부으며 우쭐해하곤 했었다. 하지만 그 이외의 비평가 들도 역시 내실은 비슷비슷한 자들이다.

다자이는 그런 비평에 하나하나, 정직하게 화를 내고 괴로워하고 있었다. 물론 그의 문학 문제가 인간성의 그런 면에 정착되어 있던 탓도 있었다. 그렇기 때문에 그것에 시달려도, 그것이 새로운 피가 되기도 했다. 또 그렇기 때문에 죽지 않아도 됐었다. 그것을 새로운 피로 삼으면 되었던 것이다.

자살은 가만히 그대로 내버려두는 것이 좋으리라. 작품이 전부이 니. 하물며 정사(情死)네 어쩌네, 그런 건 아무래도 상관없는 일이 다.

나는 아직 그의 유작[187]을 읽지 못했기에 잘은 모르겠으나, 지금 까지 발표된 소설 가운데 스타코라 삿짱(죽은 여자에게 다자이가 붙여준 별명)을 제재로 삼은 것은 없는 듯하다. 따라서 미완료 중에 죽은 것이든, 쓸 의미가 없었던 것이든, 어쨌거나 작가 다자이에게

---

186) 杉山平助(1895~1946). 1925년에 소설로 시작해서 문예평론 등을 썼다. 이후 많은 저작을 냈으나 점점 군국주의적 색채를 띠기 시작했다. 거침없는 글로 동시대 사람들에게는 '독설 평론가'로 알려졌다.
187) 「인간실격」을 말하는 듯. (『그림, 이만…… 다자이 오사무였습니다.』 (현인) 수록)

있어서 그 여자는 커다란 문제가 아니었음이 명백하다.

어제 모 신문이, 다자이가 살아 있는데 내가 숨기고 있다며 하루 종일 나를 추적. 별 출싹 맞은 신문도 다 있다.

(「뒷담화」 중에서)

다자이 오사무 정사고

사카구치 안고

신문에 의하면 다자이의 월수입 25만 엔, 매일 가스토리 2천 엔 마시고, 50엔짜리 셋집에서 살며 비가 새는 것도 고치지 않는다고.

가스토리 2천 엔은 생리적으로 마실 수 없다. 다자이는 가스토리는 마시지 않는 듯했다. 1년쯤 전, 가스토리를 마셔본 적이 없다고 하기에 신바시(新橋)에 있는 가스토리 집으로 데려갔다. 이미 취해 있었기에 1잔 정도밖에 마시지 못했으나, 그 후에도 다자이는 가스토리는 마시지 않는 듯했다.

다케다 린타로[188]가 메틸알코올 때문에 죽었다. 그때부터 나도 조악한 술은 삼가게 되었는데 덕분에 위스키 집에 빚이 늘어나 고생을 했었다. 번화가에서 술을 마시면 동석하는 사람들이 늘어난다.

---

188) 武田麟太郎(1904~1946). 소설가. 신감각파적인 단편 풍속소설로 출발, 후에 서민의 생활감정을 묘사한 작품을 발표했다. 일본 낭만파에 대항해서 산문정신을 주장했다. 대표작으로는 「일본 서푼 오페라」, 「긴자 8번가」 등이 있다. 당시에는 메틸알코올을 넣어 만든 싸구려 술이 유행했는데, 그것을 마신 것이 다케다 린타로의 사인이라고 한다. 오다 사쿠노스케가 그 일을 소재로 「만우절」(『일본의 문학상이 된 작가들』(현인) 수록)이라는 소설을 썼다.

그러면 2천 엔이나 3천 엔으로는 끝나지 않는 법이다. 기름진 음식, 무엇 하나 시키지 않아도 요즘의 술값은 통쾌하기 짝이 없는 것이다.

일전에 미네야마189)와 신카와190)가 놀러 와서 복어를 넣은 찬코191)를 먹으러 한번 오라고 하기에, 아니아니, 나는 복어로 자살하고 싶지 않으니 씨름꾼이 만든 복어만은 먹지 않을 거야, 라고 대답하자, 미네야마는 세상에 별 신기한 얘기도 다 듣는다는 듯 이해할 수 없다는 표정으로,

"요릿집의 복어는 위험합니다. 씨름꾼의 복어는 안심할 수 있습니다. 저희는 그렇게 얘기하고 있습니다. 그렇지?"

라고 얼굴을 붉히며 신카와에게 동의를 구한 뒤,

"씨름꾼은 아직 2명밖에 죽지 않았습니다. 후쿠야나기(福柳)하고 오키쓰우미(沖ツ海), 가이뱌쿠(カイビャク) 이후, 딱 2명뿐입니다. 저희는 마유192)의 혈관을 하나하나 핀셋으로 뽑고, 요릿집보다 3배나 시간을 들여, 정성스럽기 짝이 없습니다. 중독되었을 때는 똥을 먹으면 낫습니다. 저도 마비되어 똥을 집어 먹었더니 토를 하고 나았습니다."

씨름꾼이란 대범하기 짝이 없다. 시간, 공간을 초월한 부분이 있

---

189) 三根山. 일본의 씨름인 스모(相撲) 선수.
190) 新川. 스모 선수로 장래를 촉망받았으나 전쟁 중 얼굴과 손에 부상을 입어 스모를 그만두고 음식점을 운영했다.
191) 찬코나베(チャンコ鍋). 고기, 생선, 채소 등을 큼지막하게 썰어 커다란 냄비에 넣고 끓여먹는 요리. 씨름꾼들의 음식에서 유래했다.
192) 복어 자체를 말하거나 복어의 독이 든 부위를 말하는 듯하다.

다. 얼마 전에도 찬코를 먹으러 갔더니 마유를 떡하니 준비해두었다
가 냉장고에서 꺼내,

"선생님, 마유, 있습니다."

"아니, 됐어요. 좀 봐줘요."

"이상하다니까, 선생님은."

이라며 상투 튼 머리를 갸웃거렸다.

하지만 씨름꾼은 재미있다. 오로지 씨름꾼일 뿐이다. 씨름에 대해
서밖에 알지 못하며, 씨름꾼의 사고로밖에 생각하지 않는다. 식량사
정 때문인지 씨름꾼들 모두 야위었다. 미네야마는 겨우 28관[193]이
되어버렸다. 그래도 이번에 세키와케[194]가 된다. 예전처럼 33관이
면 오제키[195]도 될 수 있다. 살 찌는 데는 담배를 끊는 게 최고라고
말했더니, 네에, 그럼 지금부터 끊겠습니다, 라고 말했다. 거짓말처
럼 깨끗하게, 그러나 그는 정말로 담배를 끊었다.

예도(藝道)란 그 길에 목숨을 바치는 바보가 되지 못하면 대성하
지 못하는 법이다.

미네야마는 정치도 모르고, 세상 일반적인 일에 대해서도 거의
무엇 하나 알지 못한다. 하지만 그의 씨름 기술상의 전법에 대한
깊은 지식을 듣고 있자면, 그 길의 테크닉에 이렇게 깊고 정확한
이해를 가진 머리가 있는 이상, 다른 일에 종사해도 반드시 그에

---

193) 貫. 무게의 단위. 1관은 약 3.75kg. 28관은 약 105kg.
194) 関脇. 씨름꾼 중에서 3번째 지위에 해당한다.
195) 大関. 씨름꾼 중에서 2번째 지위에 해당한다.

합당한 상위 실무가가 될 수 있으리라는 사실을 알 수 있다. 하지만 그 이외의 일에는 전혀 관심을 가지고 있지 않은 것일 뿐이다.

후타바야마196)와 고 세이겐197)이 지코사마198)에 입문했다고 한다. 고 8단은 입문한 뒤 더욱 강해져서 일본의 기사들은 추풍낙엽처럼, 쓰라린 맛을 보고 있다. 고 8단이 최근 들어 자주 요미우리의 신문바둑을 두어 막대한 요금을 요구하는 것도 지코사마의 병단(兵端) 자금을 전부 도맡아 책임지고 있기 때문인 듯하다. 나도 요미우리의 기획으로 고세이겐과 일국, 대국했다. 그때 요미우리 왈, 고세이겐의 대국료가 어마어마하게 비싸서 그것만으로도 문화부의 돈을 엄청나게 잡아먹고 있는 형편이니 안고 씨는 대국료도, 도시락비도, 차비도 전부 공짜로 해주십시오, 라고 해서 결국은 나도 간접적으로 지코사마에게 헌금을 한 꼴이 되어버리고 말았다. 나무테닌테루타에 테루타에199).

후타바와 고 씨의 심경은 결코 일반에서는 통용되지 않는다. 그러

---

196) 双葉山. 씨름 선수. 씨름꾼 중 첫 번째 지위인 요코즈나(橫綱)에도 올랐었다.

197) 吳清源. 중국 출신의 일본 바둑 기사.

198) 璽光樣. 지코존(璽光尊)이라고도 한다. 본명 나가오카 나가코(長岡良子). 제2차 세계대전 중에 생겨난 지우<璽宇>라는 신흥종교의 교주로 여성. 통제물자인 쌀을 대량으로 소유하고 있었기에 지역 경찰서에서 식량관리법 위반 혐의로 지코존의 출두를 요구했으나 출두하지 않고 도주하려 한다는 첩보가 들어와 경찰이 본거지를 급습했는데, 이때 후타바야마가 난동을 부렸기에 경찰 20명 이상이 15분에 걸쳐서 체포했다고 한다.

199) 나무아미타불과 신흥 종교단체인 지우에서 쓰는 말을 해학적으로 합성한 말인 듯하다.

나 거기에는 승부세계의 비통한 성격이 배어나와 있기도 하다.

문화가 향상될수록 인간은 미신적이 되어가는 법이라는 사실을 여러분은 이해할 수 있으실지. 씨름꾼들 가운데 어떤 사람들은 낫 놓고 기역자도 모를지 모르지만, 그들은 아니, 뛰어난 씨름꾼은 고도의 문화인이다. 왜냐하면 씨름의 기술에 통달해 있고, 기술에 의해서 시대에 통달해 있기 때문이다. 씨름에서 공격의 속도도, 기술을 거는 속도나 호흡도, 방어법도, 시대의 문화에 상응한 것이기에 씨름 기술의 심오함에 통달한 그들은 시대의 가장 고도한 기술전문가 가운데 한 명이자 문화인이기도 한 것이다. 낫 놓고 기역자도 모르는 건 문제가 아니다.

고도의 문화인, 복잡한 심리가는 미신과 통하기 극히 쉬운 벼랑길을 걷고 있는 것이다. 자신의 힘을 여러 가지로 검토한 결과, 한도와 절망을 알고 있기 때문.

뛰어난 영혼일수록 크게 고뇌한다. 크게 몸부림친다. 뛰어난 씨름꾼인 후타바야마, 뛰어난 바둑기사인 고 8단, 이 독창적인 두 천재가 지코사마에 입문한 일은 오히려 비통한 천재의 고민이 있었기 때문이라고 나는 생각한다. 지코사마의 우스꽝스러움으로 두 천재의 영혼 속 고뇌를 일소에 부치는 것은 커다란 잘못이다.

문사도 역시 예인(藝人)이다. 장인이다. 전문가다. 직업의 성질상 낫 놓고 기역자도 모르는 문사는 없으나, 낫 놓고 기역자도 모르는 것처럼 비상식적이라 할지라도, 예도는 원래부터 비상식적인 것이다.

일반인들에게 전쟁은 비상시이다. 그러나 예도에서 그 영혼은 상시 싸우고 있으며 전쟁과 함께 살아가는 법이다.

타인이나 비평가의 평가 따위는 문제가 아니다. 싸움은 작가 그 사람 혼자만의 가슴 깊은 곳에 있다. 그 영혼은 폭풍 자체에 다름 아니다. 의심하고, 절망하고, 재기하고, 결의하고, 쇠미하고, 격하게 날뛰는 폭풍 그 자체다.

그러나 문제 삼을 가치조차 없는 타인의 비평 같은 것도 결코 세상의 일반적인 상태는 아니다.

씨름꾼이나 기사는 목숨을 걸고 승부에 임한다. 세상 사람들에게 있어서 그것은 놀이의 대상으로, 승리한 자는 갈채를 받고 패배한 자는 멸시받는다.

어떤 영혼에게는 그 필사의 장소에서 행한 일이, 일반 세간에서는 놀이의 저속한 영혼에 의해서 평가되고 멸시받는다.

문사의 작업은 비평가의 세상을 살아가는 저속한 영혼에 의해서, 약장수의 약처럼 우스꽝스러운 말로 50센[200], 30센, 상급, 중급이라고 평가받는다.

하지만 그런 것에 일일이 화를 내고 있을 수는 없다. 예도란 스스로의 좀 더 절대적인 목소리에 의해서 심판받고 고뇌하고 있는 것이다.

상시가 전쟁인 예도에 속한 사람들이 세상 일반의 잣대와 스스로

---

200) 화폐 단위. 엔의 100분의 1.

다른 세계에 있다는 사실을 이해해주지 않으면 안 된다. 말하자면 상시에 있어서도 특공대처럼 살아가고 있는 것이다. 상시에 있어서도 작업에는 영혼과 목숨이 걸려 있다. 그러나 좋아서 접어든 예도이니 지명을 받은 특공대처럼 비통한 표정이 아니라, 우리는 태연하게 아무 일도 없다는 듯한 얼굴을 하고 있는 것일 뿐이다.

다자이가 하룻밤에 2천 엔씩 가스토리를 마시고, 그러면서도 집에 비가 새는 것도 고치지 않는다고 한다. 멍청이, 변질자, 여러분이 그렇게 생각한다면 그것도 옳은 말, 원래부터 멍청이가 아니면 예도에서는 커다란 성공을 거둘 수 없다. 예도에서 커다란 성공을 거둔다는 것은 멍청이가 되는 일이기도 하다.

다자이의 죽음은 정사일까? 서로의 허리를 끈을 묶고, 죽은 후에도 삿짱의 손이 다자이의 목에 단단히 감겨 있었다고 하니[201] 한시치[202]도 제니가타[203]도 이는 정사라고 판정할 것임에 틀림없다.

하지만 이처럼 앞뒤가 맞지 않는 정사도 없다. 다자이는 스타코라

---

201) 다자이 오사무와 야마자키 도미에의 죽음에는 여러 가지 의문이 제기되었는데 하나의 끈이 두 사람의 몸에 단단히 묶여 연결되어 있었다는 점, 다자이 오사무의 목에 조른 흔적이 있었다는 점, 다자이는 거의 물을 마시지 않은 듯하다는 점 등을 들어 야마자키 도미에가 살해한 것이 아닐까 하는 추측도 있었다. 또한 다자이의 입 안에 밧줄이 들어 있고 사람을 억지로 끌어내린 흔적도 있었다는 목격담도 있었으나 정확한 사실은 알 수 없다. 몸에 끈이 묶여 있었다는 점만은 사실인 듯한데 다자이의 부인이 보면 충격을 받을 것이라 생각해서 바로 풀었다고 한다.
202) 反七. 오카모토 기도(岡本綺堂, 1872~1939)의 소설 속 주인공으로, 현대식으로 표현하자면 명탐정이라고 할 수 있다.
203) 錢形. 노무라 고도(野村胡堂, 1882~1963)의 소설 속 주인공으로, 역시 명탐정이라고 할 수 있다.

샷짱에게 반한 것처럼은 보이지 않았으며, 반했다기보다는 경멸하고 있는 것처럼 보이기까지 했다. 샷짱이라는 건 원래 여자를 부르는 말이지만, 스타코라 샷짱은 다자이가 명명한 것이었다. 영리한 사람이 아니었다. 편집자가 모두 어처구니없어 할 정도로 머리가 나쁜 여자였다. 물론 머리만으로 일을 하는 문사에게는, 머리 나쁜 여자가 때로는 휴식처가 되는 법이다.

다자이의 유서는 횡설수설이다. 엉망진창으로 취해 있었던 것이다. 샷짱도 술을 많이 마시기는 하지만 그녀는 취하지 않았던 듯하다. 존경하는 선생님을 따라 죽는 것은 영광이다, 행복이다, 라는 내용이 적혀 있다. 다자이가 엉망으로 취해 문득 그럴 마음이 들었고, 취하지 않은 여자가 그것을 결정적으로 만든 것이리라.

다자이는 입버릇처럼 죽겠다, 죽겠다고 말했으며, 작품 속에서 자살하고 자살을 암시했지만, 그렇다고 해서 정말로 죽지 않으면 안 된다는 절체절명의 이유는 어디에도 없었다. 무슨 일이 있어도 죽지 않으면 안 된다는 정체절명의 사상은 없었다. 작품 속에서 자살했다 해도 현실에서 자살할 필요는 어디에도 없다.

술에 취해서 뭔가 얼토당토 않는 짓을 저질렀다가 이튿날 눈을 뜨면 실수했다며 약간 얼굴을 붉히고 식은땀을 흘리는 것은 우리에게 늘 있는 일이지만, 자살이라는 놈은, 그놈만은 이튿날 눈을 뜰 수가 없으니 영 좋지가 않다.

예전에 프랑스에서도 네르발[204]이라는 시인 선생이 심야에 만취해서 어묵집(프랑스의 말이지) 문을 두드렸다. 전부터 네르발 선생이 오래 눌러앉아 있는 것을 싫어했던 어묵집 아저씨가 잠든 척 일어나지 않았더니, 에잇, 나도 모르겠다 하며 네르발 선생이 발걸음을 돌리는 소리가 들렸는데, 이튿날 어묵집 앞의 가로수에 목을 매단 채 죽어 있었다고 한다. 한잔의 술 대신 목을 매단 것이었다.

다자이 같은 사내는, 정말로 여자에게 반하면 죽지 않고 살 것이다. 애초부터 여자에게 정말로 반해버리는 일 따위, 예도를 걷는 사람에게는 불가능한 법이다. 예도란 그런 도깨비들만 사는 곳이다. 따라서 다자이가 여자와 함께 죽었다면, 여자에게 반하지 않았었다고 생각하면 틀림없다.

다자이는 소설을 쓰지 못하게 되었다고 유서에 남겼는데 소설을 쓸 수 없다는 것은 일시적인 일이지 절대적인 것은 아니다. 이와 같은 일시적 멜랑콜리[205]를 절대적 멜랑콜리로 봐서는 안 된다. 그 정도의 사실을 모를 다자이가 아니니 일시적인 멜랑콜리로 불쑥 죽은 것에 지나지 않으리라.

무엇보다 소설을 쓰지 못하게 되었다고 말했으면서, 당면한 스타코라 삿짱에 대해서는 한 번도 작품을 쓴 적이 없었다. 작가에게 작품을 쓰게 하지 못하는 여자는, 하찮은 여자임이 분명하다. 얘기할 필요도 없는 여자였던 것이리라. 얘기할 만한 여자였다면 다자이는 그 여자를 쓰기 위해서 여전히 살았을 것이며, 소설을 쓰지 못하게 되었다는 말도 하지 않았을 것이다. 도무지 쓰고 싶은 마음이 들지

---

204) Gérard de Nerval(1808~1855). 프랑스의 낭만주의 시인, 소설가.
205) 우울 또는 비관주의에 해당하는 인간의 기본적인 감정.

않는 인간의 타입이 있는 법이다. 그러면서도 그런 여자에게까지 반하기도 하고, 반한 것 같은 기분이 들기도 하기 때문에 한심한 것이다. 다자이는 그런 점에 있어서는 특히 한심해서, 여자와의 사귐도 여자를 고르는 눈도 완전히 엉망이었다.

그걸로 족하지 않은가. 여자를 사귀는 법이 엉망이든, 지코사마에 입문하든, 다마가와 상수에 뛰어들든, 스타코라 삿짱이 자신과 다자이의 사진을 놓고 죽음 앞에서 경건하게 예배를 하든, 제아무리 한심해도, 상관없지 않은가.

어떤 일을 했는지, 예도에 있는 사람은 오직 그것뿐이다. 휘몰아치는 가슴 속 폭풍에 꽃은 흩어지고, 죽음은 위장되어 죽음에 가면을 쓰고, 기묘하게 앞뒤가 맞지 않는 것이라 할지라도 그 생전의 작품만은 속일 수 없었을 것이다.

오히려 앞뒤가 맞지 않는 만큼 그의 고뇌도 깊었고, 가슴의 폭풍도 격렬했던 것이라고 봐주는 편이 정확하리라. 이 여자에게 반했습니다. 반할 만큼 훌륭하고 유일한 여성입니다. 천국에서 부부가 되겠습니다, 이런 식으로 논리정연하게 연애 때문에 죽는 것이 내게는 더 진귀하다. 반했다면 현세에서 살아남는 편이 낫다.

다자이의 자살은 자살이라기보다 예도인의 몸부림 가운데 한 양상으로, 지코사마 입문처럼 종잡을 수 없는 발버둥질이었다고 생각하면 틀림없을 것이다. 이런 발버둥질은 가만히 내버려둔 채, 위로하고 조용히 쉬게 해주는 것이 좋으리라.

예도는 상시가 전쟁이기에, 태연한 얼굴을 하고 있어도 마음속에서는 언제나 꺄악 비명을 지르고 구멍 속으로 숨지 않으면 견딜 수 없게 되어, 의미도 없는 여자와 정사하고 세상 끝에 이르기까지 삶과 죽음의 방식을 취하지 못하게 된다. 이런 일은 문제 삼을 가치조차 없다. 작품만이 전부다.

불량소년과 그리스도

사카구치 안고

벌써 열흘, 이가 아프다. 오른쪽 뺨에 얼음을 얹고 줄폰제를 먹고 누워 있다. 누워 있고 싶지 않지만 얼음을 얹으려면 누워 있을 수밖에 없다. 누워서 책을 읽는다. 다자이의 책을 대부분 다시 읽었다.

줄폰제를 3상자 비웠지만 통증이 멈추지 않는다. 어쩔 수 없이 병원에 갔다. 도무지 신통치가 않았다.

"네, 아주 잘하셨습니다. 제가 드릴 말씀도 줄폰제를 먹고 얼음주머니를 대는 것, 그것뿐입니다. 그것이 무엇보다 좋습니다."

나는 그것만으로는 좋지 않은 것이다.

"금방 나을 거라 생각합니다."

이 젊은 의사는 완벽한 언어를 구사하고 있다. 금방 나을 거라 생각합니다, 라. 의학은 주관적 인식의 문제인 걸까, 약물의 객관적 효과의 문제인 걸까. 어쨌든 나는 이가 아프다고.

원자폭탄으로 백만 명을 일순간에 때려잡는다 해도 단 한 사람의 치통이 멈추지 않는다면, 그게 무슨 문명이란 말인가. 바보 같은 놈.

아내가 줄폰제의 유리병을 세로로 세우려다 딸그락 쓰러뜨렸다.

소리가 놀라 뛰어오를 정도로 울렸다.

"이런, 바보 같은 사람!"

"이 유리병은 세울 수 있어요."

상대방은 곡예를 즐기고 있는 것이다.

"당신은 바보라서 싫어."

아내의 안색이 바뀌었다. 분노, 뼈에 사무친 것이었다. 나는 통증이 뼈에 사무쳤다.

푹 하고 단도로 뺨을 찌른다. 에잇 하고 도려낸다. 기분, 좋지 않다. 목에 멍울이 생겼다. 거기가 쑤신다. 귀가 아프다. 머릿속도 전기가 통하는 것처럼 찌릿찌릿하다.

목을 매달아라. 악마를 멸망시켜라. 퇴치하라. 나아가라. 지지 말라. 싸워라.

그 얼치기 문사는 치통 때문에 목을 매달아 죽는다. 결사의 형상, 굉장하다. 투지 충만하다. 위대.

칭찬, 해주지 않겠지. 누구도.

이가 아프다는 것은, 당장 이가 아픈 사람 이외에는 누구도 동감해주지 않는다. 인간 모독! 이라고 화를 내봐야, 치통에 대해 동감해주지 않는 것이 인간 모독이란 말이냐? 그렇다면 치통 모독. 상관없지 않습니까. 치통 정도. 아이고 아이고. 이는 그런 것이었습니까? 새로운 발견.

딱 한 사람, 긴자 출판의 마스카네(升金) 편집국장이라는 진묘한 인물이 동정을 해주었다.

265

"흠, 안고 씨. 이는 정말 아픕니다. 이의 병과 생식기의 병은 동류 항의 음울입니다."

참으로 옳은 말이다. 참으로 음울하다. 그렇다면 빚도 동류항이리라. 빚은 음울한 병이다. 불치의 병이다. 이를 퇴치하려 해도 인력으로는 미치지 못하리라. 아아, 슬프다, 슬퍼.

치통을 참으며 헤죽 웃었다. 조금도 훌륭하지 않아. 멍청한 녀석. 아아, 치통 때문에 운다. 걷어차 주겠어. 이 바보 같은 놈.

이는 몇 개 있는지. 이게 문제야. 사람에 따라서 이의 숫자가 다른 줄 알았더니 그게 아니라면서? 별 이상한 데까지 다 닮았네. 그렇게까지 하지 않았어도 됐잖아. 그래서 난 신이 싫은 거야. 어쩌자고 이의 숫자까지 똑같이 한 거야. 미친놈. 이건 말이지. 그렇게 꼼꼼한 방법은 미친놈의 것이야. 좀 더 순수해지라고.

치통을 참으며 헤죽 웃는다. 헤죽 웃고 사람을 벤다. 말없이 앉으면 갑자기 낫는다. 신의 손이다. 과연 신자가 모일 만하군.

나는 치통으로 열흘 동안 신경이 날카로웠다. 아내는 친절했다. 머리맡에 앉아 대야에 얼음을 넣고 수건을 짜서 5분 간격으로 내 뺨에 얹어주었다. 화가 뼈에 사무쳐도 얼굴에는 드러내지 않고, 정숙, 여자의 본보기다.

열흘째.

"나았어?"

"음, 얼마간 나았어."

여자라는 동물이 무슨 생각을 하고 있는지, 영리한 인간에게 그것

은 알 수 없는 일이다. 아내, 순간 얼굴이 험악해지며,

"열흘 동안이나 나를 괴롭혔겠다."

나는 두들겨 맞고 발에 차였다.

아아, 내가 죽으면 아내, 순간 낯빛을 바꾸어 평생 나를 괴롭혔겠다, 하며 나의 시체를 때리고 목을 조르리라. 그 순간에 내가 환생한다면 재미있으리라.

단 가즈오[206]가 왔다. 품속에서 고가 담배를 꺼내, 가난하면 사치스러워져, 돈이 듬뿍 있으면 20엔짜리 수제 담배를 살 거야, 라고 중얼거리며 내게도 한 개비 주었다.

"다자이가 죽었어. 죽었기에 장례식에는 가지 않았어."

죽지 않은 장례식도 있단 말인가?

단은 다자이와 함께 공산당의 세포인가 뭔가 하는 생물활동을 한 적이 있었다. 그 무렵 다자이는 생물의 우두머리 격으로, 단 가즈오의 말에 의하면 무리 가운데서 가장 성실한 당원이었다고 한다.

"뛰어든 곳이 자기 집 근처라고 하기에 이번에는 정말로 죽었구나 싶었어."

단 도사는 신의 계시를 내보이고, 다시 말하기를,

"또 장난을 쳤어. 걸핏하면 장난을 친다니까. 죽은 날이 13일, 굿

---

206) 檀一雄(1912~1976). 소설가, 작사가. 사소설, 역사소설, 요리책 등으로 알려졌으며 '마지막 무뢰파' 작가로도 알려졌다. 도쿄 대학 재학 중에 다자이 오사무, 나카하라 나카야(中原仲也), 모리 아쓰시(森敦) 등과 동인지 『파란 꽃(青い花)』을 창간했다. (『그럼, 이만…… 다자이 오사무였습니다.』(현인) 참조)

바이가 13회분, 뭐하고 뭐하고가 13……."

단 도사는 13을 줄줄이 늘어놓았다[207]. 전혀 몰랐던 사실이기에 나는 멍해졌다. 도사의 안력이다.

다자이의 죽음은 누구보다 먼저 내가 알았다. 아직 신문에 실리기 전에 신초의 기자가 알려주었다. 그 말을 듣자마자 나는 곧 편지를 써서 남기고 행방을 감추었다. 신문·잡지가 다자이에 관한 일로 습격을 해오리라 직감했기 때문으로, 다자이에 대해서는 당분간 말하고 싶지 않다, 고 방문해올 기자 여러분 앞으로 글을 남기고 집을 나선 것이었다. 그것이 잘못의 근원이었다.

신문기자는 내 편지의 날짜가 신문기사보다 빨랐기에 이를 이상히 여겼다. 다자이의 자살은 연극이고 내가 두 사람을 숨긴 것이라고 생각한 것이었다.

나도 처음에는 살아 있지 않을까 생각했다. 하지만 강가에 끌어내린 자국이 선명하게 남아 있었다는 말을 들었기에 그럼 정말 죽었구나 싶었다. 끌어내린 자국까지 장난을 칠 수는 없다. 신문기자들은 내 제자로 들어와 탐정소설을 공부하라.

신문기자들의 착각이 사실이었다면 아주 좋았으리라. 1년 정도 다자이를 숨겨두었다가 불쑥 되살아나게 한다면, 신문기자와 세상의 양식 있는 사람들은 불같이 화를 낼지도 모르겠지만, 가끔은 그런

---

207) 당시 다마가와 상수에 입수한 날이 13일, 도미에의 방에 남겨진 「굿바이」의 원고가 13회, 39세(13×3) 등 13과 연관 지어 죽음을 이야기한 사람들이 있었다.

일이 있어도 좋지 않겠는가. 진짜 자살보다 자살극을 꾸밀 만큼의 장난을 칠 수 있었다면 다자이의 문학은 훨씬 더 뛰어난 것이 되었으리라 나는 생각한다.

★

블런든208) 씨는 일본의 문학자들과는 다른 안식을 가진 사람이다. 다자이의 죽음에 대해서 언급하며(시사신보) 문학자가 멜랑콜리만으로 죽은 것은 예가 드물다, 대부분은 나약함 때문에 궁지에 몰리게 되는 법으로, 다자이의 경우도 폐병이 하나의 원인 아니었을까, 라고 주장했다.

아쿠타가와209)도 그랬다. 중국에서 감염된 매독이 귀족적 취향을 가진 이 사람을 부들부들 떨게 만들었던 일이 떠오른다.

아쿠타가와 다자이의 고뇌 가운데서 매독이나 폐병에 의한 압박은 이미 만성화되어 자각할 수 없는 것이 되었다 할지라도, 자살로

---

208) Edmund Charles Blunden(1896~1974). 영국의 시인, 문학자. 전원시에 뛰어났으며, 도쿄 대학에서 영문학을 강의했다.

209) 아쿠타가와 류노스케(芥川竜之介, 1892~1927). 소설가. 1916년에 발표한 「코」로 나쓰메 소세키의 격찬을 받았으며 뒤이어 「참마죽」, 「손수건」도 호평을 얻어 신진작가로서의 지위를 확립했다. 소설의 기술적인 세련미와 형식적인 완성미를 추구했다. 예술파를 대표하는 작가로 활약했으며, 후반기에는 자전적인 소재가 많아져 우울한 경향이 강해졌다. 1927년에 '나의 장래에 대한 뭔지 모를 그저 희미한 불안'을 안은 채 수면제를 복용하여 자살했다. 다자이 오사무는 학창시절에 아쿠타가와를 존경했으며, 그의 자살 소식에 커다란 충격을 받았다.

의 코스를 연 압력의 커다란 부분이 그들의 나약함이었다는 점은 사실이라고 생각한다.

다자이는 M·C, 마이 코미디언[210]을 자칭했지만, 아무래도 완벽하게 코미디언이 되지는 못했던 듯하다.

만년의 작품 가운데는, ─이건 안 되겠군. 그는 『만년』이라는 소설을 쓴 적이 있으니 헷갈려서 안 되겠어. 그 죽음에 가까웠을 때 쓴 작품 가운데는 (혀가 꼬이는군) 「사양」이 가장 뛰어나다. 하지만 10년 전의 「어복기(魚服記)」(이것도 만년 속에 있음)는 훌륭하지 않은가. 이것이 바로 M·C의 작품입니다. 「사양」도 거의 M·C이지만, 아무래도 완전히 M·C가 되지는 못했던 거야.

「아버지(父)」네, 「앵두(桜桃)」네, 답답해. 그런 걸 남들에게 보여서는 안 돼. 그건 숙취 속에서만 있어야 하고, 숙취 가운데서 처리하지 않으면 안 될 성질의 것이야.

숙취의, 혹은 숙취적(熟醉的)인 자책이나 추회의 괴로움, 안타까움을 문학의 문제로 삼아서도 안 되고, 인생의 문제로 삼아서도 안 된다.

죽음 직전의 다자이는 지나치게 숙취적이었다. 하루하루가 아무리 숙취라 할지라도 문학이 숙취여서는 안 된다. 무대에 오른 M·C에게 숙취는 용납되지 않는다. 각성제를 너무 많이 먹어서 심장이 폭발하는 한이 있어도 무대 위의 숙취는 뜯어말리지 않으면 안 된다.

---

210) 「사양」 가운데서 여주인공인 가즈코가 소설가 우에하라에게 편지를 보내며 그를 이렇게 불렀다. (『사양』(에오스) 참조)

아쿠타가와는 어쨌든 무대 위에서 죽었다. 죽을 때도 약간 배우다 웠다. 다자이는 13이라는 숫자를 만지작거리기도 하고, 인간실격, 굿바이 시간을 들여서 줄거리를 짜고, 줄거리대로 해나갔으면서도 결국은 무대 위에서가 아니라 숙취적으로 죽고 말았다.

숙취를 제거한다면 다자이는 건전하고 정연한 상식인, 즉 성실한 사람이었다. 고바야시 히데오[211]가 그렇다. 다자이는 고바야시의 상식성을 비웃었지만, 그건 착각이다. 참으로 올바르고 정연한 상식인이 아니라면 참된 문학을 쓸 수 있을 리 없다.

올해 1월 며칠이었던가, 오다 사쿠노스케의 1주기에서 술을 마실 때 오다 부인이 2시간 정도 늦게 왔다. 그 전부터 우리는 크게 취해 있었는데 누군가가, 오다가 숨겨두었던 몇몇 여자에 대해서 이야기하기 시작했기에,

"그런 얘기는 지금 해버려. 오다 부인이 온 다음에는 하면 안 돼."
라고 내가 말하자,

"맞아, 맞아, 정말이야."
라고 잠시의 틈도 주지 않고 커다란 목소리로 수긍을 한 것이 다자이였다. 선배를 방문하는 데 하카마[212]를 입고, 다자이는 그런 사내였다. 건전하고 정연하고 참된 인간이었다.

그러나 M·C가 되지 못하고 아무래도 숙취적이 되기 쉬웠던 것이

---

211) 小林秀雄(1902~1983). 문예평론가. 자의식과 존재의 문제를 축으로 하는 근대비평을 확립했다.
212) 袴. 기모노의 겉에 입는 주름 잡힌 하의로 정장을 할 때 입는다.

다.

인간, 오래 살다보면 수치가 많아진다. 그러나 문학의 M·C에게, 인간적 수치는 있으나 숙취적 수치는 없다.

「사양」에는 이상한 높임말이 많다. 도시락을, 방바닥에 펼쳐놓으시고 가지고 오신 위스키를 마시시며213), 라는 식으로, 그런가 하면 와다 외삼촌은 기차에 오르자 기분이 좋아서 노래를 흥얼거리는 식으로, 참으로 귀족의 진부하고 판에 박힌 듯한 모습이어서, 이런 곳에 문학의 참된 문제가 있는 것이 아니니 작자는 태연할 것 같지만 숙취적으로 가장 얼굴을 붉히는 것이 이와 같은 부분이다.

정말 이런 부끄러움은 무의미한 것으로, 문학에서는 언급할 가치조차 없는 것이다.

그런데 시가 나오야라는 인물이 이것을 취해서 까뭉갰다. 즉, 시가 나오야라는 인물이 얼마나 문학자가 아닌지, 단순한 문장가에 지나지 않는다는 사실이 이것으로 명확해진 셈인데, 그런데 이것이 또 숙취적으로는 가장 급소를 찌른 것이기에 다자이를 부끄러움에 빠뜨리고 혼란하게 만들고 화나게 만들었던 것임에 틀림없다.

원래 다자이는 분위기를 타면 숙취적으로 떨어져버리고 마는 사내여서, 그 자신이 시가 나오야의 '죽이시다.'라는 높임말이 경우에 맞지 않는다며 까뭉갰다.

---

213) 번역상의 문제로, 이 문장에 특별히 이상한 높임말이 많은 것처럼 여겨지지는 않지만, 원서를 보면 '도시락', '방바닥' 등의 단어도 높임말로 되어 있다.

무릇 이런 면에 다자이의 가장 숨기기 어려운 비밀이 있었다고 나는 생각한다.

그의 소설에는, 초기의 작품에서부터 시작해서 자신이 양가 출신 이라는 사실이 지나치게 많이 쓰여 있다.

그런 주제에 그는 가메이 가쓰이치로가 어딘가의 글 속에서 스스로를 명문의 자제라고 했더니, 쳇, 명문, 웃기지 마, 명문이라니 끔찍한 말, 이라고 했었는데 어째서 명문이 우습다는 건지, 즉 다자이가 거기에 연연하고 있었던 것이다. 명문의 같잖음이 바로 전해지는 것이다. 시가 나오야의 죽이시다도, 그것이 그의 마음에 울리는 의미가 있었던 것이리라.

프로이드가 '오류의 정정'이라는 말을 한 적이 있다. 우리가 자신도 모르게 그만 말실수를 하면 그것을 정정하려는 의미에서 무의식 중에 유사한 잘못을 범해 합리화하려 한다는 것이다.

숙취적 · 쇠약적인 심리에서는 이것이 특히 심해져 수치와 울화에서 오는 혼란과 고통에 더해 오류의 정정적 발광상태가 일어나는 법이다.

다자이는 이를 문학에서 행했다.

짐작컨대 다자이는 젊은 시절부터 가출을 해서 여자의 보살핌을 받거나 할 때 양가의 자제, 때로는 화족의 자제라는 사실을 내비친 적도 있었으리라. 그런 식으로 술집을 속여서 외상을 거듭한 적도 있었을지 모른다.

숙취적으로 쇠약해진 마음에는, 아득한 일생의 그런 여러 부끄러움들이 수치와 울화가 되어 그를 괴롭혔을 것이다. 그리고 그는 그 소설에서 오류의 정정을 행했다. 프로이드의 오류의 정정이란 오류를 순순히 정정하는 것이 아니라 다시 한 번 유사한 오류를 범함으로 해서 정정을 합당한 것으로 만들려는 것을 의미한다.

틀림없이 솔직한 오류의 정정, 즉 선한 건설로의 적극적인 노력을 다자이는 행하지 않았다.

그는 하고 싶었던 것이다. 그러한 동경이나 양식은 그의 언동에서 넘쳐나고 있었다. 그러나 하지 못했다. 거기에는 틀림없이 나약함의 영향도 있었다. 그러나 나약함에 책임을 떠넘기는 것은 올바른 이치가 아니다. 틀림없이 그가 안이했던 탓이다.

M·C가 되기 위해서는 숙취를 무시하고 임하려는 노력이 필요하지만, 숙취의 한탄에 잠겨버리는 데에는 많은 노력이 필요하지 않다. 그렇다면 어째서 안이했던 것일까, 역시 나약함으로 귀결되는 것일지도 모르겠다.

예전에 다자이가 싱긋 웃으며 다나카 히데미쓰에게 교훈을 주었다. 팬레터에는, 귀찮아하지 말고 답장을 보내게, 단골손님이시니 말이야. 다나카 히데미쓰는 이 교훈에 따라서 부지런히 답장을 쓰고 있다고 하는데, 다자이가 부지런히 답장을 썼을까? 그다지 쓰지도 않았으리라.

그러나 어찌됐든 다자이가 팬에게 상당한 서비스를 했던 것은 사실로, 작년에 내게 가나자와(金沢)인지 어딘지의 책방 아저씨가 화첩(인지 아닌지 안을 열어보지는 않았지만 상당히 두께가 있는 것이었다)을 보내서, 글을 하나 써달라고 했다. 포장도 뜯지 않은 채 그냥 내버려두었더니 수시로 재촉하는 글이 왔는데 그 가운데, 그것은 아주 비싼 종이를 무리해서 산 것으로 벌써 누구누구 씨, 누구누구 씨, 누구누구 씨, 다자이 씨도 써주었다, 나는 당신 사카구치 선생의 인격을 믿고 있다는 내용의 이상한 글도 적혀 있었다. 내 기분이 별로 좋지 않은 때였기에 나도 화가 나서 별 이상한 시비도 다 거네, 멍청한 놈, 하고 소포를 그대로 되돌려보냈더니, 이 미친놈, 하고 화를 내는 답장이 온 적이 있었다. 그때의 답장에 의하면 다자이는 그림을 그리고 거기에 글을 덧붙여준 모양이었다. 상당한 서비스라고 해야 할 것이다. 이것도 그의 나약함에서 온 것이라고 나는 생각한다.

무릇 여배우, 남배우는 그렇다 해도, 문학자와 팬의 관계는 일본에서도 외국에서도 그다지 화제가 되지 않는다. 대체로 현세적인 배우의 일과는 달리 문학은 역사성이 있는 일이기에 문학자의 관심이 현세적인 것과는 교분이 얕아지는 것은 당연한 일이어서, 발레리를 시작으로 숭배자들에게 둘러 싸여 있었다고 하는 말라르메도, 목요회의 소세키214)도 팬이라기보다는 제자로 일단은 재능이라는 자격을 전제로 한 관계였으리라.

다자이의 경우는 그와 달리 영화 팬과 같았는데, 이러한 점은 아쿠

---

214) 나쓰메 소세키(夏目漱石, 1867~1916). 소설가, 평론가, 영문학자. 일본 근대소설의 거장으로 지금도 독자들로부터 커다란 인기를 얻고 있다. 대표작으로는 「나는 고양이로소이다」, 「도련님」 등이 있다. 목요회는 소세키의 제자, 소세키를 흠모하는 젊은 문학자들이 매주 목요일이면 소세키의 집에 모여 여러 가지 이야기를 주고받은 모임을 말한다.

타가와와도 비슷한 면이 있었다. 나는 이를 그들의 육체적 나약함에서 온 것이라 보고 있다.

그들의 문학은 원래 고독의 문학으로 현세적·팬적인 것과 연결되는 부분이 없음에도, 즉 그들은 완벽하게 무대 위의 M·C가 될 만큼의 강인함이 부족했기에 그 나약함을 현세적으로 보완하게 된 것이라고 나는 생각한다.

결국은 그것이 그들을 죽음으로 내몰았다. 그들이 현세를 밀쳐냈다면 그들은 자살하지 않았을 것이다. 아니, 자살했을지도 모른다. 하지만 어쨌든 좀 더 강인한 M·C가 되어 더욱 뛰어난 작품을 썼을 것이다.

아쿠타가와도 그렇고 다자이도 그렇고, 그들의 소설은 심리적·인간적인 작품으로 사상성은 거의 없다.

허무라는 것은 사상이 아니기 때문이다. 인간 자체에 부속된 생리적인 정신내용이며, 사상이라는 것은 훨씬 더 한심하고 경박한 것이다. 그리스도는 사상이 아니라 인간 그 자체다.

인간성(허무는 인간성의 부속품이다)은 영원불변한 것으로 인간 일반의 것이지만, 개인이라는 것은 50년밖에 살지 못하는 인간으로 그러한 점에서 유일하고 특별한 인간이기에 인간 일반과는 다르다. 사상이란 이 개인에 속해 있는 것으로, 그렇기 때문에 생성, 그리고 소멸하는 것이다. 따라서 원래부터 경박한 것이다.

사상이란 개인이 어쨌든 자신의 일생을 소중히 여겨 보다 좋은 삶을 살려고 깊이 생각해서 필사적으로 빚어낸 계책인데, 또 그렇기 때문에 인간 죽어버리면 그만이니 너무 아등바등하지 말라고 말한다면 그것으로 그만이다.

다자이는 깨달음을 얻어 그렇게 단언하지도 못했다. 그러면서 보다 나은 삶을 살기 위해 궁리해서 어설픈 사상을 두려워하지 않고 멍청이가 되는 것은 더욱 하지 못했다. 하지만 그렇게 깨달아 차갑게 인생을 경멸해봐야 조금도 도움이 되지 않으며, 훌륭하지도 않다. 다자이는 그것을 신물이 날 정도로 잘 알고 있었을 것이다.

다자이의 이와 같은 '구제받을 길 없는 슬픔'을, 다자이의 팬들은 알지 못한다. 다자이의 팬은 다자이가 차갑게 인생을 경멸하고 어설픈 사상이나 인간의 발버둥질을 냉소하고, 숙취적인 자학작용을 보일 때마다 갈채를 보냈던 것이다.

다자이는 숙취적이고 싶지는 않다고 생각하여 그것을 무엇보다 저주했을 것이다. 아무리 어설퍼도 상관없다, 유치해도 좋다, 보다 나은 삶을 살기 위해 세상적인 선행이든 뭐든 필사적으로 생각해내서 좋은 인간이 되고 싶었을 것이다.

그렇게 하지 못하도록 한 것이 그의 수많은 나약함이다. 그리고 그는 현세의 팬에 영합하여 역사 속의 M·C가 되지 못하고 팬만을 위한 M·C가 된 것이다.

'인간실격' '굿바이' '13'이라니, 혐오스러워, 쳇. 다른 사람이 그렇게 했다면 다자이는 반드시 이렇게 말하지 않았겠는가.

다자이가 죽지 못하고 살아났다면 언젠가는 숙취적으로 부끄러워하고 울화를 느껴 대혼란, 고민 끝에 '인간실격' '굿바이' 자살, 혐오스러워 쳇, 이라는 것을 분명히 썼으리라.

★

다자이는 종종 진짜 M·C가 되어 찬란하게 빛나는 듯한 작품을 썼다. 「어복기」, 「사양」 그 외에 예전의 작품에도 여러 가지가 있지만, 요즘 작품 가운데도 「남녀동권(男女同権)」이라거나 「친우교환(親友交歓)」과 같은 가벼운 것이 훌륭하다. 당당하고 훌륭하게 보이는 M·C이자 역사 속의 M·C와도 같은 모습이다.

하지만 그것이 지속되지 못하고 아무래도 숙취의 M·C가 되어버린다. 거기서 다시 원래의 상태로 돌아가 진짜 M·C가 된다. 다시 숙취의 M·C로 돌아간다. 그것을 되풀이하고 있었던 듯하다.

하지만 그럴 때마다 화법이 정교해져서 좋은 이야기꾼이 되었다. 문학의 내용은 변하지 않았다. 그것은 그가 인간에 정통한 문학으로 인간성의 근원적 문제만을 다루었기에 사상적인 생성, 변화를 볼 수 없기 때문이다.

이번에도 자살을 하지 않고 다시 일어서서 역사 속의 M·C가 되었다면 그는 더욱 정교한 이야기꾼이 되어 아름다운 이야기를 서비스했을 터였다.

무릇 숙취적인 자학작용은 알기 쉬운 것이기에 지나치게 심각한 청년의 갈채를 받는 것은 당연한 일이지만, 다자이 정도로 높고 고독한 영혼이 숙취의 M·C로 끌어내려지기 쉬웠던 것은 나약함이 행하는 바, 또 하나 술이 행하는 바였다고 나는 생각한다.

블런든 씨는 나약함을 꿰뚫어보았지만 나는 한 가지 더, 술, 이 지극히 통속적인 괴물을 덧붙이겠다.

다자이의 만년은 숙취적이었지만, 또 실제로도 숙취라는 통속적 이기 짝이 없는 것이 그의 높고 고독한 영혼을 갉아먹고 있었던 것이 라 생각한다.

술은 거의 중독을 일으키지 않는다. 얼마 전에 한 정신과 의사가 말한 바에 의하면 특히 일본에서 진성 알코올중독은 거의 찾아볼 수 없다고 한다.

하지만 술을 마약이 아니라 요리의 일종이라고 생각한다면 커다 란 착각입니다.

술은 맛있는 것이 아닙니다. 나는 어떤 위스키든 코냑이든 숨을 멈추고 간신히 삼키고 있다. 취하기 위해서 마시는 겁니다. 취하면 잠을 잘 수 있습니다. 이것도 효용 가운데 하나.

하지만 술을 마시면, 아니 취하면 잊습니다. 아니, 다른 인간으로 태어납니다. 만약 나를 잊을 필요가 없다면, 굳이 이런 것을 나는 먹고 싶지는 않다.

자신을 잊고 싶다, 거짓말 하지 마. 잊고 싶으면 일 년 내내 술을 마셔서 취한 채로 지내. 이를 데카당이라 칭한다. 억지를 부려서는 안 된다.

나는 살아 있어. 조금 전에도 말한 것처럼 인생 50년, 뻔하잖아, 그렇게 말하는 것은 너무나도 쉬워서 그렇게 말하고 싶지 않다고 하는 거야. 유치해도, 어설퍼도, 촌스러워도, 어떻게든 살아 있다는 징표를 세워야겠다고 애쓰고 있는 거야. 일 년 내내 취한 채 지낼 정도라면 벌써 죽었겠지.

일시적으로 자신을 잊는다는 것은, 그것은 매력적인 일입니다요. 틀림없이 이것은 현실적으로 위대한 마술입니다. 예전에는 50센, 거칠거칠한 돈 하나 손에 넣으면 신바시의 역 앞에서 컵으로 술 5잔 마시고 마술을 쓸 수 있었다. 요즘에는 마법을 쓰는 게 쉬운 일이 아닙니다요. 다자이는 마술사에 실격하지 않고, 인간에 실격했습니다, 라고 생각하신 겁니다.

애초부터 다자이는 인간에 실격하지 않았다. 숙취에 수치와 울화를 느끼는 것만 해도, 수치와 울화를 느끼지 않는 놈들보다 얼마나 온전하게 인간적이었는지 모른다.

소설을 쓰지 못하게 된 것도 아니었다. 일시적으로 잠깐 완벽하게 M·C가 될 힘이 쇠했던 것뿐이었다.

다자이는 틀림없이, 어떤 종류의 사람들에게는 대하기 어려운 인간이었을 것이다.

예를 들어 다자이가 내게, 어쩌다 문학계의 동인이 되어버렸는데 그거 어떻게 하면 좋겠어, 라고 해서, 상관없잖아 그런 거, 그냥 내버려두면 돼. 아아, 맞아, 맞아, 하며 기뻐한다.

그 후에 다른 사람들에게, 사카구치 안고에게 일부러 이렇게 풀이 죽은 듯한 모습을 보였더니 아니나 다를까 대선배라도 된 양 툭 가슴이라도 칠 듯하며, 그런 건 내버려두면 돼, 라고 말했다는 식으로 재미있게 이야기할지도 모를 사내다.

많은 옛 친구들이 이런 식인 다자이의 행동에 다자이가 싫어져서 떠나가곤 했는데, 물론 그런 행동에 친구들은 틀림없이 상처를 받았을 테지만, 실제로는 다자이 자신이 자신의 행동에 의해서 내적으로 더욱 상처를 받아 수치와 울화를 느꼈을 것이다.

사실 이러한 것들은 그 자신이 자신의 작품 속에서도 말한 것처럼 현재 눈앞에 있는 사람에 대한 서비스로 툭 말해버리는 것일 뿐이다. 그 정도의 사실, 작가인 친구들 역시 모르지는 않았을 테지만, 그렇게 알고 있었으면서도 불쾌하다고 여긴 사람들은 그를 떠난 것이리라.

하지만 다자이의 내적 수치, 울화, 자기비하, 그 고통은 심한 것이었으리라. 그런 점에서 그는 신뢰할 만한 가치가 있는 성실한 사람이었으며 건전한 인간이었던 것이다.

그렇기에 다자이는, 좌담에서는 불쑥 이 서비스를 해놓고 내적으로 수치, 울화에 이르지만, 그것을 글로는 써놓지 않았다. 그런데 다자이의 제자인 다나카 히데미쓰는 좌담도 문학도 구별하지 않고 이를 행하고, 그 뒤에 내적은커녕 대대적으로 수치, 혼란, 울화 등을 써대서 그것으로 본인은 면죄를 받은 듯한 마음으로 있기에 구제할 길이 없다.

다자이는 그렇지 않았다. 훨씬 더 정말로 조심스럽고 경건하고 성실했다. 그런만큼 내적 수치와 울화는 심했을 것이다.

그런 자기비하에 남들보다 훨씬 더 괴로워했던 다자이에게 술의 마법은 필수품이었던 것이 당연하다. 하지만 술의 마술에는 숙취라는 바람직하지 않은 부속품이 있기에, 난처하다. 불에 기름이다.

　요리용 술에는 숙취가 없지만 마술용 술에는 이것이 있다. 정신의 쇠약기에 마술을 쓰면 거기에 빠지기 쉬워서, 에잇, 모르겠다, 죽어도 상관없어, 라고 생각하기 쉬우며, 가장 강렬한 자각증상으로는 이제 일도 못하게 되었다, 문학도 지긋지긋해졌다, 이것이 자신의 본심처럼 여겨진다. 사실은 숙취의 환상이며, 또 병적인 환상 이외에 더는 일을 못하겠다는 절체절명의 경우는 실재하지 않는다.

　다자이처럼 인간에 통달한 사람, 여러 가지를 잘 알고 있는 사람도 이런 속된 사실에 대해서 잘못된 생각을 한다. 그럴 만도 하지. 술은, 마술이니까. 속되다 할지라도 천박하다 할지라도 적이 마술이기에 알고 있어도 인지로는 미칠 수 없다. 로렐라이입니다.

　다자이는 슬프다. 로렐라이에게 당했습니다.

　정사라니, 새빨간 거짓말이야. 마술사는 술 속에서 여자에게 홀릴 뿐. 술 속에 있는 것은 본인이 아니라 다른 사람이다. 다른 사람이 홀린다 해도 본인은 알지 못한다.

　무엇보다 진짜로 반했는데 죽는다는 건 난센스야. 반했다면 살아야 합니다.

　다자이의 유서는 횡설수설이다. 엉망진창으로 취해 있었던 듯하다. 13일에 죽어야겠다는 것은, 어쩌면 은밀하게 생각하고 있었을지도 모른다. 어쨌든 인간실격, 굿바이, 그리고 자살, 뭐 알게 모르게 대충은 생각하고 있었던 것이리라. 은밀하게 생각하고는 있었다 할지라도 반드시 죽지 않으면 안 되는 것은 아니다. 반드시 죽어야

한다, 그런 절체절명의 사상이나 절체절명의 장면은 실재하는 것이 아니다.

그의 숙취적 쇠약이 내적인 계획을 점점 피할 길 없는 것으로 만든 것이리라.

하지만 스타코라 삿짱이 싫다고 했다면 실현했을 리 없다. 다자이가 엉망진창으로 취해서 말을 꺼냈고, 삿짱이 그것을 결정적인 것으로 만들었던 것이리라.

삿짱도 술을 많이 마시기는 하지만 그 유서는, 존경하는 선생님과 함께 갈 수 있다는 것은 과분한 행복입니다, 라는 식으로 정연한 것이어서 조금도 취한 흔적이 없다. 하지만 다자이의 유서는 서체도 문장도 엉망이어서 정신을 차릴 수 없을 만큼 크게 취했던 것이 틀림없으며, 이것이 자살이 아니었다면, 아이고, 어젯밤에 그런 일이 있었나, 하며 숙취의 수치, 울화가 있었을 테지만 자살을 해서 이튿날 아침에 눈을 뜰 수 없었기에 그렇게 하지 못한 것이다.

다자이의 유서는 너무 엉망이다. 죽음에 가까웠을 무렵의 다자이의 글이 숙취적이었다 할지라도 어쨌든 현세를 상대로 M·C였다는 사실은 분명하다. 물론 「여시아문」의 마지막회(4회였던가)는, 심했다. 여기에도 M·C는 거의 없다. 어떤 것은 넋두리다. 이러한 것을 씀으로 해서 그의 내적 수치와 울화는 더욱 심해졌고 그의 정신은 소모되어 홀로 괴로워하며 견디기 어려워졌을 것이라 생각한다. 그러나 그가 M·C가 될 수 없을 정도로 가까이에 있는 사람들로부터 갈채가 일어 그 어리석음을 알면서도, 지긋지긋하다고 생각하면서도 갈채를 보내는 사람들을 상대로 거기에 영합해간 것인 듯하다. 그런 점에서 그는 마지막까지 M·C이기는 했다. 그를 둘러싼 가장 좁은 서클을 상대로.

그의 유서에는 그 좁은 서클을 상대로 한 M·C조차 없다.

아이들이 범인이라 할지라도 너그럽게 봐달라고 되어 있다. 사모님에게는 당신이 싫어서 죽는 게 아닙니다, 라고 되어 있다. 이부세씨는 악인입니다, 라고도 되어 있다.

거기에 있는 것이라고는 한껏 취한 자의 소란뿐, M·C는 전혀 없다.

하지만 아이들이 범인이라도 너그럽게 봐달라는 것은 슬프다. 범인이 아닌 아이가 그는 얼마나 갖고 싶었던 것일까. 범인이라도 우리 아이들이 가엾은 것이다. 그것으로 족하지 않은가. 다자이는 그런 평범한 인간이다. 그의 소설은 그가 온전한 인간, 작고 선량하고 건전하고 가지런한 인간이라는 사실을 이해하고 읽어야만 하는 것이다.

그러나 아이를 그저 사랑해달라고는 말하지 않고 특히 범인이니, 라고 말한 점에 다자이의 일생을 꿰뚫고 있는 슬픔의 열쇠가 존재하는 것이리라. 즉, 그는 비범함에 사로잡힌 보기 드문 관종215)이기도 했다. 이 관종 자체가 통속적이고 상식적인 것인데 시가 나오야에 대한 「여시아문」의 넋두리 속에도 이러한 사실은 폭로되어 있다.

황족이 남의 일 같지 않아서 애독했다, 그걸로 충분하지 않은가, 라고 다자이는 시가 나오야에게 대들었는데, 평소 M·C로서 가지고

---

215) 표준어가 아닌 은어지만, 사카구치 안고의 글에는 이 단어가 알맞은 듯하여 이 단어로 번역해본다. 관심 끌기를 좋아하는 종자라는 뜻이다.

있던 뛰어난 기술을 잊으면 그는 통속 그 자체가 되었다. 그것으로 충분하다. 통속적이고 상식적이지 않다면 어떻게 소설을 쓸 수 있겠는가. 다자이가 평생 이 한 가지 사실을 깨닫지 못하고 묘한 갈채에 영합해서 숙취의 자학작용을 하고 있었다는 점이, 그의 커다란 성공을 가로막은 것이었다.

다시 말하겠다. 통속, 상식 그 자체가 아니고서는 뛰어난 문학은 쓸 수 없는 법이다. 다자이는 통속, 상식의 온전한 전형적 인간이었으면서, 끝내 그에 대한 자각을 갖지 못했다.

인간을 명확하게 정의한다는 것은 불가능한 일이다. 특히 심한 것은 어린아이라는 놈이다. 불쑥 태어나버린다.

신기하게도 내게는 아이가 없다. 불쑥 태어나려 한 적이 2번 있었으나 죽어서 태어나기도 하고 태어난 순간 죽기도 했다. 덕분에 나는 지금까지도 살아 있는 것이다.

전혀 무의식중에 이상하게 배가 부풀어 올라서 갑자기 낳을 마음이 생기기도 하고 부모가 된 듯한 마음이 들기도 하고, 그런 식으로 해서 인간이 태어나 자라니 어처구니가 없다.

인간은 결코 부모의 자식이 아니다. 그리스도와 마찬가지로 모두 외양간이나 변소 속이나 그런 데서 태어난 것이다.

부모가 없어도 아이는 자란다. 거짓말입니다.

부모가 있어도 아이는 자란다고. 부모라는 멍청한 놈이 인간이네 하며, 부모네 하며, 배가 부풀어 올라 갑자기 허둥지둥 부모인 양 되어버린 불량품들이 동물인지 인간인지도 모를 이상한 연민을 발휘해서 음지에 숨어 아이를 기르고 있다. 부모가 없으면 아이는 훨씬 더 훌륭하게 자랄 거야.

다자이라는 사내는 부모형제, 가정이라는 것에 상처를 받은, 기묘한 불량소년이었다.

태생이 어떻다는 둥, 같잖은 얘기만 해댔다. 강박관념이다. 그 결과 녀석은 정말로 화족의 자식, 천황의 자식이나 그런 것이었으면 좋겠다고 은밀하게 생각했고, 그런 한심한 몽상이 녀석의 은밀한 인생이었다.

다자이는 아버지네 형이네, 선배, 장로라고 하면 벌써 고분고분해졌다. 그렇기 때문에 그것을 해치우지 않으면 안 되었다. 분했던 것이다. 하지만 확 안겨서 울고 싶을 정도로 애정을 가지고 있었던 것이다. 이런 것은 불량소년의 전형적인 심리였다.

그는 마흔 살이 되어서도 여전히 불량소년으로, 불량청년도 불량노년도 되지 못했던 사내였다.

불량소년은 지고 싶지 않은 것이다. 어떻게 해서든 훌륭하게 보이고 싶다. 목을 매달아 죽어서라도 훌륭하게 보이고 싶다. 황족이나 천황의 아들이고 싶은 것처럼, 죽어서도 훌륭하게 보이고 싶다. 마흔이 되어서도 다자이의 은밀한 심리는 그것이 전부인 불량소년의 심리였고, 그 어리석은 짓을 정말로 저질러버렸으니, 터무니없는 녀석이다.

문학자의 죽음, 그런 것이 아니다. 마흔이 되어서도 불량소년이었던, 기묘한 불량품이 정신없이 혼란스러워져서 마침내 저질러버린 것이다.

정말 웃기는 녀석이다. 선배를 방문한다며 선배라 칭하고 정장으로 찾아간다. 불량소년의 의리인 것이다. 예의바르다. 그리고 천황의 자식처럼 일본에서 가장 예의바르다고 생각하고 있다.

아쿠타가와는 다자이보다 훨씬 더 어른스러운 듯한, 영리한 듯한 얼굴을 했으며, 또 수재에 얌전하고 순수한 듯했지만 사실은 똑같은 불량소년이었다. 이중인격으로, 또 하나의 인격은 품속에 단도를 품고 축제나 그런 데를 찾아 어슬렁거리며 아가씨를 협박, 꼬드기고 있었던 것이다.

문학자, 더 심한 것은 철학자, 웃기지 마. 철학. 뭐가 철학이란 말이야. 아무것도 없잖아. 사색이라고 대드네.

헤겔, 니시다 기타로, 뭐야, 어이가 없어서. 육십이 되어도 인간은 불량소년, 그뿐이잖아. 어른인 척하지 마. 명상이라고 대드네.

뭘 명상하고 있었는데? 불량소년의 명상과 철학자의 명상이 뭐가 다른데? 에둘러서 말하고 있을 뿐, 어른 쪽에 더 한심한 테마가 걸려 있잖아.

아쿠타가와도 다자이도 불량소년의 자살이었다.

불량소년 중에서도 특히 겁쟁이, 울보 꼬맹이들이었던 것이다. 완력으로는 이길 수 없다. 논리로도 이길 수 없다. 그래서 무엇인가 증거를 꺼내, 그 권위에 의지해서 자기주장을 한 것이다. 아쿠타가와도 다자이도 그리스도를 증거로 내밀었다. 겁쟁이 울보 꼬맹이인 불량소년의 수법이다.

도스토예프스키쯤 되면 불량소년이어도 골목대장의 완력이 있었다. 녀석 정도의 완력이 있으면 그리스도네 뭐네 하는 증거를 내밀지는 않는다. 자신이 그리스도가 된다. 그리스도를 만들어내 버린다. 정말로 끝끝내 만들어버렸다. 알료샤라고, 죽음 직전에 간신히 만들어냈다. 그 전까지는 지리멸렬이었다. 불량소년은 지리멸렬이다.

죽음이네, 자살이네 하찮은 것이다. 졌기에 죽는 것이다. 이기면 죽지 않는다. 죽음의 승리, 그런 바보 같은 논리를 믿는 것은 신의 손을 믿는 것보다 더 바보스러운 일이다.

인간은 사는 것이 전부다. 죽으면 사라진다. 명성이네, 예술은 길다, 한심하다. 나는 유령은 싫어. 죽어도 살아 있다니, 그런 유령은 싫어.

사는 것만이 중요하다는 사실. 겨우 이 정도의 사실을 알지 못한다. 사실은 아느냐 모르느냐의 문제가 아니다. 사느냐, 죽느냐, 두 가지밖에 없다. 더구나 죽는 것은 그저 사라지는 것일 뿐, 아무것도 없지 않은가. 살아보이고, 끝까지 해보이고, 끝까지 싸워보이지 않으면 안 된다. 언제나 죽을 수 있다. 그런 한심한 짓은 하지 마. 언제라도 할 수 있는 일 따위, 하는 게 아니야.

죽을 때는 그저 무로 돌아갈 뿐이라는, 이 소박한 인간의 참된 의무에 충실하지 않으면 안 된다. 나는 이를 인간의 의무라 보고 있다. 살아 있는 것만이 인간이고 나머지는 그저 백골, 아니 무다. 그리고 오로지 사는 것만을 아는 데서 정의와 진실이 태어난다. 생과 사를 논하는 종교네 철학 따위에는 정의도 진리도 존재하지 않는다. 그것은 장난감이다.

하지만 살아 있으면 피곤해진다. 이렇게 말하고 있는 나도 때로는 무로 돌아가고 싶다고 생각하는 적이 있습니다요. 끝까지 싸우겠다, 말은 쉽지만 지친다. 하지만 마음은 정했다. 무슨 일이 있어도 살아 있는 시간을 살아낼 것이다. 그리고 싸우겠다. 결코 지지 않겠다. 지지 않겠다는 것은 싸우겠다는 말입니다요. 그것 이외에 승부 따위 존재하지 않는다. 싸우고 있으면 지지 않는 법입니다요. 결코 이길 수 없습니다. 인간은 결코 이길 수 없습니다. 단지 지지 않는 것일 뿐이다.

이겨야겠다고 생각해서는 안 된다. 이길 리가 없지 않은가. 누구에게, 어떤 자에게 이길 생각이란 말인가.

시간이라는 것을 무한하다고 봐서는 안 된다. 그런 과장스러운, 어린아이의 꿈 같은 일을 진지하게 생각해서는 안 된다. 시간이라는 것은 자신이 태어나서 죽을 때까지의 사이입니다.

너무 과장스러웠던 것이다. 한도. 학문이란 한도의 발견에 있는 거야. 과장스러운 것은 어린아이의 몽상이지 학문이 아닙니다.

원자폭탄을 발견하는 것은 학문이 아닙니다. 어린아이의 놀이입니다. 그것을 컨트롤해서 적절하게 이용하고, 전쟁 같은 거 하지 말고 평화로운 질서를 생각하고, 그런 한도를 발견하는 것이 학문입니다.

자살은 학문이 아니야. 어린아이의 놀이입니다. 처음부터 우선 한도를 알 필요가 있는 것이다.

나는 이 전쟁 덕분에 원자폭탄은 학문이 아니다, 어린아이의 놀이는 학문이 아니다, 전쟁도 학문이 아니다, 라는 사실을 배웠다. 과장스러운 것을 과대평가했던 것이다.

학문은 한도의 발견이다. 나는 그것을 위해서 싸우겠다.

생명의 과실

다나카 히데미쓰

1948년 초여름. 아직 무사시노(武藏野)의 분위기가 남아 있는, 미타카마치 젠린지(禪林寺)의 하늘은 밝게 빛나고 있었다. 시게미치(重道)는 좁다란 묘지의 길을, 사모님의 호의로 들게 된 하얀 단지 안에서 작가 쓰시마 씨의 뼈가 달그락달그락 거리는 소리를 가슴 미어지는 기분으로 들으며 오로지 앞을 향해 똑바로 나가고 있었다.

수많은 묘비를 둘러싸고 적송 줄기가 나무껍질을 그대로 드러낸 채 따뜻하게 빛나고 있었다. 시게미치는 그 참혹한 자연의 아름다움 속에서 갑자기 쓰시마 씨의 여러 가지 말씀이 귀속으로 울려 퍼지는 것을 느꼈다. "자연은, 내게 동전 한 닢 주지 않았다.", "문학에서는, 현대의 인간을 그리는 것이 가장 커다란 문제일세. 자연 묘사 따위, 문제가 아니야."

그러나 사실 쓰시마 씨만큼, 인간의 고뇌와 대립하는 자연의 아름다움에 마음을 빼앗긴 작가도 드물 것이다. 시게미치는 쓰시마 씨의 「황금풍경(黃金風景)」, 「만원(滿願)」에서부터, 「후지 백경(富嶽百景)」, 「도쿄 팔경(東京八景)」에 이르기까지의 여러 작품들이 생생하게 눈앞에 떠올랐다. "어쨌든 살아 있다는 것은, 서로에게 그리운 일일세.", "인간, 누구나, 언젠가는 죽네."

시게미치는 문득, 자신의 문학 공부에 있어서 쓰시마 씨는 전부였지만, 쓰시마 씨에게 있어서 자신은 가장 한심한 제자에 지나지 않았다는 생각이 들었다.

쓰시마 씨의 묘지는 메이지 시대의 문호로 이름이 높은 오가이, 즉 모리 린타로[216])의 훌륭한 비석과 비스듬히 마주보는 곳에 자리하고 있었다. 무덤을 파는 인부들은 그야말로 자연스럽게, 사무적으로 서둘러서 쓰시마 씨의 새로운 비석 앞에서 삽으로 깊은 구멍을 파내어 그 주위에 두툼하게 붉은 흙을 쌓아올리고 있었다.

뼈가 든 단지는 사모님의 손으로 건네졌으며, 그 다음 우두머리 인부의 거친 손으로 넘어갔고, 흰 천에 둘러싸인 하얀 도자기가 모습을 드러내더니, 그것이 거침없이 우두머리 인부의 무릎 꿇은 손끝에서 1m 정도 깊이의 흙구덩이 속으로 들어갔다. 순간 시게미치는 뒤쪽에서 들려오는 이상한 울음소리를 들었다. 시게미치는 10분쯤 전부터, 이 조그맣고 수수하고 현명한 사모님에게는 언제나 신세만 져왔으며 폐만 끼쳐왔다고 생각하고 있었기 때문에 역시, 바로 그 순간에 쓰시마 씨와의 결별을 분명하게 의식하신 것임에 틀림없는 부인의 기분이, 가슴을 찌르는 듯한 아픔으로 다가왔다.

하지만 시게미치는 조금 전까지 그의 손 안에서 달그락달그락,

---

216) 森林太郞. 모리 오가이의 본명.

사랑스러운 소리를 내고 있던 조그만 뼈단지 속에 쓰시마 씨의 영혼까지 담겨 있는 것이라고는 생각지 않았기 때문에 사모님과 친척들, 각 선배들이 차례차례로 구멍을 메우고 향을 바치는 뒷모습을 멍한 표정으로 바라보고 있었다. 시게미치는 그런 자신을 인정하지 않는, 어떤 의미에서는 무리를 이뤄 쓰시마 씨를 배척한 듯한 느낌이 있는 선배들에게, 평소에는 증오와 조매(嘲罵)를 남몰래 품고 있었지만 그날은 이상하게 모두가 정겹고, 한 사람 한 사람 모두에게 남아 있는 쓰시마 씨에 대한 이미지가 새록새록 떠오르는 것이었다.

시게미치가 쓰시마 씨에 대한 이야기를 처음으로 들은 것은 1934년 늦가을 무렵. 좌익에서 이탈한 그의 친구들이 서로 모여서 『비망(非望)』이라는 동인지를 시작했을 무렵이었다. 동인 중에는 쓰시마 씨의 고향인 히로사키 사람이 둘 있었다. 한 사람은 가나기마치의 선생님 댁 앞에 사는 치과의사의 장남으로 나루미 군(鳴海軍)이라고 했다. 또 다른 한 사람은 그의 사촌형이자 작가 형제로 이름 높은 곤 도코(今東光) 씨 형제의 처남인 히로사키 출신 사가와(佐川)였다.

두 사람 모두 시게미치보다 두어 살 많은 25, 6세의 청년으로 그랬기 때문에 쓰시마 씨와는 두어 살 차이밖에 나지 않았지만 그들은 시게미치보다 훨씬 전부터 쓰시마 씨를 인정하고 있었고, 고향이 낳은 젊은 천재라며 굉장히 경애하고 있었다. 게다가 나루미는 소년 시절부터 쓰시마 씨를 알고 있었으며 수험공부를 봐주기도 했다는 것조차 자랑으로 여겼는데, 시게미치는 그런 모든 것들에서 쓰시마 씨에 대한 질투밖에는 아무것도 느낄 수가 없었다.

그 무렵 시게미치는 좌익운동 사람들에게서 감정적 증오를 느껴 운동에서 이탈했지만, 공산주의 이론을 부정할 수 있을 만큼의 다른 이론이 없어서 마음속으로는 어디까지나 그 주의를 믿고 있었기 때문에 당시 이부세(伊伏) 씨에게 사사, 얼마간 이부세 씨 풍의 소설을 쓰고 있던 쓰시마 씨를 조금은 경멸하고 있었다.

그리고 1935년의 이른 봄, 고학생과 다를 바 없이 단돈 한 푼의 여윳돈도 없었던 시게미치는, 그것을 유일한 낙으로 삼고 있던 고히나타다이(小日向台)에 있는 사가와의 아파트로 가기 위해 학교를 빼먹고 고이시카와(小石川) 공원을 걷고 있었다. 새로 돋은 잎들이 싱그러웠고 폭포소리가 들려왔다.

취직과 전쟁에 대한 막연한 불안이 끊임없이 시게미치의 마음 깊은 곳에서 소용돌이치고 있었지만, 그래도 시게미치는 자신의 문학적 재능에 굉장히 낙관적인 공상을 품고 있었기 때문에 그것을 생각하면 걷는 중에도 얼굴이 상기될 정도로 기쁘기 그지없었다.

잠시 후, 창문 앞 커다란 모밀잣밤나무의 어린잎에게 '빛이 있으라.' 며 시게미치 들이 말을 할 때마다 가사이 젠조[217]를 떠오르게 하는, 따듯한 사가와의 다다미방에 시게미치는 사가와, 나루미 들서너 명과 각자의 모습으로 앉아 있었다. 일동의 한가운데에는 그달의 『문예(文芸)』가 놓여 있었는데 그 서두에 쓰시마 씨의 「역행

---

217) 葛西善藏(1887~1928). 다자이 오사무와 같은 아오모리 현 출신의 소설가. 다이쇼 시대 자연주의적 사소설의 대표자.

(逆行)」이라는, 소품을 모아 놓은 단편이 실려 있었다.

나루미 들은 깊은 감명을 받은 듯 '이로써 쓰시마 씨도 완전히 문단에 등장한 것과 진배없어.'라고 말하며 시게미치에게도 읽어보라고 권했다. 시게미치는 질투심이 일어 흥미 없다는 듯 그것을 듬성듬성 읽어 나갔다. 그런데 아쿠타가와를 떠올릴 만큼 소설이 뛰어나고, 이부세 씨와는 또 다른 새로운 감각을 가진 작가라는 생각이 들어 시게미치는 한방 얻어맞은 듯한 기분이었다.

하지만 시게미치는 자신의 분수도 모른 채, 쓰시마 씨의 당시의 생활에 대해서는 아무것도 모른 채, 그저 '사회성이 없어.'라고 같잖은 비평을 한 뒤 더는 관심을 두려 하지 않았다.

그해 3월, 시게미치는 W대학을 졸업하고 쓰루미(鶴見) 고무회사라는 곳에 간신히 취직했다. 하지만 시게미치는 그 재벌계에 아는 사람이 없었고, 어쨌든 올림픽 선수로서 몸도 좋았기 때문에 곧 경성(京城) 지점의 외교원으로 가라는 명령을 받았다. 거기에는 물론 유배를 떠나는 자가 느낄 법한 쓸쓸함이 묻어 있었다. 그러나 시게미치는 지금까지와는 다른 세계에 갈 수 있다는 사실이 흥미로웠으며, 또 외지(外地) 수당으로 급여가 5할 늘어난다는 것이 그의 마음을 결정적으로 흔들었기에 그는 동인잡지에 관한 일은 사가와 들에게 부탁하고 현해탄을 건넜다.

그러나 무슨 일에 있어서나 관료 정치가 숨 막힐 정도로 관여하고 있는 이 식민지 수도의 하급 외교원 생활 속에서는 달리 기분을 전환할 만한 것이 없었기에 시게미치는 평소의 회사 근무에 염증을 느껴,

그저 밤이면 싸구려 방탕과 문학에 정신없이 빠져들었다.

그러던 그해 가을, 경성 안의 온돌이 일제히 그 연기로 잿빛 경성 하늘을 물들여 가고 있던 저녁, 시게미치가 더할 나위 없이 고독한 기분으로 산파를 겸하고 있는 여주인이 경영하는 '아오야마료(青山寮)'라는 하숙집으로 돌아와 퍼석퍼석한 조선 쌀로 만든 야식을 먹고 방으로 돌아와 보니 책상도 아무것도 없는 휑댕그렁한 방의 입구에 붓으로 쓴 엽서 한 장이 떨어져 있었다.

보낸 사람은 지바 현 후나바시마치(船橋町)에 살고 있는 쓰시마 씨였다. 이야말로 '바람결에 실려 온 소식'만큼 반가운 것이었다. 필체는 부드럽고 분방한 작은 글씨로, 대략 다음과 같은 내용이 적혀 있었다.

'자네의 소설을 읽고 운 사내가 있네. 전례 없던 일일세. 자네의 지저분한 대나무 숲 속에는, 가구야히메218)가 하나 살고 있네. 자중하기 바라네. 나는, 지금, 유배지에서 달을 보고 있네. 자네, 그 수염을 깎아버리게나.'

이런 엽서를 시게미치에게 보낸 것은, 쓰시마 씨에게는 인생의 수많은 짐 중 하나가 되었을 것이다. 왜냐하면 시게미치는 그로부터 14년 정도 계속 쓰시마 씨만을 의지해서 문학을 해왔기 때문이다. 쓰시마 씨는 죽기 직전에도 시게미치에게 다음과 같이 충고했다.

---

218) カグヤ姫, 대나무 속에서 태어나 늙은 부부의 손에 의해 성장. 3개월 만에 아름다운 아가씨로 자라나 귀공자들의 구애를 받지만 온갖 어려운 문제를 내서 그들을 물리치고 임금의 청혼도 거절, 8월 15일 밤에 달에서 온 사자를 따라 승천했다는 아가씨의 이야기.

"자네는 아직 자신의 광맥을 캐내고 있지 못하네."

"자네는, 재료는 좋은데 그걸 제대로 사용하지 못하고 있어."

쓰시마 씨가 자살하기 직전에는 이 불초의 제자 시게미치의, 시간이 흘러도 좋아질 조짐이 보이지 않는 비천함, 서투름에 넌덜머리가 났을 것이라 생각된다. 하지만 시게미치는 어리석기 때문에 10년을 하루 같이 자신의 재능 속에는 가구야히메가 하나 있다고 끊임없이 믿어 왔으며, 또 앞으로도 그 한 편의 '바람결에 실려 온 소식'에 의지하여 문학을 계속해 나가야겠다고 생각하고 있었다.

당시 시게미치는 이미 쓰시마 씨의 「다스 게마이네(ダス ゲマイ ネ)」를 읽은 후였는데, 그때는 분명하게 압도당해 버렸다. 그 소설의 정묘함과 성실함의 자기통일 속에는 새로운 시대의 아들이 아니고는 그려낼 수 없는 그 세대 청년의 고뇌가 잘 나타나 있다고 생각했다.

그 이튿날, 아직도 고히나타 하우스에서 살고 있던 나루미 들 동인 세 명의 두툼한 편지가 왔는데, 그들이 함께 후나바시에 있는 쓰시마 씨 댁에 놀러 갔다가 쓰시마 씨로부터 상냥하게 『비망』에 실은 시게미치의 소설 「하늘에 부는 바람」에 대한 칭찬을 들었다는 내용이 적혀 있었다.

시게미치는 기쁨에 겨워 곧 쓰시마 씨에게 장문의 부끄러운 편지를 써서 보냈다. 그러자 이번에는 쓰시마 씨로부터 두루마리에 마른 붓으로 쓴 답장이 왔다. 시게미치의 소설이라면 어떤 잡지사에도 추천할 수 있다, 긴 소설이라면 자신이 관계하고 있는 『일본낭만파 (日本浪曼派)』에 연재할 수도 있다, 는 마음 든든한 내용의 편지였다. 그리고 그 편지에는 명함 크기만 한 쓰시마 씨의 사진이 동봉되어 있었다.

어딘지는 모르겠지만 신사의 너구리 석상 앞에서 찍은 것이었다. 쓰시마 씨가 야윈 턱을 비스듬하게 들어 희미하게 미소 짓고 있는 사진이었다. 시게미치도 바로 올림픽 선수 시절에 찍은 자신의 사진을 보냈다.

그 당시, 쓰시마 씨의 이 엽서와 사진은 시게미치가 늘 몸에 지니고 다니는 마스코트가 되었다. 그는 업무를 위해 돌아다닐 때부터 밤에 잠들 때까지 이 엽서와 사진을 가지고 다니며 외로울 때면 이것을 꺼내 몇 번이고 둘러보았다. 그 무렵 회사 상사의 젊고 아름다운 부인 중 시게미치에게 호의를 품고 있던 사람이 있었다. 시게미치는 그 부인에게 자랑하고 싶어서 한번은 몰래 쓰시마 씨의 엽서와 사진을 보여주었다. 그랬더니 한마디 "어머, 미친 사람 같아."

그 뒤부터 시게미치는 그 부인이 싫어졌다. 그 부인은 머지않아 폐병으로 숨을 거뒀다.

얼마 지나지 않아 시게미치에게는 새로운 애인이 생겼는데 회사의 타이피스트였다. 회사를 마치고 그녀와 이토 히로부미(伊藤博文)를 모신 하쿠분지219)의 물이 말라버린 계곡을 걸으며 시게미치는 쓰시마 씨로부터 온 편지를 읽어 주었다. 그것은 쓰시마 씨의 처녀 작품집 『만년』의 상재(上梓)를 알리는 내용이었다. '저, 요즘,

---

219) 博文寺, 지금의 신라호텔 자리에 있었다.

점점 몸이 나빠져' 시게미치는 그 두루마리에 적힌 마른 붓글씨가 아직도 눈에 선했다. 그 타이피스트는 문학소녀였는데 아직 쓰시마 씨의 이름도 몰랐으며, 시게미치에게 틀림없이 당신이 더 훌륭한 사람이 될 거예요, 라고 말해서 시게미치를 분개하게 만들었다.

시게미치는 그 뒤부터 「독락(独樂)」이라는 장편소설을 쓰기 시작했다. 1936년 봄, 술에 취해 일본에서 온 열 명 정도의 노점상들과 난투, 단도에 왼쪽 팔을 찔렸는데 거기로 단독균(丹毒菌)이 침투했기에 장기 입원생활을 하고 있던 중의 일이었다.

입원해 있는 동안, 또 좋아하는 소녀가 생겼다. 광견병에 걸려 입원한 소년의 누나였다. 시게미치는 이전의 싸움 때문에 도쿄에 계신 어머니로부터 빨리 결혼하라는 독촉을 받았으며, 몇 장인가 중매를 위한 사진도 받았다. 하지만 그는 결혼을 제비뽑기처럼 덧없는 것이라 생각했기에, 이왕 결혼을 할 바에는 아버지를 일찍 여의고 어머니 혼자서 하숙을 치고 있는 소년의 누나와 결혼해야겠다고 생각했다.

그리고 결혼비용을 마련할 생각으로 퇴원 후에도 「독락」을 계속 써서 결국 500매짜리 장편을 완성, 쓰시마 씨에게 보냈다. 거기에 결혼할 예정이라는 내용도 덧붙였다. 그러자 쓰시마 씨로부터 그 작품은 『일본낭만파』에 연재하겠다는 내용과, 다음과 같이 시게미치의 결혼을 축하하는 글이 함께 날아들었다. 첫 번째 장은 붉고 네모난 색종이로 '우리 음전한 신랑의 마음'이라고 가로로 써 있었으며 '호박꽃, 수세미꽃, 잊을 수 없네'라는 『만년』 속의 한 구절이.

다음 장은 은색의 네모난 색종이로 '혼자서 반딧불 오너라 오너라, 모래밭'이라고 적혀 있었다. 시게미치의 아내는 '수세미꽃, 호박꽃'으로 묘한 얼굴을 하고 있었다. 그리고 그녀는 머지않아 조산 때문에 적십자 병원에 입원했다. 그에 따른 비용도 있었기에 고료가 필요해져 시게미치는 후나바시로 몇 번이고 전보를 쳐서 돈을 보내 달라고 부탁했다. 그러자 당시 쓰시마 씨와 동거하고 있던 어떤 여자로부터 매우 친절한 답장이 항공편으로 왔다.

'와카모토(わかもと)'의 편지지 3장에 글자가 빼곡하게 들어 차 있었다. '쓰시마는 병 때문에 입원했습니다. 하지만 당신의 원고는 소중하게 보관하고 있으니 퇴원 후 바로 발표될 것입니다. 쓰시마는 당신을 동생처럼 귀여워하고, 자랑스럽게 여기고 있으며, 때때로, 당신의 사진을 꺼내 가만히 바라봅니다.'

지금 생각해보면 그것은 지나치게 감상적인 젊은 여자의 편지였을지도 몰랐다. 하지만 시게미치에게 있어서 그 당시의 편지는 무엇보다도 커다란 위안이었다.

당시, 일본은 중국에 침략전쟁을 걸기 직전이었기에 특히 식민지인 경성에서는 군인들이 굉장한 위세를 부렸다. 시게미치는 징병 결과 제1보충병이 되어 그해 여름에 제1회 점호를 받았다.

총검술 방어용 도구를 찬 채로 구보를 하는 것은 그나마 나은 편이었고, 마지막으로 검열관은 시게미치 들에게 기합을 넣겠다며 진짜 최루가스를 뿌려댔다. 뭉게뭉게 피어오르는 노란 가스 속에서 이리저리 뒹굴며 괴로움을 맛본 시게미치는, 펜은 어차피 검을 이길 수 없다는 사실을 뼈저리게 느꼈다.

그로부터 약 1년, 쓰시마 씨는 「광대의 꽃(道化の華)」이라는 자신의 작품이 실린 『일본낭만파』 등을 보내 본보기로 삼으라고 했지만, 시게미치의 500매짜리 장편은 다른 동인들의 반대 때문에 결국 세상에 나오지 못했다.

그리고 1937년 여름, 중일전쟁이 발발함과 동시에 시게미치는 보충병으로 경성 용산부대에 소집되었다. 그는 자신만을 '내일조차 장담할 수 없는 가여운 목숨'이라고 생각하고 그런 말을 적어 쓰시마 씨에게 보냈다. 그러자 쓰시마 씨는 그런 시게미치에게 자신의 단행본을 넣은 위문품을 보내주었다.

그때까지 쓰시마 씨는 단 한 번도 시게미치의 어쭙잖은 소설을 비판한 적이 없었다. 앞으로도 계속해서 문학의 길을 걸어야겠다고 생각한 시게미치에게 있어서는 쓰시마 씨의 편지만이 언제나 빛이 되어 주었다.

1938년 겨울, 시게미치는 소집 해제 되었으며 3년 만에 도쿄 출장을 명령받았다. 당시 오기쿠보(荻窪)의 아파트에서 살고 있던 쓰시마 씨를 만날 수 있다는 사실만이 시게미치의 유일한 즐거움이었다. 그러나 얼마 되지 않는 출장 기간 중, 하룻밤 시간을 내서 오기쿠보의 아파트에 가 보았더니 쓰시마 씨의 방에는 전등이 환하게 켜져 있고 탐정소설류 등이 흩어져 있을 뿐 방의 주인은 대만에서 온 친구와 함께 외출, 텅 비어 있었다. 시게미치는 거기에 자신이 경성에서 가져온 이와나미(岩波) 문고 한 권만을 던져 놓은 채 공허한 기분으로 밖으로 나왔다. 그 문고판은 평생에 소설을 한 작품밖에 쓰지 않았으면서도, 예술가가 된다는 것에 절망을 느낀 청년의 이야기가 적힌 것이었다.

시게미치는 그 걸음에 큰길로 나가 엔타쿠를 잡아타고 오쓰카(大塚)의 유곽지로 갔다. 곤드레만드레 술에 취해서 고로(五郎)라는 열아홉 살짜리 유녀와 잤다. 한밤중, 대변을 보러 갈 때 고로가 핸드백에서 종이를 꺼내 주었는데 그것은 고로가 받은 굉장히 치졸한 러브레터였다. 시게미치는 그 편지를 변소 안에서 읽고 조금 울었다.

이튿날 시게미치는 세타가야(世田谷)의 집에서 원인 모를 고열에 시달려 몸져누웠는데 자꾸만 쓰시마 씨의 이름을 부르며 헛소리를 했다. 그랬기에 당시 60 몇 세였던 시게미치의 노모가 시게미치 몰래 쓰시마 씨의 하숙으로 쳐들어갔다. 다행스럽게도 쓰시마 씨는 집에 없었고, 노모는 아파트 여주인에게 '아들에게 문학 나부랭이를 권해서.'라며 쓰시마 씨의 욕을 한껏 퍼주어주고 왔다.

그런 줄도 모르고 시게미치는 병이 낫자마자 바로 경성으로 돌아갔다. 그 후로도 쓰시마 씨와의 서신 왕래는 계속되었다. 그 무렵 시게미치가 회사에서 맡은 일은, 타이어 협회의 검사원이라는 비교적 한산한 것이었다. 자유경쟁시대에는 자동차 타이어 3사가 연합하여 협회를 만들어, 거기로 조기에 사용할 수 없게 된 타이어를 트럭회사 등이 가져오면 그것을 검사하여 만약 제품 불량이 원인인 경우에는 싸게 신품 타이어로 교체를 해주는 제도가 있었다.

그런데 전쟁이 치열해져가면서 물자가 부족해지자 제조회사가 고 자세를 취하게 되었다. 예전에는 타이어의 경화도 부족 등의 이유로 트레드레퍼레이션이 일어난 타이어는 사죄를 하며 신제품으로 교환해 주었지만 그 무렵에는 모든 문제를 사용자 측이 바람을 덜 넣은 탓이라는 구실을 붙여 가져온 파손 타이어를 대부분 그대로 돌려보냈다.

따라서 업자들도 점차 그런 사실을 깨닫게 되었기 때문에 그 무렵부터 손상된 타이어를 협회로 들고 오는 수요자도 눈에 띄게 줄어, 시게미치는 하루 종일 볕이 밝게 쏟아져 드는 협회의 한 방에서 그저 자신의 올림픽 선수 시절의 추억을 소설로 적을 수 있었다. 그런데 그것을, 샌프란시스코를 코앞에 둔 부분까지 써 내려갔을 때 시게미치에게 다시 소집령이 떨어졌다.

당시 쓰시마 씨는 고후(甲府) 교외에 있는 바자카토우게(馬坂峠)에서 병후의 몸을 요양하면서 조금씩 좋은 작품을 쓰고 있는 듯했다. 거기에도 시게미치가 산서성 황하 강변에서 쓴 한심한 편지가 때때로 가 닿았는데 쓰시마 씨는 반드시 답장을 썼으며, 또 『여학생(女生徒)』이네 뭐네, 책이 들어간 위문품을 보내 주었다. 앞길을 한 치도 내다볼 수 없는 가난한 병사인 시게미치에게는 그것이 출정 중의 유일한 기쁨이었다.

시게미치는 무거운 군장을 짊어진 채 전등도 없는 마을들의, 비가 내리면 강이 되어버리고 마는 흙탕길을 걸어가며, 언젠가 귀환하여 소설을 계속 쓰고 쓰시마 씨와도 만날 날이 올 것이라고 막연하게나마 믿고 있었다. 그것은 시게미치의 사상적인 신앙이라고 하기보다는, 단지 그의 젊음에서 오는 생활력과도 같은 것이었다.

얼마 지나지 않아 시게미치는 야전 중에 악질적인 병에 걸려 후퇴하여, 임진(臨晉)에 있는 야전병원에 입원했다. 그 병원에는 환자가 수십 명이나 있었는데 하루에 한 번 주사를 맞는 것 외에는 규율도 아무것도 없었기 때문에 시게미치는 거기서도 심야에 채종유(菜種油)로 불을 밝혀 놓고 재미없는 전쟁소설을 몇 편이나 써서 쓰시마 씨에게 보내 발표할 곳을 알아봐 달라고 부탁했다. 그 당시의 일은 쓰시마 씨가 명작 「갈매기(鷗)」 속에서 이야기한 바 있다.

시게미치는 일본의 어줍잖은 전쟁작가의 눈으로 자신의 체험을 왜곡시켜서 하찮은 작품들만 써대고 있었다. 하지만 쓰시마 씨는 그런 시게미치의 작품도 애써 곳곳의 잡지사로 들고 갔으며 드디어 그중의 한 작품인 「흑두루미(なべ鶴)」가 1939년 봄에 『어린풀(若草)』이라는 잡지에 실렸다. 이에 시게미치는 매우 기뻐하며 '만세입니다.' 라는 둥의 순진하고 한심한 감사의 편지를 쓰시마 씨에게 보냈다. 하지만 당시의 쓰시마 씨는 벙어리 새 '갈매기', '기다림'이라는 두 가지만을 염두에 두고 음울한 시대의 물결을 낮게 날고 있었다.

그런데 시게미치는 전장에서, 그 무렵 쓰시마 씨가 고후에서 평범하고 조용한 중매결혼을 하여 도쿄 시모미타카마치의 한 구석으로 이사를 갔다는 소식을 받았다. 그리고 1940년의 정월, 시게미치는 소집이 해제되어 경성으로 돌아왔으며, 회사의 호의로 다시 일주일 동안의 도쿄 출장을 명령받았다. 시게미치는 그 동안 앞서 말했던 올림픽 소설을 전부 탈고했다.

그랬기 때문에 이번에는 자신의 상경을 미리 쓰시마 씨에게 항공우편으로 알렸고, 만날 날짜와 시간에서부터 집의 지도까지가 자세하게 적힌 답장을 받았다. 돌아보니 온돌을 덥히는 연기로 하늘이 어두운 하숙방에 쓰시마 씨로부터의 빛과도 같은 소식이 날아든 지도 벌써 만 7년이 지나 있었다.

그런 이유로 자신의 처녀 장편소설을 들고 그해 이른 봄, 기치조지역에 내려섰을 때 시게미치의 가슴에는 감격이 북받쳐 올랐다. 시게미치는 우선 멋을 부리고 가고 싶었기에 역 앞에 있는 이발소로 들어가 수염을 깎고 머리를 손질했다. 그리고 시간도 점심을 먹을 때였기 때문에, 시게미치는 처음 찾아가면서 밥을 얻어먹기도 미안하다는 생각이 들어 역시 역 앞의 생선초밥집에서 생선초밥을 3인분 사가지고 갔다.

지도를 가지고 있기는 했지만 쓰시마 씨의 집은 공원 뒤편의 복잡하게 뒤얽힌 골목 안쪽의 단층짜리 조그만 집이었기 때문에 꽤 찾기가 어려웠다. 하지만 더듬더듬 찾아가서 어린 백일홍이 왼쪽 편에 꽃을 피운 줄기 뒤편으로 쓰시마 씨의 조용하고 청결한 집을 발견해냈을 때는 설렘으로 가슴이 벅차올랐다. 당시 벌써 32세였던 쓰시마씨는 27세 때 찍은 그 사진보다 훨씬 더 건강하게 살이 올랐으며 피부가 뽀얘 귀족적인 미모를 자랑하고 있었다.

시게미치는 그런 쓰시마 씨 앞에서 굉장히 수줍어했다. '저는 회사의 한 중역으로부터 사랑을 받고 있습니다.'는 등의 아둔한 말을 아무렇지도 않게 해서 쓰시마 씨로부터 '자네는 어딜 가나, 쓰시마로

305

부터 사랑을 받고 있습니다, 라고 아무렇지도 않게 얘기하지?' 라며 야단을 맞았다. 그 무렵 쓰시마 씨는 언어에 매우 민감했었다.

이건 나중의 일이지만 시게미치는 회사 친구와 함께 요코하마(横浜)의 이소고(磯子)라는 유곽지로 놀러 갔다가 한밤중에 '성가시게 군다.' 며 화가 나 비녀를 뽑아 든 젊은 게이샤에게 쫓겨난 적이 있었다. 그 이야기를 역시 오랜만에 만난 나루미와 함께 쓰시마 씨 앞에서 했더니 쓰시마 씨는 '여자의 비녀' 라는 한마디만 듣고도 '이제 무슨 얘긴지 알았네. 그런 불결한 얘기는 그만두게.' 라며 화를 낸 적도 있었다.

그랬기 때문에 시게미치의 그 처녀 장편소설에 갈보집과 같은 노골적인 말이 나오면 얼굴을 찌푸리며 그것들도 정정하라고 말했다. 하지만 쓰시마 씨는 후배인 시게미치에게 언제나 다정하고 친절했다. 그것은 그 무렵까지도 쓰시마 씨가 문단의 선배들로부터 '재능은 있지만 덕이 부족하다.' 는 등의 신경적인 박해를 받아왔기 때문일 것이다. 쓰시마 씨는 그 후에도 시게미치의 어떤 하찮은 작품이라도 전부 칭찬을 해주었다. 시게미치 같은 둔재라 할지라도, 자신이 문단의 선배들로부터 받았던 것과 같은 악의적인 행동으로 그 재능의 싹을 잘라버리고 싶지는 않다는 마음을 언제나 갖고 있었던 것이다.

이에 시게미치는 그저 흠칫흠칫, 수줍어하기만 했다. 가지고 간 생선초밥을 쓰시마 씨에게 드시지 않으시겠습니까 하며 권했더니 '선배 집을 처음 방문하면서 그런 걸 들고 오는 녀석이 어디 있어?' 라며 웃기에, 혼자 마루로 나가 처음 만난 부인에게 젓가락과 간장을 가져다 달래서 밥풀을 흘려 가며 목이 메도록 입에 생선초밥을 밀어 넣었다. 그런 시게미치의 모습을 쓰시마 씨는 씁쓸한 표정으로 바라보았는데 쓰시마 씨도 전에는 '갈퀴', 후에는 '게의 손'이라 자칭하던 희고 가늘고 우아한 손으로 끊임없이 아사히(朝日)라는 담배를 피워대 재떨이 속은 삽시간에 몇 번 피우다 만 담배들이 빼곡히 서 있게 되었다.

쓰시마 씨도 얼마간 수줍은가 보다, 라는 생각이 들어 시게미치는 안도감을 느꼈다. 그 볕이 잘 드는 유리창을 통해서 본 이른 봄의 무사시노는 황량하여 북중국의 전쟁터와 매우 흡사했다. 이에 쓰시마 씨가 간략한 인사대신 '전장의 인상'에 대해 물었을 때는 그저 그 풍경에 관한 것밖에는 대답을 하지 못했다. 쓰시마 씨는 그것이 굉장히 마음에 든 모양이었다.

시게미치가 그때 가지고 간 처녀 장편소설의 제목은 「살구(杏の 実)」라는 유치한 것. 쓰시마 씨는 웃으며 '그건 좋지 않아.'라고 말하고 나카지마 고토(中島孤島)가 번역한 『그리스 신화』를 나무 상자에서 꺼내 와서는 시게미치와 함께 마루에 앉아 책을 파닥파닥 넘기더니 간단하게 「올림포스의 과실(オリンポスの果実)」이라는 제목을 골라주었다.

시게미치는 쓰시마 씨가 어째서 자기 같은 사람을 다정하게 대하는 건지 잘 알 수가 없었다. 그는 육친과 이성, 혹은 동지 등과 같은 사람들의 애정에 완전히 염증을 느끼고 있었기에 그런 쓰시마 씨의 친절이 자신의 상처를 부드럽게 쓰다듬어 주는 봄바람처럼 느껴졌다. 그로부터 시게미치와 쓰시마 씨의 술을 주로 한 교제가 약 8년 동안 계속되었다.

시게미치는 그 「올림포스의 과실」을 쓰시마 씨가 말한 대로 두 번 고쳐 썼고, 쓰시마 씨가 그것을 『문학계(文学界)』로 들고 갔지만 워낙 매수가 많았기 때문에 발표되기까지는 약 반년이 걸렸다.

그런데 그것이 발표되자 놀랄 정도의 반향이 있었고 쓰시마 씨도 그것을 자신의 일처럼 기뻐했다. 그리고 그해 말에 『문학계』 편집부의 고명한 비평가 K·T 씨로부터, 그 작품이 어떤 문학상220)을 받게 되었다는 전보를 받았다. 이에 시게미치는 굉장히 기뻐하며 그 사실을 쓰시마 씨에게 알리고 그날로 쓰시마 씨의 집으로 찾아갔더니 쓰시마 씨는 예스러운 일본옷의 정장을 차려 입고 근처에 살고 있던 『문학계』의 동인 K·K 씨와 함께 시게미치를 기다려주었다.

시게미치는 자기 작품을 발표하게 된 직접적인 계기가 K·T 씨와 K·K 씨의 호의에 의한 것이라는 사실을 잘 알고는 있었지만, 그래도 모든 것이 쓰시마 씨 덕분이라는 느낌만은 지울 수가 없었다. 깊어가던 가을의 어떤 날, 그는 쓰시마 씨와 K·K 씨와 함께 고탄다(五反田)의 시마즈야마(島津山)에 있던 K·T 씨의 웅장한 저택을 방문했다. 늦가을의 공기는 맑았으며, 커다란 저택이 늘어서 있는 마을의 거리는 한산했다.

쓰시마 씨는 자꾸만 장난을 치며 시게미치를 놀렸다. K·T 씨의

---

220) 이케타니 신사부로(池谷信三郎) 상.

저택을 찾지 못하고 있을 때, 그 부근에 스웨덴 공사관이 있었는데 그 문 앞에 제복을 입은 외국인이 서 있는 것을 보고 쓰시마 씨가 말했다.

"그래, 시게미치에게 길을 물어보라고 할까? 하지만 시게미치의 영어론, 좀."

이에 K·K 씨와 시게미치도 함께 웃었지만 시게미치는 K·K 씨의 웃음에서는 일종의 씁쓸함과도 같은 것을 느꼈다. 쓰시마 씨는 언제나 스스로를, 프랑스어를 할 줄 모르는 도쿄 대 불문과 중퇴생이라며 자조하고 있었기 때문에, 그의 말에 악의는 없었다. 그러나 K·K 씨의 경우에는 어딘지 자신을 학자라 생각하고, 시게미치의 무지를 비웃는 듯한 구석이 있었다.

드디어 그 문학상을 수상하는 날, 시게미치는 그 누구보다 쓰시마 씨가 참석해주기를 바랐지만 쓰시마 씨는 자신과 같은 전과자가 참석해서는 안 된다고 겸손을 부리며 도무지 참석하려 들지 않았다. 그리고 그해 말, 시게미치의 그 책이 처녀 출판될 때도 쓰시마 씨에게 서문을 부탁했더니 역시 겸손한 태도를 취했었는데 그때만은 시게미치가 울듯 매달려서 결국은 서문을 받아냈다.

그 이듬해 정월, 시게미치는 '자신을 아껴주는 중역' 덕분에 틀림없이 본사로 발령을 받게 될 예정이었다. 그래서 새해 인사도 드릴 겸, 쓰시마 씨 댁을 방문했더니 K·K 씨 외에도 K·G 씨라는 쓰시마 씨의 친구도 와 있었기에 시게미치는 모두에게 떼를 써서 여러 선배의 집들을 함께 돌아다니며 많은 술을 마셨다. 시게미치는 여자를 좋아하고 술을 좋아하고 야무지질 못했다. 누구의 집엘 가더라도 그 집의 부인과 딸에게 관심을 보였으며 취하면 끈덕지게 엉겨 붙었기 때문에 쓰시마 씨도 굉장히 곤혹스러운 듯했다.

그리고 다른 사람 집의 침실에 흥미를 가지고 있는 사내는 가장 불결한 사내라고 시게미치에게 엄한 어조로 가르친 적이 있었다. 시게미치는 그런 쓰시마 씨의 표정을 보자, 예전에 '와카모토' 편지지에 긴 편지를 써서 보내 준 전 부인이 쓰시마 씨를 배신한 사건이 떠올라 아무런 말도 하지 못한 채 자신을 추하다고 느끼게 되었다.

또 쓰시마 씨는 그 무렵부터 소위 문단의 나이 든 대가들에게서 증오와 경멸을 느끼기 시작한 듯했다. 그해 정월의 어느 날 밤, 시게미치가 취해서 쓰시마 씨와 함께 다마가와 상수 부근에 있는 예술원 회원 Y·U 씨의 저택 앞을 지날 때, 쓰시마 씨가 '이건 정치가나 상인의 저택이지 예술가의 집이 아니야.'라고 욕을 했더니 단순하고 야만스러웠던 시게미치는 갑자기 그곳의 커다란 문기둥에 들러붙어 보트선수 시절의 괴력을 발휘하여 흔들흔들, 들썩들썩 그 문기둥을 뽑아내더니 앞의 다마가와 상수에 텀벙하고 집어던진 적이 있었다. 달빛에 퍼렇게 흘러가고 있던 식인강(食人江)은 그때 새하얀 포말을 일으키며 두 개로 갈라졌었다. 시게미치는 후에 쓰시마 씨의 투신 소식을 들은 순간에는 그저 이 문기둥을 던졌을 때의 이미지만이 떠올랐다. 쓰시마 씨는 물체가 되어 그 강바닥에서 뒹굴고 있었음에 틀림없었다.

그 무렵 쓰시마 씨는 배니티(vanity)라는 말로 자신의 창작 모티

브를 설명했다. 그것은 허영도, 물론 꾸밈도 아니었다. 일본어로는 한마디로 표현하기 어려운 느낌이 있다고 말했었다. 하지만 전쟁이 점차 격렬해져 감에 따라서 쓰시마 씨의 창작은 누가 봐도 휴머니티를 기초로 하는 것으로 변해 갔다. 편승소설이나 평론 이외의 것은 점점 발표하기 어려워지게 되었지만, 그런 중에서도 홀로 고군분투하고 있는 쓰시마 씨의 무사다운 모습에서는 오로지 '미소로 정의를 행하라.'는 밝은 휴머니티가 하나 빛나고 있을 뿐이었다.

그해 정월, 시게미치는 시모키타자와(下北沢)에 새로운 집을 마련했는데 그 문패를 쓰시마 씨에게 써달라고 부탁했다. 그때도 둘이서 기치조지 부근을 돌아다니며 술을 마실 때였는데 쓰시마 씨는 짐짓 화난 듯한 표정을 지을 때의 버릇대로 입술을 일그러뜨리며 시게미치가 사온 문패가 전부 너무 크다, 그런 마음가짐으로는 변변한 작가가 될 수 없다며, 가장 작은 문패를 사올 때까지 그것을 선뜻 써주지 않았다.

그 무렵 시게미치는 역시 지금처럼 혼자 자만심에 빠져서는 초조해 하고 있었다. 쓰시마 씨는 그런 그에게 '대가가 자신을 맞으러 오는 자동차를 기다리는 것처럼 할 것'이라거나 '나쁜 일이 있으면 좋은 일도 있는 법.', '생활은 규칙적으로, 새하얀 시트 위에서 잘 것' 등 여러 가지로 충고를 해주었지만 그는 쓰시마 씨의 그런 충고에는 조금도 귀 기울이지 않고 그저 술을 마시고 여자를 샀는데, 돈이 떨어지자 한 번은 쓰시마 씨에게 돈을 빌리러 간 적이 있었다. 당시 쓰시마 씨도 역시 가난한 생활을 하고 있었지만 시게미치의 난폭한 청을 쓸쓸한 얼굴로 바로 들어주었다. 하지만 그 일로 인해 시게미치는 당분간 쓰시마 씨를 방문하는 것을 피하기로 했다. 그래도 시게미치는 자신의 책이 나올 때마다 그 책을 하나하나 쓰시마 씨에게 보냈다.

그렇게 시간이 흘러 1942년 연말. 시게미치가 그 무렵 '신예작가 총서' 중 한 권으로 나온 『보트를 젓는 자(端艇漕手)』를 보냈더니 다시 쓰시마 씨로부터 가슴이 덜컥 내려앉을 정도로 기쁜 '바람을 타고 온 소식'이 날아들었다. 쓰시마 씨는 그런 하찮은 시게미치의 책에도 매우 기뻐해 주며 '보트 선수는 배가 가라앉아도 노를 놓지 않는다.'라는 말에 '순간 눈물이 났습니다.'라고. 시게미치는 그런 쓰시마 씨의 말을 '작가는 나라가 망할 때까지 펜을 놓지 않는다.'는 식으로 해석, 매우 기뻤던 것이다.

이에 시게미치는, 그 무렵 군수회사로 지정된 공장의 서무계장으로 어느 정도는 경제적 여유도 있었고 예전의 빚도 쓰시마 씨에게 갚은 상태였기에 어느 날 오래간만에 쓰시마 씨 댁을 방문해 보았다. 그런데 그때는 쓰시마 씨의 작품「가일(佳日)」의 모델로, 오쿠마라는 이름으로 등장하는 사람이 멀리 베이징에서 결혼식을 위해 찾아와 쓰시마 씨 집에서 묵고 있었으며 마침 식장으로 가려던 참이었고 K·K 씨도 와 있었기에 시게미치는 더할 나위 없이 쓸쓸한 마음으로 발걸음을 돌릴 수밖에 없었다.

그로부터 이삼일 후, 쓰시마 씨로부터 엽서를 받았다. '돌아선 자네의 어깨에서 묻어나는 쓸쓸함, 나도 비슷한 경험을 한 적이 있기에, 딱하다고 생각했다.'라며 위로를 하는 내용이었다. 쓰시마 씨는 지금까지도 일부에 의해서 배덕작가(背德作家)인 것처럼 오해를 받고 있지만, 시게미치는 자신의 일생을 통해서 쓰시마 씨처럼 나약한 자들의 편이 돼주었던 사람은 없었다고 단언할 수 있다. 예를 들어 시골에서 올라온 할머니가 쓰시마 씨에게 길을 물으면 쓰시마 씨는 허둥지둥 당황하며, 더할 나위 없이 친절하고 정중하게 그 길을 가르쳐주었다. 또 그것이 쓰시마 씨가 모르는 길인 경우, 쓰시마 씨는 주저주저하며 자신이 주위에 있는 사람들에게 그 길을 물어보았다. 세상을 떠날 때까지 사모님이나 아이들에게 거친 말투로 화를 내거나 손찌검을 한 적도 없었다. 무지한 야만인인 시게미치조차도 단지 후배라는 이유만으로 쓰시마 씨로부터 평생 친절한 대접을 받아왔다.

그 무렵, 시게미치는 공장에서 술을 입수할 수 있었기에 됫병짜리 술을 들고 미타카의 쓰시마 씨 댁을 종종 찾아갔으며, 시게미치가 자주 드나들던 요코하마의 중화가로 쓰시마 씨가 찾아오기도 했다. 언젠가 K·T 씨도 함께 그 중화요릿집에 왔을 때 쓰시마 씨는 요리를 기다리는 그 지루한 한순간, 문득 창밖의 외국인 묘지가 있는 산을 가리키며 '시게미치, 저 산은 뭐라고 하는가?'라고 물었다. 이것도 쓰시마 씨의 서비스 정신 중 하나였다. 그런데 그런 봉사정신을 철저히 경멸하고 있는 K·T 씨는 나리라는 별명을 가진 훌륭한 얼굴을 일순 찌푸리더니,

"쓰시마, 그건 또 무슨 어리석은 질문인가. 마치 탈춤의 멍청이

양반 같지 않은가? 저 산은 무엇인고? 산입니다. 산은 산이로되 무슨 산인고?"라며, 뒤쪽은 약간 성대모사를 하는 듯한 엄중한 목소리로 야유를 보냈다. 그럴 때면 쓰시마 씨는 약간 울상을 지어보이는 경우가 있었다.

공습이 더욱 격화되기 시작했을 무렵, 쓰시마 씨는 두 번째 임신을 한 사모님과 장녀를 고후의 처가로 보내고, 예전에 후지무라(藤村)의 제자로 있었다던 오가와(小川)라는 나이 든 문학도와 함께 미타카의 집에 남아 있었다.

그렇게 분주하게 지내던 어느 날, 시게미치는 공장의 접대용 술 한 되를 들고 가슴에 징용 마크를 단 방공복장으로 쓰시마 씨의 집을 찾아간 적이 있었다. 그랬더니 쓰시마 씨는 마침, 술을 마시지 못하는 오가와를 상대로 고후에서 가져온 듯한 포도주를 떨떠름한 표정으로 마시고 있었는데 "선생님, 이거예요. 이거."라며 창문으로 갑자기 술병을 내민 시게미치를 보자마자 매우 기쁘다는 듯, 그 무렵 기름기가 돈다고 형용해도 좋을 정도로 건강해 보이던 얼굴로 활짝 웃으며,

"이 멍청한 녀석. 들어와."라고 외쳤지만, 시게미치는 오랫동안 곁에서 보아 왔기에 그런 표현에 쓰시마 씨의 가장 커다란 기쁨이 표현된 것이라는 사실을 잘 알고 있었다.

그날 밤 시게미치는 쓰시마 씨, 오가와와 함께 미국 비행기의 격렬한 폭격을 받았다. 공습경보에 가장 먼저 자리에서 일어난 겁쟁이 시게미치는 오금이 저려와 화장실로 갔는데 곧 창밖이 서치라이트로 휘황하게 밝아지더니 그 십자 모양의 불빛 속으로 B29의 거대한

모습이 분명하게 눈에 들어왔고 불꽃놀이라도 하는 양 고사포가 정신없이 포를 쏘아올리고 있었다.

술을 마시지 않은 오가와는 금방 눈을 떴지만 쓰시마 씨는 아직도 상당히 취해서 손님이 찾아온 꿈을 꾸고 있는 듯 "이야, 잘 왔네. 들어오게."라고 중얼거리며 좀처럼 잠에서 깨어나려 하지 않았기에 시게미치 들이 흔들어 깨웠는데 쓰시마 씨는 누구보다도 태연하게 자신은 방공복으로 갈아입고 바로 뒤따라가겠다며 시게미치 들을 집 앞에 있는 조그만 방공호로 먼저 보냈다. 그 무렵 쓰시마 씨에게는 '자신이야말로 신의 총아'라는 강한 믿음이 있었기에, 하늘이 쓰시마 씨에게 명령한 일을 마칠 때까지 자신은 결코 죽지 않을 것이라는 확신을 갖고 있었던 듯했다.

시게미치에게도 그런 자신감은 약간 있었지만 그는 남몰래 언제나 자신이 가장 악인이라고 생각하고 있었기 때문에 벼락을 맞는 것처럼 폭탄에 맞아 죽는 모습이 구체적인 공포로 다가와 몸이 부들부들 떨려 왔다. 그러자 쓰시마 씨가 재미있다는 듯한 목소리로,

"시게미치 왜 그래. 사시나무 떨듯 떨고 있잖아?"라고 물었다. 시게미치는 솔직하게 무섭다고 대답하는 것조차 무서웠는지 화가 끓어오르는 듯한 기분으로,

"겉옷을 안 입고 와서 춥습니다."라고 대답, 일부러 느린 걸음으로 걸어서 집에 들어가자마자 겉옷을 걸치고 이어서 2홉 정도 남아 있던 술을 마시려고 베개 옆에 있던 됫병을 대낮처럼 밝은 대폭격의 빛 속에 비춰 보니 한 방울의 술도 남아 있지 않았다.

이거 쓰시마 씨가 마셔 버렸구나 싶어 분한 마음으로 부들부들 떨며 방공호로 달려들어,

"쓰시마 씨, 술 전부 마셔 버렸죠? 너무하네요."라고 여유 있는 척 말했더니, 쓰시마 씨는 짐짓 기쁘다는 목소리로,

"거기에 빈틈이 있어서는 안 되지. 조금 전, 방공호로 오기 전에 남아 있는 걸 전부 마시고 왔네."라며 자랑스럽다는 듯 말했다.

하지만 시게미치는 그에 대한 원망을 거듭 말함으로 해서 간신히 공습에 대한 공포를 잊을 수가 있었다. 그런데 바로 그때 머리 위에서 급행열차가 떨어져 내리는 것 같은 무시무시한 굉음. 무의식적으로 세 사람이 힘껏 부둥켜안으며 방공호 속으로 얼굴을 파묻자 고막이 터질 것 같은 대폭발음. 굉장히 가까운 거리에 폭탄이 떨어진 듯, 잠시 후 흙더미가 폭포처럼 세 사람의 목 줄기로 쏟아져 내리더니 방공호를 절반쯤 메워버렸다. 지금의 시게미치에게는 그때의 쓰시마 씨의 따뜻한 체온이 이상할 정도로 그리웠다.

이미 어떤 사상에도, 애정에도 흥미를 잃어버린 시게미치는 그저 쓰시마 씨가 부드럽고 매끈한 향유처럼 비할 데 없이 좋았기 때문에, 이대로 쓰시마 씨와 죽었으면 오히려 기쁠 것 같다는 생각이 들었다. 그 정도로 사람들에게 친애감을 품게 하는 쓰시마 씨였으니, 후에 한 여인[221]에게 그런 마음을 품게 한 것도 어쩌면 당연한 일일 것 같다는 생각이 들었다.

---

221) 야마자키 도미에.

그런데 그 세 사람 중에서 가장 힘이 없는 쓰시마 씨가, 그때에는 가장 용감하게 시게미치 들의 용기를 북돋아주었다. 나중에 살펴보니 쓰시마 씨의 옆집 정원에, 그러니까 방공호에서 20m도 떨어지지 않은 곳에 물이 없는 커다란 연못이 생겼으며, 머리통만 한 크기의 정원석들이 시게미치 들이 몸을 피했던 방공호 주위까지 헤아릴 수 없이 날아왔을 정도로 맹렬한 것이었는데 시게미치는 자꾸만 쓰시마 씨의 집이 날아가 버린 게 아닐까 하는 생각이 들어서 종종 새끼 거북이처럼 목을 내밀어,

"선생님, 댁은 아직 괜찮나요?"라고 물었고 쓰시마 씨는 야무진 목소리로,

"아직 있어. 괜찮아."라고 대답했다. 그러는 중에도 가까운 곳에 폭탄이 계속해서 떨어졌고 시게미치는 공포 때문에 머리가 이상해졌다. 그랬기에 다음에 뭉게뭉게 이상한 연기를 발하는 폭탄이 떨어진 것을 보자 목멘 소리로,

"앗, 독가스일지도 몰라."라고 외쳤다. 그런 폭탄의 종류에 대해서 쓰시마 씨는 전혀 알지 못했기에 적어도 전장의 경험이 있는 시게미치의 말이 옳을 것이라 생각한 듯 바로 연못으로 달려가 삐걱삐걱 펌프질을 해서 자신도 손수건을 적셔가지고 입에 댄 다음 시게미치 들에게도,

"물을 머금어."라고 절규했다. 이에 시게미치 들은 그저 쓰시마 씨의 지시대로 그것이 얼마나 우스운 모습인지도 모른 채 펌프의 물로 양치질을 했다. 이때는 이미 세 사람 모두 머리가 상당히 이상해

져 있었던 것이었다. 잠시 뒤 그 연기에 독이 없다는 사실을 깨달았고, 다시 가까운 거리에서 폭탄이 맹렬하게 터지기 시작했기에 시게미치 들은 다시 방공호로 기어 들어가 그로부터 새벽까지 거의 아무런 말도 하지 않고 자신들 육체의 나약함을 느꼈다.

드디어 쓰시마 씨가 곧잘 입에 담는, '피비린내 나는 허연 새벽이 밝아올 무렵'이 되자 폭격도 멎었다. 쓰시마 씨는 영차하고 몸을 펴서 방공호에서 뛰쳐나가더니 '아아, 시원하다. 마치 사우나에서 나온 듯한 기분이야.'라고 감상을 말했다. 시게미치는 그 감상의 정확한 표현에 작가 쓰시마 씨의 진면목을 본 듯한 느낌이 들었다.

그리고 그날 아침, 폭탄에 맞아 숨진 한 이웃 부인의 사체가 문짝에 실려 임시 시체수용소로 옮겨졌다. 오가와는 아직 방공호 근처에 있었지만 시게미치는 산책에 나선 쓰시마 씨의 뒤를 따라가다 그 노송나무 울타리가 있는 거리에서 사체 운반현장을 목격했다. 시게미치는 형식적으로 일순 머리를 숙였지만 새벽의 희붐한 빛 속으로 옆얼굴을 드러낸 쓰시마 씨는 즐겁다는 듯 희미하게 미소를 지으며 길을 걸었다.

1948년 6월, 쓰시마 씨의 자살 소식을 들었을 때 순간 시게미치가 떠올린 것은 그때의, 즐겁다는 듯 미소 짓고 있던 쓰시마 씨의 얼굴이었다.

이에 시게미치는 드디어 쓰시마 씨의 무덤에 삽으로 흙을 떠 넣을 차례가 돌아오자, 대공습 이튿날 아침 폭탄에 맞아 숨을 거둔 시체를 바라보며 참으로 이상한, 그런 만큼 한없이 그리운 미소를 지었던 쓰시마 씨의 얼굴을 눈앞에 떠올리고 자신도 희미하게 미소 지으며 형식적으로가 아니라, 거칠고 힘차게 흙을 가득 떠서 던져 넣었다.

야마자키 도미에 약력

1919년

9월 24일 도쿄에서 아버지 야마자키 하루히로의 둘째 딸로 출생. 아버지 하루히로는 1913년에 어머니 노부코와 함께 일본 최초로 미용 및 양재 전문학교인 도쿄 부인미발미용학교(통칭 오차노미즈 미용학교)를 설립했다.

1924년(4세)

아이노 소노 유치원(가톨릭계) 입학.

1926년(6세)

혼고 모토마치 소학교 입학.

1927년(7세)

이 무렵부터 미용학교의 연예회에 종종 출연하여 일본무용을 추었다. 8월에 아버지와 함께 히로사키 고등학교에 재학 중인 작은 오빠 도시카즈를 찾아갔었다.

1932년(12세)

봄에 소학교를 우수한 성적으로 졸업하고 교카 고등여학교에 진학했다.

1934년(14세)

부모님에게서 미용과 양재 기술을 보다 철저히 배우기 위해 긴슈 고등실업여학교로 전학했다.

1935년(15세)

여학교의 탁구부 선수로 선발되었다. 아버지와 함께 간사이 지방을 여행했다.

1937년(17세)

여학교를 졸업하고 일본대학 부속 제일외국어학원에 입학했다.

1938년(18세)

YWCA에 입학, 어학을 전공하며 성경 연구에도 힘썼다. 또한 와세다 대학 산악부에도 참가했다. 5월에 긴자 2번가에 올림피아 미용원을 개설, 새언니인 야마자키 쓰타와 함께 그 경영을 맡았다.

1940년(20세)

오차노미즈 미용학교 교장의 조수를 겸임했다. 11월에 오차노미즈 미용학교 교사를 기획원에 접수당했으며, 동아연구소로 이름이 바뀌었다.

1941년(21세)

혼고 1번가 15번지에 신 교사를 건설, 오차노미즈 양재정용여학교를 개교했다.

1943년(23세)

오차노미즈 양재정용여학교에서 양재부 강사를 겸임했다.

1944년(24세)

쓰치야 유키오(작가), 이이다 후미(미쓰이 물산 본사)의 소개로 오쿠나 슈이치와 약혼했다. 12월 9일 구단 군인회관에서 결혼식을 올리고 오차노미즈 미용학교의 한편에 신혼살림을 차렸다. 나흘 뒤인 13일에 슈이치는 미쓰이 물산 마닐라 지점으로의 전근을 명령받았으며, 21일에 단신 부임했다. 마닐라 도착 후 미군 상륙으로 현지 소집되었다. 전투에 참가했다가 행방불명됨.

1945년(25세)

1월 21일에 오쿠나 가로 입적 완료. 3월 10일의 공습으로 미용학교와 올림피아 미용원, 그리고 각지의 실습소가 불에 탔다. 부모님은 시가 현으로 피난했으나 야마자키 도미에는 도쿄에 남아 뒷수습을 하다 4월에 시가 현으로 피난했다.

1946년(26세)

마닐라에서 현지 소집되었던 오쿠나 슈이치의 소식이 여전히 들려오지 않아 절망적인 상황이었다. 아버지 하루히로가 공직에서 추방되어 미용학교 재건 계획도 좌절되었다. 새언니 야마자키 쓰타가 가마쿠라에 마 소아르 미용원을 개설, 도미에도 공동경영을 위해 가마쿠라로 거처를 옮겼다. 이해 가을에 미타카 미용원에서 근무하기로 하고 미타카 시모렌자쿠 212, 노가와 아야노의 집에서 하숙을 시작했다. 제1회 미용콩쿠르에 미타마 지구 대표로 출장. 이 무렵 진주군 전용 카바레 안에 미용실이 신설되어 도미에가 주임으로 파견되었다.

1947년(27세)

3월에 다자이 오사무를 만났고 5월부터 관계가 깊어져 미용요금 대신 받는 사탕이나 초콜릿은 다자이의 자녀들에게, 양담배와 양주는 다자이에게 주었다. 5월에 오타 시즈코가 동생 도오루와 함께 다자이 오사무를 찾아왔는데 그날 밤 지구사에서 도미에가 접대를 했다.

7월에 오쿠나가 전사했다는 공보를 미쓰이 물산을 통해 들었다. 다자이 오사무가 9일에 자살의 뜻을 표명했고 14일에 첫 번째 유서를 작성했다.

다자이 오사무의 병세가 악화되자 8월 29일에 다시 유서를 썼다.

9월 20일에 오쿠나 슈이치의 장례식에 참석했다.

11월에 야마자키 가로의 복적 수속을 마쳤다. 같은 달, 다자이는 도미에의 방에서 오타 시즈코의 딸을 자신의 딸이라 인정하는 글을 써주고, 하루코라는 이름을 붙여주었다.

11월에 미용원 근무를 정식으로 그만두고 다자이 오사무의 간호와 비서업무에 전념하기 시작했다.

12월에 다자이가 약을 잘못 복용하여 3일간 가사상태에 있었다.

1948년(28세)

1월에 병세가 악화되자 다자이는 도미에에게 방의 정리를 명령했다.

3월에 『전망』의 연재소설을 쓰기 위해 아타미로 가는 다자이를 따라 도미에도 아타미로 갔다.

5월에 「인간실격」의 마무리를 위해 오미야로 가는 다자이를 따라가 그곳에서 머물렀다. 15일에 다자이와 함께 걷는 모습을 다자이의 부인 미치코에게 목격당했다.

6월 10일 무렵부터 지인들을 찾아가서 마지막 인사를 건넸다. 13일 밤에 다자이 오사무와 함께 다마가와 상수로 들어가 세상을 떠났다. 19일 이른 아침에 유체가 발견되었다.

다자이 오사무의
「인간실격」을 더욱 깊이 읽는 방법!

* 수록작 *

1. 추억
2. 도쿄 팔경
3. 15년간
4. 고뇌의 연감
5. 인간실격
6. 나의 반생을 말하다
7. 유서

그럼, 이만…… 다자이 오사무였습니다. (12,000원)

다자이 오사무의 작품으로 읽는 인간 다자이 오사무

나쓰메 소세키의
중단편 소설을 제대로 읽는 유일한 방법!

* 수록작 *

1. 편지
2. 문조
3. 환청에 들리는 거문고 소리
4. 취미의 유전
5. 이백십일
6. 하룻밤
7. 몽십야
8. 런던탑
9. 환영의 방패
10. 해로행

나쓰메 소세키 단편소설 전집 (13,000원)

나쓰메 소세키의 중단편 소설을 새로운 번역으로 읽는다

옮긴이 **박현석**

대학 졸업 후 일본으로 건너가 유학 및 직장 생활을 하다 지금은 전문번역가로 활동 중이며 우리나라에 아직 소개되지 않은 유명 작가들의 작품을 소개하기 위해서 출판을 시작했다. 번역서로는 『판도라의 상자』, 『다자이 오사무 자서전』, 『태풍』, 『갱부』, 『나쓰메 소세키 단편소설 전집』, 『사형수와 그 재판장』, 『불령선인 / 너희들의 등 뒤에서』, 『붉은 흙에 싹트는 것』, 『운명의 승리자 박열』, 『붉은 수염 진료담』 외 다수가 있다.

그럼, 안녕히…… 야마자키 도미에였습니다.

1판 1쇄 인쇄 2019년 2월 20일
1판 1쇄 발행 2019년 2월 28일

지은이 야마자키 도미에
옮긴이 박현석
펴낸이 박현석
펴낸곳 현 인

등 록 제 2010-12호
주 소 서울시 도봉구 덕릉로 62길 13, 103-608호
전 화 010-2012-3751
팩 스 0505-977-3750
이메일 gensang@naver.com

ISBN 979-11-88152-74-2